北の御番所 反骨日録【四】

狐祝言

芝村凉也

双葉文庫

目次

狐祝言　北の御番所　反骨日録【四】

第一話　宴《うたげ》のあと

一

　この日、町方同心の裄沢広二郎《ゆきざわこうじろう》が四日ぶりに勤め先である北町奉行所の表門を潜《くぐ》ったのは、お奉行の小田切土佐守直年《おだぎりとさのかみなおとし》から直々《じきじき》に言い渡された謹慎《きんしん》の期間が明けたからである。

　裄沢がこの処分を受けたのは、上役でありお奉行の家来でもある内与力《うちよりき》の古藤《ことう》へ、己の立場もわきまえずに暴言を放ったためだった。役所の規律を大きく乱したとして厳罰に処せられてもおかしくない裄沢に課せられたのが、たった三日間の謹慎というのは異例中の異例と言ってよい出来事である。

　さらには、古藤に暴言を吐くに至った経緯《いきさつ》の中で、裄沢は市中の商家で起きた人死《ひとじ》にに関して隠蔽《いんぺい》を働き、本来であれば咎人《とがにん》として捕らえられるべき者を逃がしてしまっているのであるが、これについては全く責を問われていない。

もっとも、北町奉行所としては――となれば、「お上《かみ》としては」というのとほぼ同義になるのだが――起こった人死にが誰かの手に掛かってのものだという認識はしていないことになっている。

まあ、真相を知っているのが奉行所の中ではお奉行をはじめほんの数人だけであり、その他の面々は故障（事故）ではなかったとか、咎人が逃亡したなどという事態が起こっているとは夢にも思っていないからできたことではあった。

人死にの一件に関わった当の商家の者たちや裄沢の隠蔽に協力した岡《おか》っ引《ぴ》きらにとっても、真相が明らかになれば我が身が危《あや》うくなるだけで何もいいことがないから、こちらのほうから内実が漏《も》れるということも考えられはしない。

たとえそうであっても、町方役人がやることとも思えない裄沢の所業《しょぎょう》がなぜ不問に付されたかといえば、法に照らすなら極刑を免れない咎人には十二分に同情すべき余地があり、また一件の起こった商家はご改革の影響で落ち込んだ地域の振興《ごばんしょ》に大きく貢献しており、こんなことで左前《ひだりまえ》になってもらっては困るという町奉行所なりの事情もあったからだ。

同時に、この一件には古藤をはじめとして裄沢の勤めを妨害せんとした一部与力同心の邪《よこしま》な行動が深く関わっており、人死にの真相を明らかにして裄沢の所業の責を問うならば、これら与力同心たちも公《おおやけ》に罰せねばならず、町奉行所の不祥事が表沙汰《おもてざた》になると同時に役所としての機能の著《いちじる》しい低下が見込まれることも理由の一端に挙げられる。


「おはよう」

「おはようございます」

謹慎明けにもかかわらず、普段と何も変わらぬ顔で声を掛けた裄沢へ、奉行所の門番を勤める小者《こもの》はいくぶんか緊張気味に挨拶《あいさつ》を返してきた。

何を耳にしたのか知らないが、裄沢の謹慎の因《もと》となった行動はこの奉行所の中でやらかしたことだから、いろいろと噂《うわさ》が流れているはずだ。その中には憶測《おくそく》混じりの勘《かん》ぐった見方をした面白噺《おもしろばなし》も少なからず散見《さんけん》されようと思われた。

裄沢は素知《そし》らぬ顔をして門番の脇を通り抜ける。

その足は、謹慎前までの出退勤時の集合場所である表門脇の同心詰所《どうしんつめしょ》ではなく、奉行所本体の建物に向いていた。謹慎を申し渡された際に、それまでのお役である定町廻《じょうまちまわ》りの任を解かれていたからだ。

もともと裄沢が任ぜられた定町廻りのお役は、怪我をして自分の組屋敷で療養している幼馴染《おさなな じ》みの来合轟次郎《らいごうごうじろう》が戻ってくるまでという、期限を定めてのものであった。

来合はまだお役への復帰に至ってはいないが、怪我はほとんど癒《い》えていて今日にも再出仕の願いを出すところまで回復している。この届けが奉行所から撥《は》ねつけられるということはまずないだろう。

裄沢の謹慎期間を含めた数日は、定町廻りの勤めに穴が開くことになってしまったものの、それは定町廻りの補佐役である臨時廻《りんじまわ》りの室町左源太《むろまちさげんた》らで支障《ししょう》なく埋められているはずだ。

「裄沢の旦那ぁ」

同心詰所へ視線をやることもなく、真っ直ぐ奉行所の玄関のほうへ向かう裄沢の背中に呼び声が掛かった。まだ早朝で、すでに門から中へ入っていることを考えれば、声を掛けてきたのが部外者とは考えにくい。

とはいえ同じ奉行所に奉公する者が同心に対し「様づけ」ではなく「旦那」呼ばわりしてくることには違和感があったが、生憎《あいにく》その声には聞き憶《おぼ》えがある。奉行所が使う小者の一人で、大松《だいまつ》という名の男だ。裄沢の、ごく短い定町廻りの勤めの中で、何度か市中巡回に供としてついたことがある男だった。

小太りの四十男である大松は、駆け足とも言えぬ速さでワタワタと懸命に足を動かしやってくる。

――久しぶりの出仕の初《しょ》っ端《ぱな》に面《つら》突き合わせるのがこの男かい。

裄沢はゲンナリしたが、大松は相手のそんな心境を思いやるような気遣《きづか》いを持ち合わせていない。

やむを得ずその場で立ち止まった裄沢の前に、たいして動いてもいない大松はハアハアと息を切らせながらやってきた。

「どうした」

裄沢は冷たく応じた。裄沢の邪魔立《じゃまだ》てをしてきた与力同心の、手先となって働いていたのがこの男なのだ。

定町廻りが行う市中巡回の供としてついてきていながら、間者役《かんじゃ》を勤めて裄沢の行動を一から十まで連中に伝えていたのである。

大松のほうは、裄沢の態度に気づく様子もなく己の言いたいことを口にする。

「どうしたもこうしたもありませんよ。旦那ぁ、どうにかしてもらえませんか」

「……よく判《わか》らぬが、俺にどうにかしろとは、俺が何かそなたに迷惑を掛けたとでも言いたいのか?」

「いや、そういうワケじゃあありやせんけど、こんところちょいとあっしへの風当たりが強くって、閉口《へいこう》してるもんですから」

「風当たりが強いとは、誰からの?」

「いやね、あっしら小者の頭格《かしらかく》のお人が、あっしにだけえらく厳《きび》しいんですけど。それればっかりじゃあなくって、どうも周りのみんながよそよそしいってえか」

「……もしそうなら、何かそなたに思い当たる節《ふし》はないのか」

「あっしゃあ、同心の旦那に命じられたことぉ一生懸命に果たしただけですよ。そいでこんな目に遭《あ》わされたんじゃあ――」

いかにも不満ですと口を尖《とが》らせる。少なくとも何が原因かまでは、この男なりに理解しているらしい。

「なれば、そうした不満は俺ではなく、そなたが周囲から厳しくされることになった指図をしたという、その同心に告げるべきではないか」

裄沢は、やや突き放したような口調で問う。大松には、市中巡回でお供をしていたころと変わらぬもの言いに聞こえたはずだ。

相手と同じ認識を持っていると暗に知らせることで、大松から話を引き出すための言い方だった。こんなことを言えば「大松の陰に他の人物がいるのを俺は知っているぞ」と告げたようなものだが、言われてすぐにそこまで思い当たるほど、大松は頭の回りが早くないと見越しての問い掛けだ。

案の定、大松は何も気づかぬままに裄沢の話に乗ってくる。

「それが、どうにもまともに取り合っちゃくれねえんで――てえか、ものを申し上げようってちょいと近づこうとしただけでギロリと睨《にら》んできなさるような始末で、どうにも怖くって足が竦《すく》んじまって」

――なのに害を与えた当の相手である俺には、こうやって平気で近づいてくるってか。

もの言い自体も、それを告げる相手にわざわざ裄沢を選んだことにも全く呆《あき》れ返るばかりだが、当人に自覚はないらしい。

「命じられたことをしたとは、いったい何をしたのだ」

「あ、ええと。あっしがお供についたときのことぉ、とにかく何でもいいから、逐一報《ちくいちしら》せろって――あの旦那は『巨細漏《こさいも》らさず』とかって言ってたけど、コサイって何ですかねぇ？」

すでに祈沢が知っているなどとは毛ほども疑っていないのか、誤魔化《ごまか》しを交《まじ》えつつも素直に答えてきた。

大松の疑問には構わず核心に迫る。

「ほう。そう申すからには、命じた同心とそなたが供をした同心とは別の者だということになるな」

「でも、やっぱり同心の旦那から言われたこってすから」

「そなたが供をした者のほうは、どこかの誰かに自分の行動が逐一報告されると知っておったのか」

「さあ、どうでやすかねえ」

空惚《そらとぼ》けているのか、太平楽《たいへいらく》な返事が来る。

「ということは、そなたからは何も告げずに、供をした間のことを他の同心に報せていたと」

「だって、そうしろって言われたから――告げていいなら『いい』って言われてるはずだし、あんな怖《こえ》え顔で『やれ』って言われてんのに、余計なことなんぞこれっぽっちだってできやしませんぜ」

どうやら、自分が悪いなどとは少しも思っていないようだ。

「ほう。それで、お前がお供につきながら嗅《か》ぎ回っていた同心のほうには、自分のやったことをいまだ告げてはおらぬと」

「そんな、言えるわきゃあねえじゃねえですか」

あえてあからさまな言い方をしたのには反論せずに、さも当然といった反応が返ってきた。

「ふむ、どうやら後ろめたいことをしたというのは判っているようだな」

「そりゃあ、黙って様子を探ってたんだから……」

「ならば、それがバレて周囲から冷たくされたり、つらく当たられたりするのはやむを得ないことなのではないか」

「でもおいらぁ、命ぜられたから仕方なしにやっただけなんですよ」

裄沢は、この男が自ら進んで裄沢のお供に名乗りを上げ、間者役を買って出たと聞いていた。しかも、「あの怠け者がこの炎天下に好き好んで行うことではない」という、当人をよく知る者からの感想付きでだ。

「命ぜられただけか──褒美《ほうび》を目の前にブラ提《さ》げられて、自分から飛びついたわけではないと?」

「えっ……そんなこと、あるわけねえでしょうが」

明らかな動揺を見せながらも何とか誤魔化そうとしてくる。

裄沢は、何でもないことのように告げる。

「そうか、なら佐久間《さくま》さんに訊《き》いてみようか――大松は、佐久間さんからは何も頂戴《ちょうだい》できないままに、ただひたすらこき使われたと言っている、とな」

佐久間弁蔵《べんぞう》は、大松へ裄沢の行動監視と報告を直接指示した定町廻りである。

「あっと、いやあ、そいつは……」

「赤坂《あかさか》辺りの岡場所《おかばしょ》で美味《おい》しい思いをさせてもらったなんてことは、いっさいなかったってな」

赤坂は、佐久間が持ち場とする城南《じょうなん》地区にある繁華《はんか》な町だ。

「……旦那、どこまでご存じなんで」

定めしそんなことだろうと鎌《かま》を掛けたのだが、どうやら図星だったようだ。

「そなたは、己が享楽を得るのを対価に、それが後ろめたい行いだと知りながら佐久間さんの話に乗った。ならば、その結果周りから冷たい仕打ちを受けるのも、受け取った対価の見合いのうちだ。甘んじて耐えるよりあるまい。

そして、そなたの後ろめたい振る舞いで酷《ひど》い目に遭わされたのがこの俺だ。なればそなたに同情せねばならぬ理由も、助けてやる義理もなかろう――俺はこれより出仕の挨拶をするところだ。いつまでもそなたなどに構っている暇《ひま》はない」

突き放して歩き出し、ふと思いついたことがあるように足を止めた。

「ああ、そうだ。俺はもう廻り方《まわりかた》（市中の治安維持を役目とする定町廻り、臨時廻り、隠密廻り《おんみつまわり》の総称）からははずれるが、たとえこの先同じような仕事が回ってくるようなことがあったとしても、二度とそなたを供につけることはない。小者の頭格から言われても断るから、俺につこうなどと願い出るなよ――もっとも、これよりそなたが廻り方の供につくことがまだあるとも思えぬがな」

肩越しに言い捨ててそのまま歩み去っても、もう声が掛けられることはなかった。

背後から感ぜられる気配を意識すれば、大松はその場に突っ立ったまま無言で裄沢を見送っているようだった。

二

奉行所本体の建物の前まで足を進めた裄沢は、玄関脇の式台《しきだい》から中へと入っていった。

正面の廊下を真っ直ぐ進み、勝手知ったる御用部屋《ごようべや》へ行き着く。ここは、定町廻り以前に臨時の増員として任ぜられた隠密廻りのお役に就《つ》くまで、用部屋手附《ようべやてつき》同心《どうしん》として裄沢にしては長いこと仕事をしてきた場所だった。

御用部屋は、現代風に言うならば、町奉行が主に奉行所の仕事をするための執務室である（町奉行にはそれ以外に、幕府幹部としての仕事や旗本当主としての公私半々の仕事があり、そちらは主に同じ奉行所内に設けられた内座《ないざ》の間《ま》で業務遂行《すいこう》した）。

用部屋手附同心の仕事は、奉行が申し渡しをしたり決済を行うための下調べや文書の叩き台の起草などになる。

なぜ裄沢が元の職場へノコノコとやってきたかというと、お奉行の小田切から謹慎を申し渡された際、復帰後についての話がなされなかったからだった。いつもならば確かめたであろう疑問だが、さすがにお叱りを受けたその場で口にするのは憚《はばか》られたのだ。

だから、謹慎明けの今になってこうやってお奉行の執務場所である御用部屋へまず顔を出したのだった。

「御免」

何とはなしに無言でヌッと顔を出すのもどうかと思い、あまり大きくはない声でひと言発して中へ踏み込んだ。

現れた裄沢を見返してきたかつての同僚たちは皆見知った顔だが、向こうとしてもどう反応してよいやら判らなかったようで、話しかけてくる者はいない。

裄沢は部屋の奥、屛風《びようぶ》で囲われたお奉行の執務場所のほうへ目をやる。朝のこの刻限、お奉行は通例どおり江戸城《おしろ》に上がっていてこの場にはいないと判っていたが、期待していた内与力の深元《ふかもと》の姿も見えなかった。

内与力は町奉行の秘書官的なお役で、用部屋手附同心からは直の上役に当たる。深元は三人いる内与力の中で最も年若《としわか》だが、一番の切れ者と言われ奉行の信頼も篤《あつ》い男だった――ただ、裄沢にも関わり深いこたびの一件で同じ内与力の古藤が失脚し、代わりの者が着任していれば、最若年ではなくなっているかもしれないけれど。

ともかく裄沢は、今後の己の身の振り方について、深元ならばお奉行の意向を聞いているだろうと思っていたのだ。

と、屛風の向こうに、一人の男の胸より上が突き出るように現れた。主《あるじ》のいないお奉行の文机《ふづくえ》の前で、屈《かが》んでいたか座していたかした姿勢から、立ち上がったのだと思われた。

　裄沢には見憶《みおぼ》えのない男だ。しかしながら、周囲の用部屋手附同心たちから気にされることなくそんなことをやっている以上は、相応の身分にある者だと判断された。

　屛風の向こうの男が、裄沢の視線に気づいたか、顔をこちらに向ける。

「何者か」

　問うた後、足を進めて屛風の陰から全身を現した。

　裄沢も男のほうへ二、三歩踏み出し、頭を下げて答える。

「先日まで定町廻りを拝命しておりました裄沢広二郎と申します。お奉行様より命ぜられた謹慎が明けましたゆえ、今後のご指示を賜《たまわ》ろうと罷《まか》り越《こ》しました」

　男はさらに近づいてきて裄沢の前に立った。

　歳は四十代の半ばぐらいか。厳《いか》つい顔に笑みはなく、鋭い眼差しを向けてくる。

「そなたが裄沢か」

　確認の問いに、裄沢は再び頭を下げる。

「俺は、倉島惣左《くらしまそうざ》という。古藤どのに代わり、殿より新たに拝命仕《つかまつ》った内与力である」

全員が幕臣である町奉行所の与力同心の中で、内与力だけは身分が異なり、町奉行の家臣がその任に当てられる。裄沢らが小田切を「お奉行（様）」と呼ぶのに対し倉島が「殿」と呼んだのは、この違いのためである。

そして、町奉行所における内与力の定員は三人となっているが、内与力については奉行が自分のところの家来から好きにお役に就けられるため、その人数は奉行所内の他の役職よりも自由がきいた。

二人で十分だと思えばそれだけで済ませられるし、三人では足らないときは、別な家来にも表立った役職はともかく「内与力的」な仕事をさせればいいだけだからだ。どうせ己の家来だから俸禄《ほうろく》は自分の懐《ふところ》から出ているのだし、町奉行は家族や主《おも》だった家来を引き連れて奉行所内に住み暮らしているため、公私の垣根が低いところがあるのだ。

現在の北町奉行である小田切は、通例どおりに内与力を置いていたが、それは古藤、深元、そして宗方《むなかた》の三人だった。

古藤は内与力の中での年長者、深元はお奉行の懐刀《ふところがたな》としてよく顔を合わせる存在だったが、宗方についてはは用部屋手附同心だったころの上役の一人とはいえ奉行所内で見かけることはあまりなかった。

ただし、お奉行が登城その他で外出する際には、供としていつも近くに随伴《ずいはん》している印象がある。深元がときにお奉行の代理として様々な交渉ごとなどへ出向いていくため、常に側に在るわけではないのとは対照的だ。

ために、外から見ている者には宗方こそお奉行の最側近と思われることも少なからずあったが、どうやら実際には警固を主な役割としている人物のようだ。だから、身内しかいない奉行所内では存在が目立たず、おそらくはその間に体を休め緊張を解いているのだろう。

奉行所内でも屈指の遣《つか》い手《て》と言われている幼馴染みの来合が、奉行のお供として表門から出て行く宗方を離れたところから一目見て、「あれは相当出来る」と呟《つぶや》いたのを耳にしたことがあった。

そのとき裄沢は戯《たわむ》れに「お前とどっちが強い？」と訊いたのだが、冗談口だと判っているはずの来合から答えは返ってこなかった。剣に一途《いちず》な来合からすれば、軽く応じられるような話題ではなかったのだろう。宗方はさほどの腕だと、裄沢は理解している。

とにかく今は、新たに現れた倉島から聞かされた話についてだ。「古藤どのに代わり」と言ったからには、古藤は裄沢にも関わり深いこたびの一件で、内与力のお役をはずされたということのようだ。

それでもお奉行の家来で在り続けることに変わりはなかろうから、今後もお奉行の身近にいてこの奉行所内で顔を突き合わせ続けることになるのか、あるいはお奉行が旗本家の当主としてお上から拝領している屋敷のほうで何かの仕事に就くのかは、気にしておく必要がありそうだ。

なにしろ古藤は、裄沢を排除しようとする一部与力同心の企《たくら》みに賛同したばかりでなく、その実行の主体となる役割まで果たしていたのだから。そのために重要な役職からはずされてしまったとなれば、裄沢への逆恨《さかうら》みがますます高じていても不思議ではなかった。

そして、今目の前にいる倉島のことも注意しておく必要があろう。同じお奉行の家来として、古藤と親しかったのかどうか。仮に疎遠《そえん》であったとしても、裄沢のことを「内与力の立場からは危険な人物だ」と判断していてもおかしくはない。

自ら名乗った倉島に、裄沢は「よろしくお願いします」と頭を下げつつ、相手の反応を待った。

倉島のほうは裄沢の心の動きに気づいていないのか、あるいは処罰されるような駄目同心には関心がないのか、己の思うところを何の気なしに告げてくる。

「お奉行はまだお城より戻ってはおられぬ」

「存じてはおりますが、倉島様か、あるいは深元様がご意向を伺《うかが》っておられるかと」

「俺は何も聞いていないな。深元は、月番《つきばん》（南北の町奉行所が一カ月交替で受け持つ新規案件の担当月）交替の打ち合わせのため南町奉行所へ出向いておる――何も言って出なかったからには、深元も聞いてはおらんだろう。

まあ、今日殿はお城で特段の御用もなかったはずだ。いつもの刻限にはお戻りになろうから、それまで控《ひか》えておれ」

そう言われてしまえば、裄沢に異論を差《さ》し挟《はさ》む余地はない。すでに定町廻りの任は解かれているから、新たなお役を命ぜられぬ限り何もできることはないし、座をはずそうにも待機するための場所すら他にはないのだ。

やむをえず了承した旨《むね》を伝えて、部屋の隅で大人しくしていることにした。内心で溜息《ためいき》をつきつつ、それとはなしに視線だけで周囲の様子を眺《なが》める。

ほんの少し前まで同僚だった者らは、裄沢などそこにいないかのように自分らの仕事に専念していた。

——お奉行が戻ってくるまでこのまま放っとかれんのかね。

今の刻限は皆が出仕してようやく仕事を始めたばかり。ご老中から呼ばれるようなこともなくお奉行が普段どおりに戻ってくるとして、午八ツ《ひる》（午後二時ごろ）前後。

——己は昼飯も摂《と》りに行けないまま、ここでずっとお奉行の帰りを待つことになるんだろうか。

無体《むたい》な命《めい》を発した倉島が何をやっているのかとそっと窺《うかが》えば、やはり裄沢のことなど忘れたように、用部屋手附同心の一人と話し込んでいるのだった。

——これは、単に人の気持ちなど考えない御仁《ごじん》ということか。はたまた嫌がらせか。あるいは、お奉行の命じた謹慎三日では手緩《てぬる》いと考えての私的な処罰の追加のつもりか。

いずれにしても、あまりお付き合いのしやすい人物ではなさそうだ。こたびの一件が起きるまでは人畜無害に思えていた古藤のほうが、扱いやすかったといえよう。

とはいえ、あんな目に遭わされながら向こうの意のままに成り行きを受け入れることなど、とてもできるものではなかったのではあるが。

――さて、この無為《むい》のときをどうやり過ごそうか。

ともかく今は、無駄な抵抗をせずに大人しくしておくことに決めた。

三

「見延《みのべ》さん」

ただ今詮議《せんぎ》中の一件について、過去に起こった同様の調べでどのようなお裁きが下されたのか、問い合わせのため例繰方《れいくりかた》の詰所へ足を向けた吟味方《ぎんみかた》同心の見延は、詮議所《せんぎしょ》を出たところで隠れるように佇《たたず》んでいた一人の男から声を掛けられた。

「大竹《おおたけ》さん……」

相手が誰か確認するやいなや、見延は応じる前に周囲へ目を走らせる。

ここは、自分ら吟味方の与力同心が頻繁《ひんぱん》に出入りしている場所だし、すぐ隣にあるといってよい例繰方詰所には様々なお役の者がやってくる。息を潜《ひそ》めるようにしている今の自分らにとって、人目につくのはできるかぎり避けるべきことだと見延は思っていた。

とはいえ、そんなことは声を掛けてきた大竹だって十分承知のはずである。にもかかわらずこんな場所までノコノコ顔を出したのは、それだけ切羽詰《せっぱつ》まった心境になっているからだろう。

内心で舌打《したう》ちしながらも、「追い返せば何をしでかすか判らない」との不安があるため、無下《むげ》な扱いをすることもできなかった。

「場所が悪い。離れて、そっと後からついてきてもらおう」

頼りたい相手から目の前を素通りされそうになって悲愴《ひそう》な顔になった大竹だったが、目線を合わせることなく小声で見延にそう言われて安堵《あんど》の表情を浮かべる。こちらの様子を確かめずに歩みを早めた見延の後ろを、慌《あわ》てて追いだした。

見延が足を向けたのは、内座の間の前に設けられた次の間《つぎのま》外の廊下である。内座の間やそれに続く次の間、溜の間《たまりのま》は、奉行所の仕事のためというよりお奉行が旗本家当主や幕閣の一員として行う仕事のために使われるところであり、町方の与力同心が立ち入ることは少ない場所だ。

もしお奉行のご家来衆に目撃されても、ただ町方役人が人のいないところで内密の話をしているだけだと思ってもらえるかもしれない。少なくとも、同僚連中に見られて下手《へた》な憶測をされるより痛手《いたで》は少なかろう。

加えて当のお奉行がお城に登っている現在、お奉行のご家来衆の姿もほとんどなかろうと予測できた。「間を空けろ」とは言ったものの、大竹を従えて長々歩くところを誰かに見られるよりはよほどマシだと考えての場所の選定だった。

「で、どうした」

周囲に人影がないことを確認してから、見延はぞんざいに口火を切った。いきなり現れた大竹に、多少とは言えぬほどに腹が立っている。

裄沢を陥《おとしい》れる企《くわだ》てが実行に移された日。

大事な約束に遅れた裄沢は、御用を楯《たて》に引き留めていた内与力の古藤に暴言を吐き散らして席を立った。そして慌てて向かった約束の相手のところでも、裄沢の大遅刻により取り返しがつかぬほどの事態が起きたらしい。

これで、廻り方としても、町方役人としての先行きにおいても、裄沢の前途には色濃い暗雲が立《た》ち籠《こ》めたはずだった。今後の成り行きについて、息を潜めながらも楽しく見物するはずだったのが、いつの間にやら齟齬《そご》が生じてしまったようだ。

それは、裄沢が約束した先で起こった事態が、自分らで予測していたものよりずっと大ごとになってしまったのが原因だった。ために裄沢ばかりでなく、裄沢の遅刻を誘発した古藤までが責を問われることになったのだ。

この企みのために集まった面々は、皆が首を引っ込めて様子見に徹することにした。誰も申し合わせなどしていないが、保身のための最善策がそうすることだと、全員理解していたからだ。

それを、今日になって突然大竹が自分のところへノコノコと顔を出してきた。あまりの気の回らなさに、見延が苛立《いらだ》つのは当然のことだったのだ。

そうした感情を押し殺しての見延の言葉へ、大竹が嚙《か》みついてきた。

「どうしたなどと、何を悠長《ゆうちょう》なことを。あの裄沢がぬけぬけと町奉行所《ごばんしょ》に面《つら》を出しに来たというのに」

「あの男は別に、町方同心を罷免《ひめん》されたわけではない。課された謹慎が明ければ、顔を出すのは当然であろう」

「たった三日でか」

「申し渡されたのがその日数であるなら、別段おかしなことではない」

「しかし、古藤様はまだお出《い》でにならぬではないか」

大竹の言いように、見延は思わず呆れ顔になって見返した。

「そなた、知らぬのか」

「何をだ？」

「古藤様は内与力からはずされた」

「！　まさか、そんな……」

「このところ顔を見てもおらぬと、今そなたが口にしたではないか――内与力の住まいはこの奉行所のお長屋ぞ。たとえ謹慎中であろうと、内与力であり続けたなら全く姿を見掛けぬことなどあり得ぬはずだ」

「とは申せ、言いつけどおりきちんと身を慎んでおったなら――」

「すでに倉島様という、代わりの内与力がお役に就いておるわ」

「そんなことが……」

「内与力の交代などという大ごとを、誰からも教えてもらえなかったのか」

見延の問いに、大竹は答えを返さなかった。いくら首を引っ込めて大人しくしていたとはいえ、かほどの話も耳に入ってこないとは大竹の人望のほどが推《お》し量《はか》られる。

とはいえ見延も、御用部屋と関わり深い吟味方ではなく、町会所掛《まちかいしよがかり》を勤める大竹のような外役《そとやく》（外勤）であったなら同じようになっていたかもしれないが。

しばらく衝撃を受けていた様子だった大竹が、憤然《ふんぜん》として言い返してきた。

「さようなこと、簡単に信じられるか――あのやさぐれ同心がたった三日の謹慎で済んでいるのに、与力である古藤様がお役を免ぜられただと!?　そんな馬鹿げた話があって堪《たま》るものか」

　声を抑えながらも感情を高ぶらせる大竹を見て、見延のほうは逆にいくらか冷静さを取り戻した。

「ちなみに、古藤様が内与力からはずれたことは、表立って『責めを取らされた』とはされていないがな」

「では、何と？」

「単なる小田切家の中でのお役の交替だそうな」

「そんなっ――じゃあ、古藤様の新たなお役は」

「小田切家の屋敷の、留守居《るすい》の補佐だそうな」

「馬鹿な。それで責めを負わされたわけではないと？」

　大竹が吐き捨てる。

　お奉行は常からこの町奉行所で住み暮らしており、主だった家臣もほとんど町奉行所《こちら》へ移ってきているから、旗本家当主として与えられた屋敷のほうは単なる留守宅だ。そんな空き家同然の場所の、責任者である留守居ならまだしも、ただの手伝いとなれば内与力から左遷《させん》させられたと見なされて当然だった。

「だから、表立っての告示だって言ってるだろうが——実際にゃあ、お前さんが思ってるとおり、責めを負わされたんだろうさ」

「なぜ責めを……」

「そんだけ、あのやさぐれが行くはずだった先で起こったことが重大視されたんだろうな」

見延や大竹が知っているのは、裄沢が向かうはずだった深川《ふかがわ》の扇屋《おうぎや》への到着が大きく遅れたため、先方での見世《みせ》の主とぐれた息子との話し合いに間に合わず、泥酔していた息子が暴れた拍子《ひようし》に蹴躓《けつまず》いて簞笥《たんす》の角に頭をぶつけ死んだという、公表された経緯であった。

当の扇屋から男女の奉公人二人が消えたという話は、扇屋周辺からはいっさい出ておらず、奉行所で公になったことにも含まれていないし、当然息子が死んだ一件との関わりで取り沙汰されてもいない。

これは、裄沢から当初臨時廻りの室町を通じてお奉行や深元に報告されたとおりの内容だが、そのまま公にされたからには、お奉行がこれを「事実」と認めたことになる。裄沢への贔屓《ひいき》からなされた判断ではないとしても、いずれにせよお奉行と町奉行所は、内与力の古藤を切り捨てて裄沢の肩を持ったということだった。

公にされておらず具体的な経緯も知らない見延や大竹はこの実態を把握《はあく》しておらずとも、自分らにとってだいぶ焦臭《きなくさ》い情勢になっていそうだと肌で感じていた。だから、大竹は居ても立ってもいられず何か自分の知らない話を聞けるのではないかと――本当のところは不安な気持ちを共有できる誰かを求めて、見延のところへやってきたのだった。

しかし実際会ってみても、共有したことで薄まるはずだった不安はますます募《つの》るばかりだ。

「重大視されたから古藤様がお役をはずされたというのは判らんでもないが、ならばなぜあのやさぐれは」

見延の答えは、一拍置いて返された。

「処罰の理由が違うってこったろう」

「理由が違う?」

「ああよ。古藤様が内与力のお役を免ぜられるほどの罰を受けたってことは、件《くだん》の扇屋で起きた人死にの責めが少なからず古藤様にあるって断ぜられたってこった――もし裄沢も同罪だって認定されてたとしたら？」

「……少なくとも同程度の処分は科せられただろうな」

町奉行所の与力同心は「抱《かか》え席《せき》」と称され、名目上は一代限りの奉公であって原則として他のお役所への異動はない。ただし、懲罰《ちょうばつ》的な人事なら話は別だ。実際に、看過《かんか》できないほどの賄賂《わいろ》を受け取り贅沢三昧《ぜいたくざんまい》をした与力が問題視され、先手組《さきてぐみ》へ組替《くみがえ》となった事例などもあった。

「いや、同心身分なんだから、もっと重くったって不思議はなかった。それがたったの三日の謹慎で済まされたってこたぁ」

「なんだ？」

「ただ古藤様に無礼な口を利《き》いたってことだけが、あいつの処分の理由だろうってことさ。しかも、たったの三日で済んだとなりゃあ、『建前《たてまえ》の上からは罰しないワケにゃあいかねえけど、事情は汲《く》み取ってやれるからそれらしい格好《かっこ》だけでもつけとくか』ってとこじゃねえか」

「そんな……」

「でもそれ以外に、やさぐれがあの程度で済まされた理由に見当がつくかい？」

そう問われれば、大竹に返す言葉はない。見延の見解を頭の中で反芻《はんすう》しているうちに、胸の内に広がった憂慮《ゆうりよ》が思わず言葉となって零《こぼ》れ出た。

「じゃあ、我らのやったことは……」

「思惑《おもわく》ははずれたと考えなきゃ仕方《しやあ》あんめえな。やさぐれに痛手を与えるつもりが、向こうにゃあほとんど効いてなくて、却《かえ》ってこっちのほうへ火の粉が飛んできそうだ」

見延は、不用意に目の前までやってきた大竹を改めてギロリと睨む。

「だからよ、しばらくは大人しく頭ぁ引っ込めて、嵐が通り過ぎんのをじっと待ってなきゃならねえんだ。こんなふうに、オタオタ動き回って余計に人の目につくようなことは避けてな」

見延の言い分は道理が通っているのだろうが、それでも不安が胸を焦《こ》がしてどうにも居たたまれない。

苛立ちばかりが募る中で、ふと妙案が浮かんだ。

「そうだ、寺本《てらもと》様。寺本様なれば、どうにかしてくださるかも」

独りごちた大竹を、見延は疑わしげに見やる。

「寺本様なら、どうしてくださると言うんだ」

「こたびの企てで我らを集めたお人だ。このようになったについても、何か打開の策はあるはず」

根拠のない望みを口にする大竹を、見延は呆れ果てたという顔で眺める。

「よしたがいい」

「なぜっ」

一縷《いちる》の望みを否定されて大竹は反発した。

「今下手な動きをしたら手前《てめえ》から尻尾《しっぽ》を出すことんなるのは寺本様も同じだ――いいか、よく考《かんげ》えてみねえ。あのやさぐれが約束に遅れるように動いたことについちゃあ、俺ら二人は古藤様に次いで目立ってたとしてもおかしかねえ」

裄沢を呼びつけた古藤が姿を現さずに焦《じ》らしている間、当の裄沢が痺《しび》れを切らして飛び出したりせぬよう見張っていたのは見延だし、扇屋から裄沢の来訪を催《さい》促《そく》にきた手代を追い返したのが大竹だった。

「見延さんは確かにそうだろうが、こっちは当番同心のお役を果たしただけだ。疑われる筋合いはなかろう」

「その当番同心のお役を当日になってから無理矢理代わってもらったのは、みんなに見られてんだぜ。その上でのあの振る舞いを、疑われずに済むとお前さん本気で思ってんのかい」

「う……」

なんとか危難を避けたい一心で都合の悪いことは見て見ぬふりをしていたところに核心を衝《つ》かれ、大竹は返答に窮《きゅう》した。

相手の逃げ道を塞《ふさ》いだ見延が、慎重に説得を試みる。大竹が今以上に暴走して自滅するのは勝手だが、それでこっちまでとばっちりを喰《く》らったのでは目も当てられない。

「いいか。古藤様がお役をはずされて、それで一件落着だと安心しちゃいられねえ。俺ら二人だって剣《けん》が峰《みね》に立たされてるんだ。目ぇ逸《そ》らさねえで、今自分が置かれてるとこをしっかりわきまえとかねえとな。

その上で、俺らまで追及の手が伸びてきたときに、頼りになんのが寺本様と定町廻りの佐久間さんだ」

その二人が本当に頼りになるか、見延にしても確信があるわけではない。しかし、頼みの綱《つな》とできる相手はもうそれしか残っていないのだ。

見延は、己の言葉を己自身に信じ込ませるように語り続けた。

「まだこっちまで手が伸びてねえうちに、俺らがジタバタ動いてあの二人まで目ぇつけられちまったら、肝心なときに救《たす》けてくれる人が誰もいなくなんぜ」

虚《うつ》ろな目で見延を見返す大竹の喉仏《のどぼとけ》がゴクリと動く。

「今が我慢のしどころよ。なぁに、あの企てについて俺らに何か言ってくるような者《もん》は、まだ一人も出てきちゃいねえんだ。大人しくして目立たずに過ごしてりゃあ、このまんま、何ごともなしで通り過ぎちまうかもしれねえんだぜ。

だから、今は動かずじっとしてろ。黙って辺りの様子に気ぃつけて、何でもねえような顔して目の前の仕事をこなしてりゃいい」

見延は、大竹が納得したのか強い目で確認するように見据えた。

大竹は、ひと言も口にすることなくただコクリと頷《うなず》いた。

四

北町奉行所定町廻りの佐久間弁蔵は、己の受け持ちである城南地区の見回りを行っている最中だった。お供として気に入りの岡っ引きを従えているが、本日はほとんど声も掛けていない。

供をする岡っ引きのほうも、佐久間の旦那が気分屋なのは前々から承知しているので、「触らぬ神に……」と今日は黙《だんま》りを決め込んでいた。

今、佐久間が歩いているのは赤坂から麻布《あざぶ》へ向かう途中。この先の「なだれ」と呼ばれる坂道を抜ければ、市兵衛町《いちべえちょう》に突き当たる。

——市兵衛町。

その町並みを思い浮かべて、佐久間は苦々しい顔になった。

市兵衛町は江戸でも郊外に近い土地柄ながら、昔は岡場所にしては大きな遊女屋があって、たいへんに繁盛していた。すでにその面影はないが、今でも小さな切見世《きりみせ》や隠し売女《ばいた》を置いている曖昧宿《あいまいやど》がある。

佐久間が苦い顔をしたのは、間者まがいの仕事をさせるために、ここで町方役人としての「顔」を効かせて小者に女を宛《あて》がったことを思い出したからだ。

——裄沢のお供について、市中巡回中にあいつが行ったところや会った人物のことを巨細漏らさず報せろ。

ただで抱ける女を餌《えさ》に、大松という締まりのない小者を誘ったところ、一も二もなく飛びついてきたのだった。

——こんな野郎に頼んじまって大丈夫か。

不安しか覚えさせないような軽薄な男だったが、そんな人物でもなければ声を掛けられないほど危《ヤバ》い話だったから仕方がない。けれど大松は思っていたよりずっと役に立つ男で、佐久間が知りたい話を余すところなくもたらしてくれた。

そこまではよい。

ただで美味《おい》しい思いができたことに味を占《し》めた大松は、再度のもてなしを要求してきたのである。さすがに同心をあからさまに脅《おど》すようなマネはしてこなかったが、佐久間が呑まねば己のやらされたことを言いふらしかねないと思わせる態度を取ってきた。

佐久間とて、伊達《だて》に長年廻り方のお役を勤めてきてはいない。反対に大松を脅し上げ、それ以上生意気な口を利かせないようにした。

しかし、一度吸った甘い汁の味は忘れられなかったらしい。次に大松は佐久間に隠れて、一度案内された遊女屋へ直接足を向けたという。

さも当たり前といった態度で堂々と乗り込んできた大松を、遊女屋も一度は中へ通して遊ばせたらしいが、話を聞いた佐久間に「登楼《あげ》なくてよい」と言われて二度目には追い返した。断られて凄《すご》んでみせた大松だったが、遊女屋から佐久間の名を出されたとたんにスゴスゴと引き揚《あ》げていったと聞いた。

仕方なくやったこととはいえ、そんな手合いの機嫌を取って仲間内に引き入れた己の無様《ぶざま》な振る舞いに嫌気《いやけ》が差しての苦い顔だった。

いや。これで企みが上手くいっていれば、大松の意地汚い集《たか》りももっと鷹揚《おうよう》に受け止められたかもしれないが、結果が失敗《しくじ》りだったことで却って己の尻に火が点《つ》きそうになっており、心のゆとりがなくなってしまっているのである。

もともと己の立てた策ではあったが、まさか裄沢が約束に遅れたことで、人死にが出るとは思いもしなかった。せいぜいが無理矢理引きずってこられたどら息子が暴れて、ちょいと怪我人が出るくらいだろうと高《たか》を括《くく》っていたのだ。

――それが、酔って暴れて手前で蹴躓いて死んじまうなんて。いってえ誰がそんなことを予測できるってんだ。

それでも、この企みに乗っかった他の面々が上手く立ち回っていたなら、こんな心配をする必要などなかった。みんなこっちへ負《お》んぶに抱っこで人任せにしてこようとする態度に腹を立て、「手前らの役割はきっちり手前らでこなせ」と突き放したのがまずかった。

後悔に臍《ほぞ》を噛むと同時に、満足に自分の尻も拭《ぬぐ》えない連中に腸《はらわた》が煮えくり返っているのだ。特に、どうにも我慢できない男がいる。

――あの古藤の野郎。内与力だなんぞとふんぞり返りやがってたくせに、なんてえ体《てい》たらくだ！

あろうことか裄沢を奉行所へ呼び戻して引き留めるのに、理由にもならない終わった書付《かきつけ》を持ち出したというのだ。

これに罵声《ばせい》を浴びせた裄沢は謹慎となったが、その期間はたったの三日。一方の古藤その人は、内与力を罷免されて奉行所からお奉行の本宅へ移らされてしまったという。

これでは、当の本人に面と向かって苦情を浴びせることすらできないではないか。

考えなしの軽はずみをやらかして自滅するのは勝手だが、そのせいで徒党《ととう》を組んでいた自分らまで危うい目に遭わされるのは理不尽《りふじん》というものだ。

佐久間は、現在自分が置かれている状況について、心を落ち着けてもう何度目かになる考えをまたここでも巡らした。

――あのやさぐれを探らせるのはみんな大松に任せてたし、やさぐれに相談を持ち掛けた扇屋の内情を聞き出すのも、南町の同心の使ってる御用聞きにやらせた。どこでも自分が表にゃ出ねえように気ぃつけてたから、俺が古藤たちと結託《けったく》してたってこたぁ誰にも気づかれちゃいねえはずだ。

ずっと慎重に行動してきたことには自信があった。それでも、心に覆《おお》い被《かぶ》さる不安を拭えずにいる。

それは、「裄沢を今一番目《め》の仇《かたき》にしているのは誰か。裄沢が勤めを失敗って最も利益を受けるのは誰か」と考えたとき、自分の名が真っ先に挙がりそうだという自覚があるからだ。まあ、他人からもそう見えておかしくない状況に置かれているからこそ、こんな乱暴な手段に打って出たわけなのだが。

――けど、怪しいからって、俺も一味だと言われるような証《あかし》はねえはずだ。

己に言い聞かせるようにそう考えたが、不安がないわけではない。それは……。


――まずは、大松。

ちょっとした利をチラつかせただけですぐに尻尾を振ってくるような軽薄な男。だからこそ簡単に言うことを聞かせられたのだが、逆に言えば自分の身に多少なりとも危険が及んだとなったときの、口の固さには全く信用がおけない。

始末してしまえるならばそれが最善なのだが、さすがにそこまで踏み切るには躊躇《ためら》いがある。「まあ、当人に捨て置けなくなるような振る舞いが見られたり、こちらの覗《うかが》い知れる範囲で危ぶむべき気配が察知されたときにもう一度考えればよいか」ととりあえずは保留にしておく。

佐久間は、大松だけにかまけているわけにはいかないのだ。それは、他にも憂慮すべき者が、仲間のはずの面々の中にいるからだった。

――大竹と、見延。

いずれも裄沢を陥れんとした企みの同志だが、実際面《つら》を突き合わせてみるとどうにも頼りない連中だった。調子のよいことを口にするばかりで、役に立つような意見は一つも出てこない。ただお追従《ついしょう》が耳に快《こころよ》いので、発起人が仲間に加えただけではないかと佐久間は思ったものだ。

まあ、企てを実行に移す際には二人ともにそれなりに働いていたようだから、少し厳しすぎる見方をしているのかもしれない。それに、自分よりずっと疑われやすい形で企ての実行に手を染めたこと自体が、二人にとっては口止めの効果があると考えることもできそうだ。

逆に、皆を集めてこのような企みに引き込んでおきながら、実際の行動にあたって己はいっさい手を汚していない者がいる。

――町火消人足改《まちびけしにんそくあらため》与力、寺本槐太《かいた》。あの野郎、皆を焚《た》きつけておきながら、一人だけ上手《うめ》えこと陰に隠れやがって……。

自分のやるべきことをこなすだけではなく、もっとしっかりと成り行きに目を光らせておくべきだったとの後悔はあるが、必要以上に関わっていくと全てこちらに押しつけられかねないという危惧《きぐ》があったため、お膳立《ぜんだ》てをした後はみんなお任せにして放っぽり出すしかなかったのだ。

こうなってみると、あんな話に乗っかったこと自体が大きな間違いだった。

――けど、もしこっちにまで火の粉が降りかかってきたら、あいつ一人だけ無事、なんてことにゃあ済ませねえ。

佐久間はしっかりと憎悪《ぞうお》を向ける先を見据えた。

当人の意識にはないが、こうなってしまった今では、つい先日まで仲間だったはずの面々のほうが、裄沢よりも敵視する度合いがずっと高まっていた。

五

町火消人足改与力の寺本は、玄関近くの与力番所で文机の前に座していた。

ひとたび火事が起こり燃え広がると、ほとんど木と紙で出来ているような江戸の町並みはどこまでも燃え広がりかねない。実際、徳川幕府の初期には十万を超える死者を出したとも言われる大火災も発生しており、防火や類焼《るいしよう》防止はお上にとって最重要政策の一つとなっていた。

このことからも町火消人足改は町奉行所において大事なお役とされていたが、火の出ていないうちにやるべきことはそう多くない。ために、季節により変動はあるが三、四人ほどいるこのお役の与力のうち、寺本を除く全員が他のお役との兼務となっていた。

だからといって、寺本が町火消人足改与力の頭格というわけではない。むしろ、何か用事があるときに皆が不在では都合が悪いために置かれている、雑用《ざつよう》掛《がかり》や小間使い的な扱いであったのだ。

もともと平時にはさしてやるべきことのないお役である上に、今は気候からも火を扱うことが少ない初秋であり、机の前に座っているとはいえ寺本に仕事と言えるほどの用事はない。それでもこうやって目の前にそれらしい書付を並べて大人しくしているのは、なるべく人目につきたくないという意識からの行動だった。

寺本は猫に捕食されることを怖れる子鼠《こねずみ》のように、じっと耳を澄ませ周囲の気配に気を張り詰めている。

ようとは。――どう考えても絶対に上手くいくはずだった。まさかこんな椿事《ちんじ》が出来《しゅったい》し
寺本の嘆《なげ》きは深い。

相談を持ち掛けてきた扇屋との約束に遅れさせて裄沢の信用をなくし、その上裄沢不在の間に暴力沙汰でも起きればなお面目を失墜《しっつい》させられるという定町廻りの佐久間が立てた策は、寺本にすれば物足りなさを感じる手緩いものだった。ときがない中、他に妙案が浮かばないため、やむを得ず採用したような凡策《ぼんさく》だったのだ。

ところが、「あわよくば」と思っていた成り行きが期待を上回りすぎて、裄沢の面目どころか北町奉行所の沽券《こけん》に関わりかねないほどの大ごとになってしまった。

これで、単に裄沢が約束に遅れたことを責められるだけでは終わらず、遅刻の理由まで深く追及されることになったのだ。

そのため、実際に市中巡回中の裄沢を奉行所まで呼びつけて、延々待たせた上でようやっと顔を出した内与力の古藤は、お役を免ぜられるほどの重い罰を受けた。

古藤と結託して裄沢の引きずり下ろしを画策していた寺本としても、いつ自分のところまで責任追及の手が伸びてくるか気が気ではない。

――もし古藤殿同様の処罰を受けたなら、親子二代に亘《わた》って奉行所のお役を免ぜられることになってしまう。

寺本の父は、形の上では自ら町奉行所与力の職を辞したことになってはいるが、実際には当時の老中首座が推《お》し進めていたご改革の波に乗り一気に出世を果たそうとして、奉行所内の動静を見極められずに周囲から反感を買い、進退窮《しんたいきわ》まって致仕《ちし》(退職)したのだった。

父に続いて己も致仕せざるを得ないような仕儀《しぎ》に立ち至ったとするなら、代々続いた寺本の家としてこれ以上の恥辱はない。町方役人は「抱え席」といって建前上は一代限りの奉公であり、親が辞めるに際し子が新規採用されるという形をとるから、もし自分が辞めるとなったときに跡継ぎの採用の話がなければ、与力の寺本家は自分の代で断絶することになってしまう。

寺本は、気に入らぬ同心を陥れようとして吟味の筋まで枉《ま》げようとしたことが発覚し、罷免同然に奉行所を去って跡目を実子に継がせられなかった吟味方与力のことを頭に浮かべた。そういえば、あの与力が排除しようとして果たせなかった相手も裄沢だった……。

——大丈夫だ。裄沢と扇屋の関わりを調べたのは佐久間だし、古藤が姿を現すまで裄沢を奉行所内に引き留めていたのは見延、扇屋から催促に来た使いを追い返したのは大竹だ。俺は、そのどこにも関わっちゃいない。俺にまで、調べが及ぶことはないはず……。

自分自身に何度も繰り返してそう言い聞かせるが、不安はどうしても消えてくれない。こちらまですぐに疑いが掛かることはなくても、大竹や見延が陥落《お》ちればそれまでだということは否定できなかった。

「おう、寺本」

突然声を掛けられて、飛び上がるほど驚いた。顔に出さぬよう自らを戒《いまし》めつつ、声の主へ目を向ける。

幕府の火薬類保管場所の警備を担当する、硝石会所見廻《しょうせきかいしょみまわ》り与力の楢林《ならばやし》だった。楢林は与力の定員一人のこのお役を勤めながら、同時に町火消人足改与力の頭格も兼任している。

「これは、楢林様。何かご用にございましょうか」

戦々恐々《せんせんきょうきょう》としていることは、おくびにも出さずに応じた。

「いや、仕事熱心なのはいいことだと思ってな——して、何をしておる」

「はい、手が空《す》いておりましたので、これまで溜《たま》った書付などを整理しようかと存じまして」

目の前に適当に並べた書面の理屈がつくように誤魔化した。

「おう、それは精が出るな」

「ありがとう存じます」

「ところで、聞いたか」

「何をでございます？」

世間話を持ち掛けてきた様子の楢林に、寺本は軽く問い返す。

「いや、内与力の古藤さんがお役替えになったという話で、硝石会所《俺んところ》見廻りも持ちきりでな。深元殿あたりは『ただの小田切家中における人の異動だ』と言っておるようだが、何やらヘマをやらかして飛ばされたのではないかとの噂も流れておるそうな」

寺本は、声が震えそうになるのを堪《こら》えてどうにか相鎚《あいづち》を打つ。

「ええ？　そのようなことがあったのですか」

「そなたは知らぬか」

檜林は邪気のなさそうな顔で問うてくる。

「……何をです？」

寺本は恐る恐る訊き返した。

「ふむ。古藤さんは、お奉行からの譴責《けんせき》に対し、己がやったことを洗《あら》い浚《ざら》い白状したそうな――まあ、あのお人は先祖代々引き継いできた町方ではなく、小田切様が今のお役に就いたがために内与力になったお奉行のご家来だからな。もしお奉行に見捨てられたら我らどころの騒ぎではなく、文字通り一家丸ごと路頭《ろとう》に迷うことになってしまうでな。もはや己のやったことの責めからは逃れられぬと観念したなら、確かに全てを白状するのは早かろうよ」

「そのような……」

寺本は檜林の話を茫然《ぼうぜん》と聞いた。

当人は、自分が考えていたよりずっと追い詰められていたことを知らされて愕《がく》然《ぜん》としたのだが、事情を知らぬ者から見れば、古藤の思いも掛けぬ失墜に驚いたと捉えられてもおかしくはない態度であったろう。

「寺本」

与力としての先達《せんだつ》でもあり、自分と同じお役の頭格でもある檜林が呼び掛けてきた。

「はい？」

「町火消人足改は重要なお役なれど、日ごろはそう忙しいところではない」

「はい……」

「ここより閑職《かんしょく》というのは、数ある町奉行所のお役の中にもほとんどないぞ」

「！　それはっ」

楢林は顔色を変えた寺本を振り返ることなく、言い捨てるやそのまま去っていった。

寺本は言葉もなく後ろ姿を見送るばかりである。

——すでに、俺のことまで調べはついている……。

楢林の最後の言葉は、そう受け取るしかない。

——終わった……。

一人残された寺本は、ガックリと肩を落とした。

六

裄沢は、周囲が忙しく立ち働いている御用部屋の隅で、ただ一人ぽつねんと座り込んでいた。新たに任ぜられた内与力の倉島の言い付けを守って、お奉行がお城から戻るのを待つためである。

すでに昼飯どきはほとんど過ぎているが、裄沢がその場から動くことはなかった。

老中をはじめ幕府重職の下城の刻限は午八ツと決まっており、急病など特段の事情でもない限りこれより早く城から下がることはない。しかし町奉行だけは、御用繁多《ごようはんた》を理由として当人の判断で刻限前に下城することも許されていた。

このため、倉島からただ「殿のお戻りを待て」とのみ指図された裄沢には、午だからとて勝手に席を離れられなかったのだ。

――さすがに腹が減ったな。

小便の際には近くにいたかつての同僚に断り席をはずしたが、昼飯については倉島からの配慮の言葉がなかったので食えぬままに居残っている。傍若無人《ぼうじゃくぶじん》に見られることが少なからずある裄沢でも、謹慎明けの身ともなれば控えるぐらいのことはするのだ。

——さて、これからどうなることやら。

扇屋を営む錦堂《にしきどう》の一件にどう対処するかの肚《はら》を決めたとき、奉行所を辞することになるのも覚悟していたし、立ち会いのために呼んだ臨時廻りの室町を通じてそのことはお奉行にも伝えた。奉行所へ帰着してから自分の口でも同じことを述べている。

もしそれが受け入れられていれば、幕府御家人の裄沢家は自分の代で終わっていた。代わりにどこかの町方役人の次男か三男あたりが新たに登用されて、家を立てていたはずだ。

しかし、奉行からの命が謹慎となったことで、裄沢が浪人となることは「とりあえず」避けられた。まあ、当人のやさぐれぶりが変わらない限り、この先どうなるかは知れたものではないのであるけれど。

裄沢の今後については、当人よりもご定法《じようほう》を枉げてまで救ってもらった錦堂のほうが大いに案じていた。

錦堂の見世は倅《せがれ》の死で立て込んでいると同時に奉行所の目もあるから直に接触

してくるようなことはなかったが、錦堂と裄沢の間を取り持ってこたびの一件の端緒《たんしょ》を開いた立場の備前屋《びぜんや》からは安否を問う手紙が届けられただけでなく、ついには主の嘉平《かへい》が人目を忍んで夜間に裄沢の組屋敷を訪れることまでしてくれた。

その錦堂にせよ備前屋にせよ、裄沢の処分が「謹慎三日間」だけで済んだことには安堵すると同時に大いに驚いていたようだ。一番驚いたのが裄沢本人だったから、まあこれは当然のことではあるのだが。

――しかし、こたびは助かった。

裄沢は、お奉行がそのような決定を行った裏にどんな魂胆《こんたん》を持っているのか少なからぬ疑いを抱《いだ》いてはいるものの、示された寛大な処置には掛け値なしに感謝をしている。

それは町方同心という身分に執着を感じているからではなく、今奉行所から放《ほう》逐《ちく》されてしまうと、己がやろうと思っていた「あること」が自分の手でできなくなってしまうからだった。

――これで、どうにか来合と美也《みや》さんの祝言《しゅうげん》を段取れる。

己の活計《たずき》よりも、今はそれが最大の関心事なのだ。

ふと、御用部屋にも近い玄関のほうで、慌ただしく人の動く気配がした。

——ようやっとお戻りか。

今にも不満の声を上げそうな腹を、周りで立ち働く者らに気づかれぬようにそっと摩《さす》りながら、裄沢は溜息をつく。

しかし、それから実際に呼ばれるまでまだしばしのときが掛かったのだった。

お奉行は着替えた後も御用部屋に足を向けてはこなかった。裄沢は内座の間に呼ばれたのである。

裄沢は内与力の深元に伴われて内座の間の襖《ふすま》の前に立った。と、深元は脇に退《の》いて部屋の中を顎《あご》で指し示す。

何のつもりかと思ったが、やれと示されていることは判るので素直に従うことにした。

「同心の裄沢広二郎にございます。お呼びと伺い参上仕《つかまつ》りました」

閉じた襖の向こうに声を掛けると、間を置かず「入れ」と応答があった。紛《まぎ》れもなくお奉行の声である。

「失礼致します」

そう断ってから襖を開け、中へと踏み込んだ。後に深元が続く。

裄沢は部屋に入ってすぐに膝《ひざ》を折り、お奉行へ向かって平伏した。

「このたびの分をわきまえぬ振る舞い、真《まこと》に申し訳ござりませんでした」

下げた頭の向こうから、こちらを観察しているような視線を感じた。

「きちんと反省したか」

「はあ」

「何じゃ、謹慎三日では反省には足らぬか」

「……本音を申し上げても、よろしゅうございましょうか」

横に座した深元から「裄沢！」と警告の声が掛かったが、奉行の小田切は視線でそれを制した。

「何でも思うところを口にするがよい」

「では――正直なところ、このたびのことは免職されることまで覚悟の上でやりようを決めました。再び同様のことが起これば、また同じ決断をすることになろうかと考えておりまする」

反省はしていないということだった。

「それを、面と向かってこの奉行に申すか」

「このたび受けた処罰を見るに、お奉行様もそれがしの判断に同意しておられるかと存じましたので」

臆面《おくめん》もない言いように、さすがの小田切も苦笑した。

「内実はともかく、そなたは謹慎させられたのじゃ。あまり剝《む》きつけにしておると、そなたが覚悟しておったような処分をせねばならなくなるぞ」

「できますれば、そのときはお早めに願いたく」

早く辞めさせろと言いたげな口ぶりに、聞いていた深元は「なっ」と声を上げてしまった。

「裄沢の家が潰《つぶ》れても構わぬか」

「父母兄弟どころか妻も子もいない全くの独り者にございます。己が居なくなれば、いずれは無くなる家にございますれば」

「……妻を娶《めと》る気はないと」

「一度で十分にございます」

「亡くなられた妻女に、さほどに惚《ほ》れておったと?」

お奉行の問いに、今度は裄沢が苦笑を浮かべる。

「ご興味がおありなれば、それがしが妻を喪《うしな》った経緯をお確かめになればよろしかろうと存じます」

不遜《ふそん》なもの言いだが、その口吻《こうふん》にのっぴきならぬものを感じた小田切は、追及をやめた。

「しかし、反省もしておらぬでは、仕事に復帰させるのは尚早《しょうそう》かのう」

「お心のままに。ただ、できますれば過日いただいたお約束を果たしていただくために、その間のご猶予《ゆうよ》は頂戴致したく」

「約束か」

「お奉行様？」

「忘れてはおらぬぞ――なるほど、そのためには町方として動けねば都合が悪いとな」

「甚《はなは》だ勝手ながら」

脇で、深元が「全く」と、いかにもそのとおりだと呟いたのが聞こえてきた。

裄沢はそちらへ意識を向けることなくお奉行を見ている。そしておもむろに口を開いた。

「で、謹慎が明けましたゆえ、このように参上致しましたが」

「ああ、この後の勤めであるな。

そなたを臨時の隠密廻りとして以降、用部屋手附の数が一人不足したままになっておる。そこへ戻ってもらおうかの——深元、よいな」

裄沢は怪我をした来合の代わりとして定町廻りの任につけられる前、わずかな間ながら「隠密廻りの応援」というお役を拝命していた。

深元はお奉行からの意向に自若《じじゃく》と応じる。

「は。ではそのように」

お奉行は裄沢に視線を戻した。

「では、明日から復帰せよ」

「本日は、よろしいので？」

「御用部屋におらずともやることはあろう」

「……ありがとう存じます。では、それがしはこれにて」

裄沢は深く頭を下げると、そのまま退出していった。

その気配が襖の向こうから消えるのを確かめ、深元が深々と溜息をついた。

「なんじゃ、そなたにしては珍しいの」

「あれは、いささかそれがしの手にも余りますので」

「名実ともに内与力筆頭になったのだ。いつまでもそれでは困るぞ」

「は、努力致します」

うむ、と頷いた奉行の小田切には、本気で譴責する気はないようだ。

もしかすると殿も同じ思いを抱いているのではと、深元はチラリと考えた。気分を変えて、口を開く。

「ところで、こたびの一件を引き起こした連中については、まだ古藤殿以外には手をつけておりませぬが」

「一度にやれることではないからの。まあ、追々《おいおい》一人ずつ、といったところかの」

町奉行所の業務は多岐に亘るが、これに従事する与力同心の数は限られている。一度に三人も四人も減ったのでは、いくら「役立たず」と言われる者らであったとしても業務に遅滞《ちたい》が生じかねない。

「己らがやった悪さでどのような結果が生じたのか、古藤が内与力の任を解かれたことであやつらにも身に沁《し》みて実感できていることであろう。なれば、しばらくはそのまま戦々恐々としておってもらおうか。それもまた、罰の一部ぞ」

確かに、生きた心地もしておるまい。この後一人ずつ懲罰人事と思える命が下されていけば、処分が後になった者ほど真綿《まわた》で首を絞められるような思いをするに違いない。

深元が得心《とくしん》していると、お奉行の断ずる声が聞こえてきた。

「けれど、捨て置きはせぬぞ。為《な》したことの責は、必ず全員に取ってもらう」

深元が見やれば、お奉行はこのような場では珍しいほど厳しい顔をしていた。

第二話　狐祝言《きつねしゆうげん》

一

旧来の江戸地（大川以西《おおかわ》）全域における橋の管理維持を勤めとする定橋掛《じようばしがかり》与力の坂木勘之丞《さかぎかんのじよう》は、とある事情から見習い与力としてこのごろようやく出仕を始めた嫡男《ちやくなん》の六郎太《ろくろうた》とともに組屋敷を出、二人の勤め先である数寄屋橋御門内《すきやばしごもんない》の南町奉行所へ向かっているところだった。

六郎太が仕事を憶えるとともにこれから長年勤めることになる奉行所に慣れれば、勘之丞は即座に隠居《いんきよ》する所存である。こちらから望んだことではあるが、その際には、六郎太は同じ見習い与力でも、無足《むそく》（無給）扱いからきちんと俸禄の出るいっぱしの立場へと身分が変わるのだ。

同僚の中には、勘之丞に「いまだ十分お役をこなせるであろう」と翻意《ほんい》を促《うなが》す者もいるが、胸に抱いていた大きな望みが完全に潰《つい》えた今、勘之丞は勤めを続ける気力を失っていた。

「ところで父上」

並んで歩く六郎太が声を掛けてきた。

「どうした」

「備前屋からまた催促が参っておりますが、何もせぬままでよろしいのでしょうか」

のんびりとした気分で歩いていた勘之丞は、嫌なことを思い出させられて表情から笑みを消した。

「……放っておけ」

冷たくひとこと言い放つ。

六郎太は「はあ」と、どうとでも取れる声を発した。

数歩無言で足を進めた勘之丞が、六郎太に言葉を続ける。

「そなたとて、喜んで応ずるという気持ちにはなっておるまい」

「それはそうでございますが……」

勘之丞は足を止めて伜を見た。

「なんだ、妹が可哀想《かわいそう》にでもなったか」

「いえ、そういうわけではございませんが……」

勘之丞が再び歩き出す。六郎太はやや遅れて、父親の斜《なな》め後ろに従うような位置についた。

――そうではないが、外聞《がいぶん》もあることだし。

心の内ではそう思っても、父に面と向かって言えることではなかった。

それからは、二人ともただ黙々と奉行所までの道のりを歩んでいくのだった。

勘之丞が六郎太に「妹」と言ったのは、己の娘である美也のことだ。

およそ十年前、美也は北町奉行所の同心に想いを寄せ、それが実って祝言を挙げる寸前までいった。しかし、突然の情勢変化によって、この縁談は実現せずに終わる。

ときの老中首座・松平定信《まつだいらさだのぶ》の推挙《すいきょ》により、美也が将軍の側室《そくしつ》候補として大奥《おおおく》へ上がることになったからである。

これを報された勘之丞は欣喜雀躍《きんきじやくやく》した。娘が将軍の側室となって寵愛《ちようあい》されれば、本来与力より上に昇る目などない自分にも、出世の途《みち》が拓《ひら》かれる。

もしお世継《よつ》ぎを生むようなことにでもなれば、己は実質上、将軍の外祖父《がいそふ》となれるのだ（公式には、美也はより高位の武士の養女となっているため、勘之丞は将軍家の縁戚《えんせき》扱いにはならない）。

お目通りも叶《かな》わぬような高貴な身分の人々が、頭を下げてくるまでには至らずとも、下へも置かぬ扱いをしてくれるようになるのだった。

当然、坂木の家も今の町方与力では収まらない。悪くとも御目見《おめみえ》以上の格となり、大身旗本（三千石以上。町方与力は二百石前後）まで引き上げられることも夢ではないと思われた。

しかし、実際にはそう上手くことは運ばなかった。

将軍の側室候補――言い換えれば、将軍に御目見できる前提で大奥に上がったはずの娘は、なぜか御目見以下に据え置かれたまま月日が流れていったのだ。

それらしい理由を告げられたことはあったが、「これは娘に粗相《そそう》があったか何かで選から漏れたのでは」と勘之丞は疑った。しかし、暇《いとま》を出された（解雇されれた）わけではないからには、挽回《ばんかい》の余地はあるはずだ。

勘之丞は、奉公三年目の休みを得て実家に顔を出した美也を叱咤激励《しったげきれい》した。望まれて大奥へ上がったからには、なんとしても結果を出してもらわねばならない。自分ばかりではなく親戚一同が期待を寄せているし、勘之丞の出世を当て込んでいろいろな優遇をしてくれる人たちもいるのだから。

されど、美也が側室候補であるお中臈《ちゅうろう》になる日はついぞ来なかった。当人へいろいろものを言ってやりたくとも、六年目や九年目にも頂戴できる休みには家に帰ってこなかったばかりか、取り澄ました時候の挨拶のような中身のない文すらついには届かなくなってしまっていた。

そして、永《なが》のお暇《いとま》（退職）を願って許され大奥を出たのだが、実家である勘之丞の組屋敷には戻らず、なぜか大奥で庇護《ひご》を受けていたお中臈の生家《せいか》である植木屋に身を寄せてしまったのだった。

これでは父親として、周囲に面目が立つわけがない。勘之丞が怒るのも当然であろう。

一方、美也の立場からすれば全く違った話になってくる。

突然大奥へ上がることになって来合との縁談が済し崩《な》《くず》しに「なかった話」とされてしまったことは、美也に落胆という言葉では言い表せないほどの深い悲しみをもたらした。けれど、もはや事態は自分がどうこうできるものではなく、また家のことを考えても父の意に従うより他にないため、身を捨てるほどの覚悟を決めて迎えの駕籠《かご》に乗ったのである。

しかし、実際大奥に来てみれば、外で聞かされたこととは全く異なる境遇が美也を待っていた。

大奥へ美也を送り込んだ松平定信は、その強硬な倹約《けんやく》政策により、大奥とは鋭く対立するようになっていた。そして肝心の将軍はというと、定信のあまりの謹《きん》厳《げん》さに辟易《へきえき》し、私事においては定信に関わるあらゆることを、できるだけ自分の身辺から遠ざけようとしていた。

そんな中で側室候補となったとしても、実際に将軍の閨《ねや》に呼ばれることなどあり得はしない。当人の意識からすれば無理矢理連れてこられた美也は、最初から大奥という檻《おり》の中で飼い殺しにされる運命だったのだ。

そんな美也に救いの手を差し伸べたのが、美也以前に定信の推挙で大奥に上がっていたお満《まっ》津の方《かた》だった。

将軍の側室の一人にはなれたものの、先に述べた事情ですでに冷遇されていた（だから、定信は新たな側室として美也を送り込んだのだが）お満津の方は、美也の先行きを案じ、側室候補として一本立ちさせることなく自分の手元に置いた。

こうした事情は当人からも、お満津の方を介した周囲からもそれとなく実家へ報されていたのであるが、父親である勘之丞に理解されることはなかった。自分の望みが実現しない理由を直視することができずに、長女に全ての責任をなすりつけたと言っていいかもしれない。

父娘《おやこ》の間が疎遠になるのに、多くのときを要することはなかった。

松平定信は六年ほどで権力の座から下りたが、いまだ定信を目《め》の敵《かたき》にする女中衆や定信への苦手意識の消えない将軍の意のままに動く大奥で、美也が顧《かえり》みられることはない。

結局美也は側室どころかその候補となることもないまま、およそ十年のときが過ぎ、一生奉公である側室のお満津の方が隠居所へ移るに伴い、大奥を出ることとなる。直後にお満津の方は亡くなったから、美也が大奥を出たことは、お満津の方の最期の遺志《いし》であったとも言える。

実家に戻っても居場所のない美也が身を寄せたのが、親身になって庇護してくれたお満津の方の実父が営む植木屋・備前屋となったのも、当然の成り行きと言えよう。

そして十年のときを隔《へだ》て、美也と想い人の来合との縁談が復活した。これには来合の友人である絎沢広二郎のお節介《せっかい》が大きく関わっていたが、何より当人二人のいずれもが相手のことを強く想い続けていたからこその結果であった。

実の娘であるお満津の方を大奥へ上げたまま喪った備前屋の主・嘉平は、親元には帰れない自分の代わりとして娘が送ってくれた美也の慶事を大いに喜んだ。親代わりとして、娘にしてやれなかったことを全てさせてもらおうと意気込んだのである。

ちなみに、大奥に上がった美也は名義上高位の武家の養女になったと述べたが、少なくとも永の暇を頂戴してお城を出た時点では実質的にこの関係は解消されている。公方様の子を産むどころか側室にすら取り立てられず、さらに言えばずいぶんと前に「過去の人」となった白河公の依頼で仮親《かりおや》を引き受けた武家に、美也とつながりを持ち続ける意味など完全になくなったからである。

今さら下級武士の娘に戻った女が、似たような身分の者とくっつこうが関心などなかったのだ。ゆえに備前屋は、美也の仮親だった高位の武家に何ら気遣いすることなく、己の思うがままに動くことができた。

しかしながら、商家の主である備前屋では、どうしても乗り越えられない高い壁がまだ残されていたのだ。

——主持《しゅうも》ちの武家やその子女が婚姻を結ぶ際には、まず上役に願い出て許可を得なければならない。

この一事である。

実家とはほとんど縁の切れた状態にある美也の嫁《とつ》ぐ先が庶民であれば、大店《おおだな》の主である嘉平ならどうにでも誤魔化すことが可能であった。しかし、美也の夫となるのは南と北の違いはあれど、やはり町方の役人なのである。

備前屋嘉平は、辞《じ》を低くして「美也の婚姻の届けを南町奉行へお出しくださる」よう、実父の勘之丞へ願い出た。

もはや美也を己の出世の糸口にする手立てがない以上、勘之丞がこれを拒む意味はない。しかし、嘉平からの要請は何の反応も示されることのないまま、ただ黙殺されたのだった。

再三の打診にも、勘之丞はいっさい返事をしていない。一家の主として筋を通さんとしているといえば聞こえはいいが、実のところは己の娘すら意のままにならなかったことに矜持《きょうじ》を保てず、ただ意固地《いこじ》になっているだけであろう。

ともかく、美也と来合の縁談は、思わぬところで頓挫《とんざ》しかかっているところなのである。

奉行所に出仕した勘之丞は、いつものように淡々と仕事をこなした。心の内に娘に対する屈託《くったく》を抱えているなど、事情を知らぬ者にはいっさい悟らせぬような落ち着いた様子である。

午過ぎ、南町奉行の根岸肥前守鎮衛《ねぎしひぜんのかみやすもり》がお城より下がってくると、各所より主だった与力が集まってきた。少し前に根岸が病で休んだのはほんの二日ほどだったが、その遅れを取り戻すのにお城の仕事を優先し、奉行所のことは若干後回しになっていたため、お奉行がこのところの進捗《しんちょく》具合《ぐあい》を確認することを目的とする招集だった。

勘之丞も、己の職分に関する報告を簡単にまとめて上申《じょうしん》する。各員の報告は、特に波乱もなく終了した。

「坂木」

用事が終わり、集まった皆が解散しようと腰を上げかけた中、お奉行より勘之丞に声が掛かった。

「は、お呼びにございましょうや」

勘之丞は素早く足を進めてお奉行の前で膝《ひざ》をつく。

南町奉行の根岸は、仕事終わりの雑談をする軽い口調で問い掛けてきた。

「そのほうの娘御《むすめご》は、確かお暇を頂戴して大奥を出たのであったな」

何を突然、とは思いながらも、表情を変えずに返事をする。

「は。おっしゃるとおりにございます」

「聞くところによれば、白河様《しらかわさま》（松平定信）のご意向に従って大奥に上がったものの、白河様と大奥との仲違《なかたが》いにより出世の途を得られず、そのままお暇を許されたとのこと。人の栄枯盛衰《えいこせいすい》は運任せで定めがたいとは言え、どうにも気の毒な成り行きであったな」

「お気遣い、真にありがたく。伏して御礼申し上げます」

「しかしながら、公方様《くぼう》（将軍）ご側室の候補として御目見格に上がることもなかったゆえお暇を許されることとなり、大奥に召し出される前に縁あった男と晴れて祝言を挙げられることになったという話よな。これぞまさしく塞翁《さいおう》が馬《うま》というものであろう。いや、目出度《めでた》いことだ」

去年就任したばかりのお奉行がそんな古いことまでいったいどこから、と困惑しても問えるものではない。

「……畏《おそ》れ入《い》り奉《たてまつ》りまする」

うんうんと頷いたお奉行は、脇に控える内与力を見やる。

「ところで、坂木の娘の婚姻の届けをまだ見ておらぬ気がするが。近年稀《まれ》な目出度き話じゃ。早々に通してつかわそうほどに」

お奉行の催促に、内与力は勘之丞へ問い掛ける視線を向けながら返答した。

「いまだ、坂木殿よりは届けが出ておらぬように存じますが」

勘之丞は慌てて弁解を口にする。

「いや、それは——成らなかったとは申せ、ひとたびは公方様の下へ送り出した者を、御家人と娶《めあ》わせてよいのかという思いもござりまして。いったい、いかにすべきやと考えていたところでありますれば」

勘之丞の言いように、お奉行はあっさりと判断を下した。

「そこまで悩むことはあるまい。大奥に上がったときに上からどのような意向を示されたにせよ、結局は側室候補たるお中﨟にもならぬままお暇を頂戴したのだ。形の上では、ただ単に十年ほど大奥へ行儀見習いに上がったのと同様じゃ。有徳院《ゆうとくいん》(八代将軍吉宗《よしむね》の法名《ほうみよう》)様の先例もある(吉宗は将軍就任直後、大奥に眉目秀麗《びもくしゆうれい》な女中多数を選び出させ、大奥側の期待とは逆に「美人なれば実家に戻っても嫁に行きやすい」と人員削減の対象にした）。ましてや一生奉公の御目見格にもならなんだ者について、どうこう言う者はおらぬわ」

勘之丞は、内心はともかくお奉行が示した気遣いに頭を下げた。

「ありがたい思《おぼ》し召《め》しにござりまする——ではこれより席に立ち帰り、さっそく娘美也と北町奉行所同心・来合轟次郎との婚姻の届けを提出致します」

あえて見過ごしにしてきたものだったが、お奉行よりこれほどの言葉をいただいたとなれば動かざるを得ない。

今、嫡男六郎太は見習い与力としてこの南町奉行所へ出仕するようになっており、ほどなく一本立ちする。その倅を妙な噂で居づらくさせないためにも、己が意地を張るのはこの辺りが限界だった。

お奉行に頭を下げて退出する勘之丞は、部屋を出たとたんに渋面《じゅうめん》になることを抑えられなかった。

「別に我慢する必要はない。このような目出度き話のときは、素直に喜べばよろしかろう」

その表情を見た与力仲間の素直な呼びかけが、やむを得ず引《ひ》き攣《つ》り笑いを浮かべた勘之丞の耳にひどく逆らった。

二

「ようやっと、『南町のお奉行様から美也様と来合様の婚姻の許可が下りた』との報せが坂木家より参りました」

わざわざ八丁堀《はっちょうぼり》の組屋敷までその身を運んできた備前屋嘉平が、迎え入れた裄沢に勢い込んで話してきた。

「それは、ようござった」

裄沢も笑顔で応ずる。

謹慎明けで町奉行所の仕事に復帰した裄沢が現在最も重視していることは、「先日まで勤めていた職場にいかにすんなりと溶け込むか」などということではなく、幼馴染みの来合とその想い人である美也の祝言を遅滞なく、かつ当人たちのいい思い出になるよう執《と》り行うことだった。

そこに至るための最初の難関は、美也の実家に二人の婚姻をすんなり認めさせることであったのだ。

しかしながら、美也の父親が容易に動こうとはしないと備前屋から相談を受けた裄沢は、いろいろと考えを巡らせたのだった。

――まずは、どうにか上手く運んだか。

策が当たってほっとひと息というところである。

「これも裄沢様のご尽力のお蔭《かげ》。真にありがとう存じます」

備前屋は深々と頭を下げてきた。

実は、この報せを備前屋が受け取るにもひと苦労あった。勘之丞が南のお奉行様から娘の婚姻に関する許可を得たと、知り合いの南町与力から聞いた備前屋が「噂で聞いたのだがこちらから南町奉行所の知り合いに問い合わせてもよいか」と伺いを入れて、初めて返事が来たのである。

備前屋の狙いどおりではあったが、勘之丞にしても己の振る舞いが周囲に知られることは避けたいという意識が働いてのことだろう。

血のつながった実の娘でも、昔から身近に見ていた知り合いでもない女の縁談をこれほど心配し、途が拓かれれば心の底からの喜びを見せる備前屋には、裄沢も心が温かくなる。

一方の美也の実父に対しては、大奥女中を辞めても戻っては来ずに勝手に縁談を決めた娘への怒りに理解できるところはあっても、嫌がらせとしか受け取り得ない行動にはどうしても思うところが生じてしまう。

そんな内心を押し隠し、裄沢は穏やかに備前屋へ返す。

「それがしは何もしておりませぬ。さすがの先方も、備前屋どのの誠心誠意のお振る舞いに根負けしたということにござろう」

「さようにございますかな」

備前屋は裄沢が何かやったことに気づいているようだが、裄沢は素知らぬふりをして別なことを問うた。

「それで、今後の進め方について、坂木様は何と？」

吉報がもたらされたからには当たり前の問いなのだが、備前屋はとたんに顔を曇らせる。

「それが、使いの方を通じて『届けは出し、許諾を得た』とのみでございまして、その他のことは何も」

「できれば早く祝言を挙げさせてやりたいという話は」

「それはもう、最初にお届けを出していただくようお願いに参上したときから、幾度となくお伝えしておりますが」

「にもかかわらず、これからのことにはいっさい言及はないと」

「はい……」

親の取るべき態度とはとても思えないが、予測されたことではあった。

美也が大奥を出ても実家に戻らず、備前屋へ身を寄せたとき、備前屋からは坂木家へいちおうの筋は通すべく主の嘉平が挨拶に出向いている。

その際先方は、怒り出すでもなく淡々と話を聞いただけで嘉平を帰した。要するに、「勝手にすればよい」ということである。

まあ、意《い》に染《そ》まぬ娘がまるで出戻りのように帰ってきたところで、快く迎え入れる気持ちにはなれなかったのかもしれないが。それでも、「よろしく頼む」のひと言もなく備前屋の言うなりに娘を預けた行為には顔を蹙《しか》めさせられる。

裄沢が根掘り葉掘り訊いてくるのでやむを得ず洗い浚い話すことになった備前屋は、往時《おうじ》ただ苦笑いをしていた。

「それで、どう致しましょうか」

備前屋が心配そうに問うてきた。自分が親代わりとして段取りの全てを取り仕切るつもりはあっても、それは実の親の許諾があってこそできることだ。親を押しのけるような格好で商人の自分がしゃしゃり出るわけにはいかないし、第一そんなふうに周囲から見られたのでは今後の美也たちのためにならない。

不安げな備前屋へ、裄沢はあっさりと答えた。

「向こうにその気がないのなら、こっちでやってしまいましょう」

「ですが、それでは……」

「なに、何もしようとせずただ見過ごしているほうが悪いのです」

「確かにそうではございますが」

「ただ、何をどう進めているかは、折々で文にしていちおうは知らせておきましょう――『こっちが何も知らないうちに勝手にやった』などと後で文句をつけられても困りますからな」

武家とはいえ最下級の身分に近い足軽《あしがる》格の町方同心の婚儀に関する仕来《しきた》りは、庶民とさほど変わらない。むしろ備前屋のような富裕な商人たちが婚儀を結ぶほうが、いろいろと複雑でややこしい段取りがあったであろう。

とはいえ、やはり何ごとも「ナシ」で済むものでもない。

裄沢のあっさりとした言いように、備前屋はいくぶんか不得要領《ふとくようりょう》なものを覚えつつ頷いた。

「はい……しかし、それで本当によろしいのでしょうか」

「備前屋どのには前にも言いましたな」

「？」

「こちらには、文句一つ言わせぬ策があると」

「それは、確かに伺いましたが――そうですな、裄沢様がそうおっしゃる以上は、大船に乗ったつもりでいていいでしょうな」

「まあ、大失敗《おおしくじ》りをやらかしたばかりですから、あまり胸を張って言えることではないのですが。そうでも口にしておかないと、前に進みませんからな。

大丈夫、これについては自信があります。あまり信用はできないかもしれませんが、とにかくやらせてみてください」

自嘲《じちょう》混じりに語った裄沢を、備前屋はじっと見た。

「失敗りとおっしゃるのは錦堂さんのことでしょうが、手前も錦堂さんもあれが失敗りとは露《つゆ》ほども思ってはおりません――まあ、不幸な成り行きにはなりましたが、あれは治吉《じきち》さんが自ら招いたこと。誰であってもあれ以上の解決はできなかったことにございましょう。

その意味で、裄沢様がはっきり大丈夫とおっしゃってくださったことに不安はございません。手前はただ信じてついていくだけでございますので」

「大任ですが、自ら申し出たこと。頑張りますのでよろしくお願いします――では、仲人《なこうど》役はそれがしが勤めるということでよろしいですな」

現代の結婚における仲人は、職場の上司や尊敬する知人など年上の夫婦にお願いするのが特に親の世代では常識となっているが、少なくとも当時の庶民や下級武士層の場合、夫婦者でも男女のひと組でもなくたった一人で担当することが当たり前にあった。ついでに言えば、既婚者である必要もない。

これは、現代の結婚では仲人が新婚夫婦の後見人や婚姻の立会人の意味合いが強いのに対して、当時は両家の間を行き来して交渉や連絡などの実務にあたる「世話人」の仕事が主体であったという、時代の変化に伴う役割の違いから来るものであろう。

裄沢の確認に、備前屋は大きく頷いて断言した。

「お二人を結びつけるのに一番功《こう》あったのが裄沢様です。仲人に、より適任な者など誰もおりませぬ」

「では、そのようにさせていただこう——今さら双方の意向の確認などは必要がないから、するとまずは結納《ゆいのう》であろうか」

「手前にとっては実の娘も同然のお方。恥ずかしくない物をご用意させていただきます」

意気込む備前屋に、裄沢は気圧《けお》されるものを覚える。

「いや、備前屋どの。あまり張り切られると、釣り合いが取れずに来合のほうが困ることになる。ほどほどにお願いしたい」

裄沢の言い分に得心しながらも、あまりに制限されたのでは不満が残る備前屋は抗弁する。

「なれど裄沢様、美也様は町方与力のお嬢様にございます。それを前提にした支度《したく》は調えませんと、後でご実家からどのような苦情を頂戴するか」

親の意向に逆らった娘の婚儀だし、普通に自分のところから嫁に出すなら「これが町方与力の結納か」と呆れられるような代物で済ましそうな気はするが、気に食わないからこそ他人がやることには文句をつけそうだ。

「それはそうですが……まあ、ほどほどでお願いできればと。派手になりすぎて『当てつけか』とか言ってこられるのも困りますし」

裄沢の譲歩に、備前屋も得心した。そこで、「お役目柄特段裕福でもない与力ならこの程度」というあたりで収めることで合意したのだった。

三

「ふん、好き勝手をしよって」

組屋敷に戻った南町の与力坂木勘之丞は、帰宅前に届けられたという手紙を一読するや、クシャクシャに丸めてしまった。

その様子に、跡継ぎの六郎太が驚く。

「どうなさったのですか」

「例の植木屋が要らぬことを知らせてきよった」

「備前屋にございますか」

「いろいろと勝手に進めておるようだ」

「美也の祝言に向けて、でしょうか」

「先日は、備前屋が結納を済ませたと」

「！　まさか、当家を差し置いて——そんなことをさせておいてよろしいのでございますか」

怒りを表す六郎太に、勘之丞も苦々しげな表情を見せた。六郎太が畳《たた》みかける。

「こたびの祝言のことは、お奉行の根岸様にまで聞こえていると伺いました。なのに、そのような勝手をさせておいてはいろいろとマズいのでは」

「……お奉行より婚姻の届けへの許可をいただいた後、今後の進め方について備前屋から何度か問い合わせがあったが全て無視をしてきた。にもかかわらず向こうの動きに文句をつけるとなると、それなりの理由をこしらえねばならぬ」

「たとえば、こちらはこちらでいろいろと下準備をしていたとか、言えるのではありませぬか？　問い合わせに返答をしなかったことについても、根回しにときが掛かっていたなどとすればよいかと存じますし」

「だが、それで向こうが手を退《ひ》けば、忌々《いまいま》しいことにこちらで段取りをせねばならなくなる――お奉行の裁可《さいか》が下りている以上、いつまでも動かぬというわけにはいかぬからな」

「では、どのように」

どうやら、自分と父ではやはり考え方に隔《へだ》たりが生じてしまっているようだと感じながら、父の出方を問うた。

「放っておけ」

顔色を覗《うかが》うような六郎太の問いに、勘之丞はぞんざいに応じた。

「は？」

「やりたいなれば、好きにやらせておけばよい。実際の祝言まで、まだときはある。それまでの向こうのやり方を見て、こちらでもやれること、やれぬことを熟慮した上で、言うべきことを言うべきときにきっちり告げてやればよい」

「……さようにございますか」

六郎太も、妹が大奥に上がることが決まってからは己の将来についてずいぶんと期待したし、それがなかなか実現しないことへは苛立ちも、懈怠《けたい》な美也への怒りも確かに覚えていた。

しかし、五年も経《た》って、美也の推挙に深く関わったとされる白河様が老中職を退かれたときにはほとんど諦《あきら》めがついていた。十年もときを経《へ》た今では、ただ浮かれた夢を見ていただけのような気さえしている。

そんな夢想にいまだにこだわっている父の様子が、六郎太には次第に不可解に映るように、感じ方が変わっていた。

嫡男で、なおかつこれからお役を継ごうという時期にきているから勘之丞に逆らうような言動は慎《つつし》んでいるが、大奥を出た美也が親戚筋ですらない商家に身を寄せたと聞いても、連れ戻そうという動き一つしない父の考えが理解できず、真意を問おうと顔色を覗いながらも結局果たせずにきたことを思い返す。

——これでよいのか？

その思いはあるのだが、やはり改めて父に問うことには躊躇《ためら》いを覚えてしまうのだった。

父が何か呟いたのを耳にして、思わず目をやる。

勘之丞は息子の視線に気づかず、何の用があるのか部屋を出ていった。

「いざとなれば、あんな者の行う祝言など潰してしまえばよい」

部屋を出る前の父の呟きは、六郎太の耳にそう聞こえていた。

廊下へ出た勘之丞は、心の中で独りごちる。

——お奉行からお許しをいただいたからには、確かにそうそう引き延ばしはできぬ。しかし、勝手にことを進めておった者らの不始末があってひっくり返さざるを得なくなったとなれば、また話は別。

勘之丞の心の中に、もしそうなったときに美也がどれほど悲しみ、夫となる者や周囲に申し訳ない思いをするか、などという配慮はない——いや、そうなればよいとすら望む感情がある。

当人に自覚はなかったが、廊下を歩む勘之丞は、口の端を奇妙な形に歪《ゆが》めていた。

江戸期の結納は、当人が結婚相手の家へ出向いて挨拶するのではなく、親しい知人や家に仕える手代などの関係者が赴《おもむ》き、名代《みようだい》として挨拶を伝え目録《もくろく》を渡す形で行われた。

来合のほうからは裄沢が出、備前屋からは番頭が名代として来合の組屋敷へやってきた。仲人である裄沢が一方の名代を勤めるのは、どうかと疑問を持たれかねない振る舞いだが、両家ともにそんなことを気にする者はいない。

美也の実家である坂木家にもそんな細かいことまでは伝えないから、支障が出ることもなかった。

「広二郎、これは……」

来合が、備前屋から届けられた物を見て絶句した。

結納の品としては、反物《たんもの》や樽酒《たるざけ》、あるいは昆布《こんぶ》や鯛《たい》といった祝い事に用いられる食材などが選ばれ、まずは目録が渡されるのだが、その後実物が届いてみたら、覚悟をしていたはずの来合がそれでも大いに瞠目《どうもく》させられたのだ。

普通「絹一反《きぬいったん》」などと書くところを「呉服《ごふく》一式」とされ、来合の体の大きさを勘案してのことか、同じ柄の絹織物が通常の二人分納められていたりする。それ以外でも活《い》きのいい鯛は「目の下三尺（約九〇センチ）」どころではない大物だし、酒は下り物《くだりもの》（京大坂から運ばれてくる高級品）の、名だけは来合でも知っているような銘酒《めいしゅ》中の銘酒。昆布は日本橋《にほんばし》の名代《なだい》の乾物屋《かんぶつや》の紙で包まれた品で、まず間違いなく北廻り船で運ばれてきた物（蝦夷《えぞ》よりの回航品）のはずだ。

やや八つ当たり気味に非難の目を向けてくる来合へ、裄沢は言いづらそうに弁解を口にする。

「まあ、諦めろ。備前屋としても実の娘のお満津の方様にできなかったことをしたいのだ。それに、美也さんの実家のこともある。『与力の娘の結納の品がこんな物か』なんぞといちゃもんをつけられては困るからな」

これでも、反物などは「来合が実際着て外を歩けないような物では却って持て余すから」などと宥《なだ》めて、どうにか自重してもらった結果なのだ。

「しかし、これではこちらからの結納の品が……」

「そこは、向こうさんだって判ってるよ――結納の品として何がどれだけ交わされたかが字面で残ってるだけで、それぞれいくらかとか、どんだけの質かなんてのは備前屋とお前さんが承知してるだけだ。坂木の家へ言ってやることの証さえ残ってりゃあ、実際には空荷《からに》だってよかったんだぜ」

「おい広二郎、さすがにそいつは――」

「まあ、『空荷だって』てのは冗談だけど、こんだけのことはしてやりたい御仁のところから嫁をもらうってこった――お前さんの連れ合いになるのは、それほどのお人だってことだよ」

「それにしてもなぁ……」

来合は溜息をついた後、裄沢のほうを向いて問うてきた。

「おい、お前んとこの下働きのうち、若い方は煮炊《にた》きができたな」

「？――ああ、台所は任《や》せているが」

「俺んとこで通いで炊事させてる婆さんじゃあ、こんな立派な鯛は捌《さば》けねえ。ここへ呼んで代わりにやってもらってくれ――ついでに爺さんのほうの下働きも連れてこい。お前さんには手前んとこの奉公人含めて責任取ってもらわねえと、こんなモン食い切れやしねえからな」

裄沢のところに奉公人としてたった一人残った茂助《もすけ》が連れてきた甥《おい》の重次《しげじ》は、普段の煮そこそこの飲み屋で庖丁人《ほうちょうにん》の真似事《まねごと》をしたこともあったという話だ。

炊きならともかく、果たしてどこまでの腕かは不明だが、そこいらの長屋の婆さんよりはマシな扱いができるだろう。

まあ、坂木家も同じ八丁堀にあることを考えれば、下手に近所へお裾分《すそわ》けなどしてしまうと、どこから話が伝わるか知れたものではない。内々で処分してしまおうという考えには賛同できた。

「判った、呼んでこよう」

裄沢は気軽に腰を上げる。「これで厄介《やっかい》ごとが一つ片付いた」という顔をしている来合に気づかれぬように、苦笑しながら部屋を出た。

四

「北町の同心が参っているだと？」

勤めを終えて南町奉行所から帰宅した勘之丞は、出迎えた妻からの言葉に眉《まゆ》を寄せた。いつもは先年雇った渡《わた》り用人《ようにん》が控えているのだが、今日は妻が下がらせたのか、姿が見えなかった。

「はい。用部屋手附同心の裄沢様とおっしゃっておられます。本所中《ほんじょなか》ノ郷《ごう》瓦町《かわらまち》で植木屋を営む備前屋という商人を伴ってこられました」

妻の佳代《かよ》は、表情を変えることなく勘之丞へ淡々と報告する。

「裄沢……」

裄沢広二郎は十年前、勘之丞が娘と自分の同僚との縁談を一方的に破棄したとして、組屋敷の門前で騒ぎ立てた男だった。いかに年月を経たとて妻が当時のことを忘却してしまったとは思えないものの、その顔からは感情が覗えない。

あのころ、妻の佳代は勘之丞の決定にひと言も異論を挟まなかったが、勘之丞の目の届かぬところで娘とはずいぶん話をしていたようだった。

大奥から下がった娘と妻が連絡を取り合っているのか、勘之丞は知らない。大奥にいた娘と直接の文のやり取りなどはなかったはずだが、そういえば備前屋を介してなら夫である自分に知られることなく便りを送り合うことはできたなと、ふと思い当たった。

「客間か」

妻の視線から目を逸らした勘之丞は、廊下の奥を見やって問うた。

「はい」

「会おう」

本当は会わずに追い返したかったが、万が一にも十年前のような騒ぎを起こされては堪らない。とすれば、他に手はないのだ。

自分にとって好都合だったかどうかは不明だが、倅の六郎太はまだ仕事が残っているということで、勘之丞は本日、一人先に帰宅していたのであった。

「お着替えは？」

「用件を聞いて、同心どもを追い返してからにする」

仕事着のほうが、気が引き締まったままでいられると考えてそう応じた。

勘之丞は大刀だけを預けた妻を廊下に残したまま、客間へ足を向ける。無意識のうちに、腰に差したままの脇差《わきざし》に左手を置いていた。

「入る」

ぶっきらぼうな断りを入れて、襖を開いた勘之丞が客間の中をギロリと睨み渡した。

裄沢は軽く、備前屋は深く頭を下げる。口を開いたのは備前屋のほうだった。

「お留守中にお邪魔を致し、申し訳ございません」

勘之丞は返事をせずに二人の正面まで回ると、どっかりと腰を下ろした。

「何用だ」

愛想《あいそ》一つない問い掛けへ、裄沢は落ち着いた表情のまま目を上げた。

「手紙でお問い合わせをしてもご返事をいただけませんので、不躾《ぶしつけ》ながら直接伺いに参りました」

「問い合わせ？　何のことだ」

心当たりはある。しかし、握り潰しているからには当然知らぬふりをする。

返事をせずに済まそうとした勘之丞に、裄沢は目を見開いてみせた。

「おや、手紙はそれがしもお持ちしたことがあったはずですが——受け取られたのは本日も我らにご対応くださった方で、こちらのご用人かと存じましたが、必要でしたら呼んでお確かめいただけませんでしょうか」

顔を蹙めそうになった勘之丞は、どうにか無表情を保った。

手紙を持ってきたのがただの使いであれば「知らぬ存ぜぬ」が通じたであろうが、町方同心から直接手渡されたとあっては誤魔化しは利かぬ。無理に押し通そうとすれば、それは手紙を受け取っていながら主人にきちんと伝えていない用人の不始末——すなわち坂木家側の失態となってしまう。

勘之丞は、その場で苦し紛れの理屈を捻《ひね》り出した。

「知っておるように、町方与力には様々なところから数多くの文が届けられるゆえ、何の話かはっきり言ってもらえぬとなかなか思い出せぬときもある」

娘の祝言という大事な話でそれか、などと呆れや怒りを見せることをせず、裄沢は淡々と述べる。

「様々なところから文が届くというのは仰《おお》せのとおりにございましょうな——これは、配慮が足りませず申し訳ござらなんだ。

お尋ねしたきは、坂木様のご息女の祝言に、ご家族ご親戚どれほどご出席なされるかにござります。両家それぞれの出席者の数もそれなりに合わせねばなりませぬし、日取りも迫って参りましたゆえ、できるだけお早めにお知らせいただきたいと」

「……………」

「いつごろまでにお教え願えましょうや」

黙する相手への遠慮などなく、重ねて問うた。

勘之丞は、おもむろに口を開く。

「出席は致さぬ」

はっきりと告げられた言葉に、備前屋がピクリと反応した。裄沢は静かに見返す。

「どなたも？」

「今申したとおり」

「……理由をお伺いしても？」

どうにかことを荒立てずに済まそうとしてきたが、ここまで突き詰めてくるのならば我慢をする必要はない。勘之丞は、これまでの鬱憤《うっぷん》も籠めて言い放った。

「そなたは祝言と申したが、それについて当家はいっさい関わっておらぬ。娘の縁談の相手とやらにも、結納を出した憶えも受け取った憶えもない。にもかかわらず祝言とは、いったい何の狂言《きょうげん》か」

祐沢は静かな目で見返す。

「これは異《い》なことを。結納にせよ他の事どもにせよ、ここにおわす備前屋どのから、そのたびごとに文にてご報告申し上げていたはず。それに異論の一つもおっしゃってはこずに、勝手にやったと言われてはさすがに合点《がてん》がいきかねますが」

「異論を挟まなんだと申すが、同意もいっさいしておらぬ。それでそちらが好きに進めたとなれば、勝手と言われても仕方があるまい」

「それで、ご息女の祝言に水を注《さ》すと？」

「縁組みは本来、家と家とのつながり。娘の周りだけが好き勝手にやっておることを、祝言とは言わぬ」

「なるほど、美也どのの周りだけが勝手に動いていて、坂木の家はいっさい関わってはおられませぬか――それは、真にございましょうや？」

「言うたとおりだ。疑われる筋合いはない」

「ならば、お訊きしましょう――坂木家より南町のお奉行様へ、北町奉行所同心来合轟次郎と美也どのの婚姻の届けが出され、受理されたと伺っておりましたが、それは事実ではございませんのか？」

「っ、それは――」

「もし南のお奉行様よりお認めいただけたということとなれば、まずは美也どののお家よりお届けがなされたからのはず。いっさい関わりなしとは、何とも不思議なおっしゃりようにございますな」

「……先にも申したとおり、婚姻は家と家とで行うもの」

「なれば、我らとは別に坂木家では動かれていたと」

「っ、いかにも」

成り行き上、何もしておらずとも勘之丞にはそう答えるよりない。

「そは、どのように？　いつごろ結納を交わして、祝言を挙げる心づもりでおられましたのか」

「……勝手に動き回っておるそなたらに、言う必要はあるまい」

裄沢は、じっと勘之丞を見、そして口を開いた。

「なるほど、それがしや備前屋どのに伝える必要はございませぬか――なれど、坂木様がおっしゃられたように、婚姻は家と家とで行うものなれば、坂木様のほうだけ段取りを組んでおればよいというものではございますまい。

もう一方の家、来合のところとはどのようなお話し合いをなさっておりますのか？　こちらと来合家の両方へ、どのように進めているのか逐一お伝えしながら動いている我らを『勝手』とおっしゃっていながら、坂木様は来合家へは何も伝えないままお進めになっているはずはござるまい」

「……………」

「まさかに南のお奉行様にお届けし、お認めいただいておきながら、かほどの日数が経っておるのに実際の段取りについてはまだ何もされずにおられるということも、あり得るはずはございませんしな。

もう一つ。お奉行様へ美也どのの婚姻のお届けをなされたときのことを蒸し返させていただきますが、その折、坂木家から来合家へは直接何のご相談もなさってはおられませんな。すなわち、我らからの知らせのみに基づいてお届けを出されたものと存ずる——さようなことをしておきながら、我らが勝手に動いていたのであってご当家はいっさい関知しておらぬとは、いったいどういう存念からのお言葉か」

突き詰められた勘之丞は、逃げ場を失っていた。もはや、口にするべき理屈はない。

「……美也は、公方様のご側室になるはずであった」

「何と？」

ぽつりと呟かれた言葉に、初めて裄沢の表情が動いた。

背《そむ》けていた顔を裄沢へ向けた勘之丞は、堪《こら》えていたものを一気に吐き出すように裄沢へぶつける。

「美也は、公方様のご側室となるべくして大奥へ上がったはずなのに、無為に十年を過ごしただけでおめおめと戻ってきおった。今さら人並みにどこぞの嫁になろうなどと——」

「坂木様、それはご本心からのお言葉か？」

桁沢の鋭い遮《さえぎ》りに一度は口を閉ざした勘之丞だったが、今度は愚痴《ぐち》る口ぶりになって、なおも思いの丈《たけ》を並べる。

「いまだあのような男に想いを残しておらねば、今ごろはお世継ぎ様のご生母となっておったやもしれぬのに。それを、未練たらしくいつまでも引きずっておったがゆえ、大事な機会を逃してしもうた」

「どなたがそのようなことを?」

問われて見返した勘之丞は答えを返さなかった。しかしその顔は、「誰に言われずとも自明のこと」と語っている。

桁沢は溜息をつき、窘《たしな》める口調で語り掛けた。

「美也どのは来合との縁談を断念して大奥へ上がられた。その折には側室候補のお中臈になるとの話であったから、一生奉公でお城より出ることはないと、しっかり覚悟なされていたはずにござる。娑婆《しゃば》に未練を残して己の為すはずのことに手を抜いたなどと在らぬ疑いを掛けるのは、失礼ながら美也どののお覚悟をゆえなく穢《けが》す行為であると存ずる」

「その覚悟で入ったつもりがお中臈にはなれず、御目見以下の身分に留まったのであろう。なれば上手くいけば大奥を出られるとて、未練が新たに生じたに違いない」

「さような心得であったならば、十年も大奥に留まってはおられなかったはず」

「父である我の目が怖かっただけだ。庇《かば》い立てをしてくれるそこな備前屋の娘が隠居するとて、やむを得ずにお城を出ただけのこと」

「大奥にて庇われねばならぬお立場だったことは知っておられるわけですな」

「誰でも、どこでも、後ろ楯はあったほうがよかろう。それだけのことよ」

「なるほど、確かに後ろ楯はないよりあったほうが楽にござりますな――けれど、ご当人も庇ってくださった備前屋どのの娘御も白河様の引きだとなれば、話は違って参りましょう。なにしろ白河様はその厳しいご倹約の方針で、大奥とはお考えを全く違《たが》えておられたのですから。

　そんな白河様の後ろ楯を持った美也どのたちは、それがゆえに針《はり》の筵《むしろ》に座らされていたはずにございます。ご当人が公方様のご側室になるため大奥へ上がったとしても、それが実現できるような情勢ではありませなんだ」

「ならば、備前屋の娘などと仲よくしておらねばよい。そんな者と一緒にいるから同じ目で見られるのだ。手切れなれば簡単にできたはず」

「坂木様。町奉行所《ごばんしょ》に勤めておいでなら、身をもってお判りのはず。己の後ろ楯たる父親の跡を継いで町方役人となるからには、世話になるのも仕事を教わるのも父親の友人知人が頼りとなり申す。上役や同輩が面倒を見てくれるのも、ある意味隠居した己の父の友人知人の目があるからでござりましょう」

父の急死によってほとんど後ろ楯もないまま北町奉行所へ出仕することになった裄沢の、実感であり本音である。

勘之丞が奉行所に初出仕したときも、温かく応対してくれたのは父が顔つなぎしてくれた友人知人であり、父に仕事を教わった先達であった。そして今まさに、倅の六郎太へ、己が父からやってもらったのと同じことをしているのだ。

そんな面々と縁切りをして、独りで仕事を切り盛りしていけるわけがなかった。

「大奥は女の園ぞ。御番所の仕事と同じではない」

裄沢は、目を見開いて相手を見た。

「本気でおっしゃっておられるのか。その大奥での図抜《ずぬ》けて高い立身が、公方様のご側室となることとなれば、出世争いはまさに熾烈《しれつ》を極めましょう。蹴落《けお》とせるなら、どのように些細《ささい》な瑕《きず》でも見逃されることはありませぬ。白河様からのご推挙という、大奥では不利にしかならぬ条件を負いながら、後ろ楯もなくやれることがどれだけありましょうや」

「美也は、その競い合いに加わりもせなんだ。端《はな》から負けるつもりであったとしか言えぬであろうが」

「坂木様。美也どののようなお立場で、側室候補として大奥に上がりながら、自らその立場を辞退するなどということができるとお思いか？　美也どのが御目見以下の格に留まったのは、そのときにはそうするほうがよいとの判断があったためにござろう。無論のこと、その判断には白河様自身も賛同なさっておられたはず――大奥と敵対している中では、時期が悪うございましたからな。

　ところが、そのうちに情勢は好転するはずとの思いははずれ、白河様ご自身がご老中を辞されるに至った。さすればもう、側室候補に挙げられることはない。美也どのには、どうすることもできぬ成り行きにござりましょう」

「そなたの申すことが本当なら、なぜに美也は白河様がご老中を辞されたときにお暇を頂戴しなかった」

　裄沢は、勘之丞をじっと見た。

「そのときに美也どのが大奥を出られたならば、坂木様は美也どののそれまでの苦労をねぎらい温かく迎え入れておられましたか？」

「……」

「それがしには、今ここで坂木様がおっしゃっておられるようなことを、さらにきついお言葉で責めたのではないかとしか思えませぬが——本来なれば、それがしが述べているようなことを言ってもらって庇われるのが、ほとんど味方のいない中で十年も頑張った娘に対する実の父親の態度ではないかと思うのですが」

勘之丞には裄沢の主張を受け止めることができなかった。ただ、己の思いどおりにいかなかったことを責められている状況に、強い怒りを覚えていた。

「同心風情《ふぜい》が与力に対しその暴言、いったい何様のつもりかっ！」

「これは、気が昂《たか》ぶってのこととは申せ、失言を致しました」

裄沢は相手の叱責《しっせき》へ即座に謝罪の言葉を述べたが、どこまでも淡々とした口調で、その表情も落ち着いたままだった。

こちらの怒りを受けながらも泰然自若《たいぜんじじゃく》とした様子の裄沢に、勘之丞はますます怒りを募らせる。

「ええい、そなたらなぞと、面《つら》突き合わせているだけで不愉快じゃ。我が目の前から、疾《と》く去れぃっ」

立て続けに怒鳴りつけても、裄沢に恐縮する態度は見られない。ごく当たり前に辞去の言葉を述べるのと、何ら変わらない頭の下げ方と口調で応じた。

「それではお言葉に従い、辞去させていただきますが――祝言への出席のご返事は変わられませぬか」

「諄《くど》い！　そなたらのような者が催《もよお》すいかなる集まりにも、我ら一人として出るつもりなどないっ」

「さようにございますか――美也様のご実家の当主ご夫妻と跡継ぎである嫡男ご夫妻の席はギリギリまで空けておきますので、お気が変わられましたらお申し付けください」

「気が変わることなどないっ。そなたら二度とここへ、その小面憎《こづらにく》い顔を出すこと罷《まか》り成らぬ。しかと申し付けたぞ」

「承《うけたまわ》りました。では、これにて御免」

裄沢は一揖《いちゆう》すると、さっと席を立つ。

もとより武家同士の話し合いで大人しくしているつもりであったところ、途中からはますます口を挟めない言い合いになって困惑していた備前屋も、どうしようもなく深々と頭を下げて裄沢に続いた。

裄沢と備前屋は、案内もないまま玄関へと向かう。今後のことを思って悄然《しょうぜん》とする備前屋に対し、裄沢は何ごともなかったかのように胸を張って足を進めていた。

五

裄沢と備前屋が歩き去った廊下に、隣の部屋の襖を開けて一人の男が立った。この家の跡継ぎ、六郎太である。

六郎太は奉行所での仕事が残っていたため帰宅が遅れたが、妹の祝言でいろいろと動き回っている者らが父のところを訪れていると出迎えた妻から聞いて、同席すべく足を向けたのだった。

ところが、客間の前に立って断りを入れようとしたところ、中から聞こえてきたのは論争しているかのような言い合いだった。外から声を掛けそびれ、思わず立ち聞きしてしまうような格好になったのだ。

言い争いから互いに激高するようなことになっていれば、躊躇いなく襖を開けて中へ踏み入っていた。しかしながら相手の声はどこまでも平静で、しかも己のやっていることを言い逃れで正当化せんとしているような父の言い分よりも、ずっと正論であるように聞こえていた。

「今さら人並みにどこぞの嫁になろうなどと――」

美也に関する父のその一言が、止《とど》めを刺した。筋も通らず実の親の言葉とも思えないことを言い出した父と、顔を合わせられはしない。六郎太は、襖の引手《ひきて》に掛けようとしたところで止まっていた手を、下ろしてしまったのだった。

美也が大奥に上がることになったとき、自ら望んだ祝言を目前にして気の毒だと思う一方、これで坂木家に運が向き、自分にも立身出世の途が拓かれるのではという期待は六郎太も持った。

実際に美也が大奥に赴いた後、側室候補であるお中臈になることなく御目見以下の格に留め置かれたと聞き、「話が違う」と父とともに憤《いきどお》った。同時に、これは美也が大奥で何か粗相をしたからではと口にする父に同調し、不甲斐《ふがい》ない妹に落胆と怒りを覚えたことも確かだ。

その後も、美也はいっこうにお中臈の地位に昇ることはなく、父や六郎太を落胆させ続けた。三年目の里帰りの折、ついつい美也を責めるような口調になったことは、母や妻からの苦言もあってやりすぎだったと後から反省もした。

しかし、美也が公方様のご側室どころかその候補たる地位にも就けないのは当人の怠慢《たいまん》であり、やる気のなさが理由ではないかという父の考えには同調していて、美也を非難する気持ちのほうが強かった。

そのようにして何も変わらぬまま日々が過ぎていくうちに、白河様が老中職をお辞めになったという話が耳に飛び込んできた。父の勘之丞は微《かす》かに目が残っているはずの立身への希望と、それを実現させられないでいる娘への怒りを、持続させるどころかますます募らせた様子もあったが、六郎太のほうはというと、父の愚痴に迎合《げいごう》するもの言いはしていたものの、今振り返れば半ば諦めの境地に至っていたように思う。

そうして、勘之丞がときおり苛立ちを見せても自分らでは何もできないままに十年の月日が過ぎた。そんなとき突然、美也がお暇を頂戴して大奥を出るという知らせが舞い込んできたのだ。父は、あからさまに不快な表情をした。

美也が家には戻らず備前屋に世話になると聞いた父は「放っておけ」と言っただけだが、難しい顔のままの父がほっとしているように六郎太には見えていた。

そしてこたびの、十年前の縁談が再度持ち上がったという話である。

長いこと掛かったが上手くよりが戻せたのはよかったと六郎太は単純に喜んだ

のだが、父の思いは違っていた。どうにも素直に祝ってやる気になれない気持ちは判らぬではないが、それでも美也の縁談に関わろうとしないばかりか、相談が来ても無視をする態度には疑問を持った。

——やりすぎだ。

単に避けているだけでなく、まるで邪魔をしているようにすら感じられた。

「いまだあのような男に想いを残しておらねば、今ごろはお世継ぎ様のご生母となっておったやもしれぬのに」

その父の言葉に、六郎太は愕然とした。もしそうであったとしても、公方様のご側室にとの願いが不首尾《ふしゅび》となったのは、もうとうの昔に終わった話。今も引きずったとて、何ももたらしはしない。

——ならば、これまでのことは水に流し、家族皆で祝ってやるべきではないか。

六郎太に、父への不信が生じた。それは、客として訪れた男との話が進むにつれ、解消されるどころかますます大きくなっていく。

父が口にする疑念を、男は一つひとつ全て打ち消していった。そこには、六郎太が知らぬ事実がいくつも含まれていた。

六郎太は町方役人の嫡男には珍しく、少し回り道をして町奉行所へ出仕する経歴を辿ったことから、妹に関わる噂を気にしている余裕があまりなかったのだ。

客の男が口にする「事実」を父が否定しないところからすると、そのほとんどは「真実」であると判断せざるを得ない。ならば……。

――俺は、父上に騙《だま》されていたのか？

騙すつもりまではなかったかもしれないが、己の感情に沿わせるために真実を隠していたなら、それは欺《あざむ》くのと変わらない所業である。

「同心風情が与力に対しその暴言、いったい何様のつもりかっ！」

相手を論破する手立てが全くなくなった父は、自分の考えを否定すること自体を無礼として怒り出し、客の男らを屋敷から追い出した。形の上では相手に頭を下げさせているが、どちらの言い分が正しいかはこれではっきりとした。

――俺は今まで、自分の頭では何も考えずにいたのか。

六郎太は、父への怒りを感ずるよりも、これまでの己のお気楽さに暗澹《あんたん》となった。心には、一人の女の姿が浮かんでいる。

――美也。

実の兄でありながら、救いの手を差し伸べることをしなかった。それどころか、やろうと思えばすぐ会えるようになったはずなのに、思い出せるのは自分の父や兄に責められて固い表情を崩さぬ八年も前の姿だけだ。

　ガラリ、と客間の襖が開いた。

　客を追い出しても怒りの収まらぬ父が、憤然とした顔のまま部屋から出てくる。

「六郎太、帰っておったのか」

「思ったよりも仕事が早く片付きまして――どなたかお客様でしたか？」

　盗み聞きをしていたと咎められるかと思ったが、素知らぬふりをして問うた。

「つまらぬ者だ。気にせずともよい」

　それだけ言い放って、町方装束《しょうぞく》のままの父は着替えをするためか、自分の部屋へ向かっていった。

　六郎太も己の部屋へ向かいかけ――客の去った廊下を振り返る。

　人影のない空疎な場が、目の前に広がっているだけだった。

　坂木家の組屋敷から外へ出た桁沢と備前屋は、しばらく無言で歩いた。後ろにつこうとする備前屋を目顔で呼び、二人は横並びになっている。

背後に少し離れて、備前屋の手代が続いていた。

「驚きましたか」

こちらを覗う様子の備前屋に、裄沢が問うた。

「はい、いささか」

美也と来合の祝言を挙げるからには、さすがに美也の親元からの出席者がいないままでは困る。備前屋が親代わりをしているにせよ、南町与力の娘と北町同心との婚儀で、祝いの席を囲むのもほとんどが町方の面々になるのだから。

そう相談を受けた裄沢が備前屋を伴って美也の実家に押し掛けたわけだが、事態は備前屋の思わぬほうへ進んでしまった。

しかし、裄沢の顔に反省の色はない。

「少々言い過ぎた気もしますが、あれは仕方がなかったと考えます——誰かが現実をはっきり見せない限り、あのお人は変わらないでしょうから」

「……そうかもしれませんな。ですが、これで話が拗《こじ》れるということはないでしょうか」

備前屋の心配はそこである。備前屋にとっては美也の父親の改心よりも、美也の祝言ができるだけ周囲に祝福される形で行われることのほうがずっと大事なのだから。

祈沢もそれは判っているし、祈沢はそのために動いている。

「大丈夫。最前も申したでしょう、俺には策があると」

「策、にございますか……」

果たしてどのような策を講じれば美也と実家の関わりが改善するのか、備前屋には見当もつかない。

しかし己の隣にいるのは、双方ともに諦めていた十年越しの恋を実らせ、下手をすれば潰れていてもおかしくはない老舗《しにせ》の扇屋を無事に存続させた男である。

備前屋は肚を括《くく》っていた。

——己ではどうにもできないこと。ならば、全てを信じてお任せするよりない。

そう自分に言い聞かせると、さざめいていた心が鎮《しず》まった。

「美也さんは、どうしておられますか」

祈沢の問いに、備前屋の顔には自然と笑みが浮かぶ。

「落ち着いたご様子で毎日を過ごされておりますよ——来合様のところへ嫁がれる日を、心待ちになさっておいでてございましょう」

――そう、そのために己はこのように動いているのだ。

実の娘が妹のように可愛がり、そして身分違いながら、己も本当の娘のように思えるお女《ひと》のためだ。苦労なんて少しも感じない。亡き娘の分まで、是非《ぜひ》にも幸せになってもらわねば。

前を見据えた備前屋は、何度目になるか判らない決意をそう固め直したのだった。

招かれざる客を追い返し己の部屋へ戻って着替えた勘之丞の心は、いまだ消えぬ怒りで占められていた。部屋の中をうろうろと歩き回るが、それでも苛立ちは収まらない。

――あのような者らの手で、美也の祝言が執り行われてしまう。

美也の縁談のためにコソコソと動き回っている者らを直《じか》に己の目で見て、さらに面と向かって生意気な口を利かれたことで、美也への怒りよりも押し掛けてきた二人への憤怒《ふんぬ》のほうが大きくなっていることを、勘之丞は自身で認識できずにいる。

素直に認めてはいないものの、実質的に言い負かされたことを無意識下では理解しており、その分だけ心の整理のつかない憤《いきどお》りが増しているのだった。

——何としてもひと泡吹かせてやらねば。

そうした妄執《もうしゅう》が湧き上がり、冷静なときならば押さえ込めるはずの感情が溢《あふ》れ出す。

ふと、美也の夫となる人物の姿が思い浮かんだ。

驚くほどに大柄で、剣の達者だという噂に違《たが》わぬ身のこなしをしていた。もしまともに正面からやり合えば、倅の六郎太と二人懸かりでも瞬時に叩きのめされるだけであろう。

だが、見掛けとは違って決して乱暴なところはない。話してみると思いのほか実直で、分をわきまえた男であったという印象がある。

——あの男なれば、よほどのことがない限り嫁の係累《けいるい》に手出しはせぬはず。

己が知っているのは十年前のことだが、性格は簡単に変わるまい。

そう、何も馬鹿正直に腹の立つ相手へ直接手出しせずとも方法はあるのだ。

——夫となるべき人物に何かあれば、それがあの者らにとっても痛手となる。

ならば……。

ひたりと足を止めた勘之丞の口元が、不気味に吊り上がった。

着替えを手伝った妻の佳代は、脱ぎ捨てられた着物を畳む手を止めて、そんな夫の姿を黙って見上げていた。

六
「そこもとが裄沢殿でござろうか」

数日後、奉行所から帰宅する裄沢は不意に呼び止められた。声の掛かったほうを向くと、町方装束の男が立っている。

場所は、奉行所の表門を出たところである。門番の小者が一人、こちらを向いて立っているのを見れば、自分のことはこの小者に教えてもらったのだと判る。

一瞬だけはずした視線を戻して相手を見やった。

——見憶えのないところからするとおそらくは南町奉行所の者。奉行所の小者にも、御用聞きにも見えないお付きの男を伴っているからには与力であろう。しかしそのお供が二本差でないところからすると、おそらくは無足の見習い。供侍は、いまだ隠居していない父親のほうに付いているのであろうから。

そこまで見極めれば、相手が誰かもおおよそ予測がつく。

「急ぎゆえ突然お声掛けを致した。どうか赦《ゆる》されたい――拙者《せっしゃ》、南町奉行所与力の坂木六郎太と申す」

「美也どののお兄上の？」

男が頷く。予想どおりの相手であった。

美也とはあまり似ていないが、父親の勘之丞との血のつながりははっきり判る容貌《ようぼう》をしている。

「それがしに何か」

わずかに警戒しながら問うた。この男は、父親と一緒になって美也に無理無体《むりむたい》な要求を突きつけ責め苛《さいな》んでいたと聞いている。

先日の勘之丞との話し合いが決裂したからには、どのような言動をしてくるか知れたものではなかった。

裄沢の表情から歓迎されていないことは当然判っているであろうに、そのことには触れずにすぐに用件を口にしてきた。

「少々お話ししたきことがあって参上仕った。突然で申し訳ないが、少しときをお貸し願えないだろうか」

「どちらまで？」

裄沢に問われた六郎太は、呉服橋《ごふくばし》の向こうに広がる町家のほうへ目をやった。見慣れぬ男が門前で裄沢と立ち話をしているのを、帰宅する同心たちが横目で見ながら通り過ぎていく。

「どこか近くに話のできる場所はないであろうか」

六郎太の率直なもの言いに、裄沢はいくぶんか警戒を緩《ゆる》めた。

——我ら二人ともに町方装束。行く先もこちら任せなれば、まず物騒なことは起こるまい。

「与力のお方をお連れするのはどうかと思うほどざっかけないところですけれど、すぐ近くに他人の耳を気にせず話せる蕎麦屋《そばや》がありますが」

「では、ご面倒ながらそこに案内《あない》を願いたい」

あっさりと応諾《おうだく》してきたので、裄沢はこのような内輪話をする際はいつも使っている一石橋袂《いちこくばしたもと》の蕎麦屋兼一杯飲み屋へ伴うことにした。

それから一刻（約二時間）ほど後。裄沢は己の住まいのある八丁堀へと戻ってきたが、足を向けたのは己の組屋敷ではなかった。冠木門《かぶきもん》を叩いて案内を請《こ》うた屋敷の敷地は、二百坪はありそうだ。

同心の住まいではなく与力に与えられた屋敷であることは、八丁堀に居を置く者ならひと目で判ろう。

いったん門前で留め置かれた裄沢は、すぐに中へと案内された。客間で迎えた初老の男は、すでに部屋着に着替えて寛《くつろ》いでいた様子だった。

「夜分突然押し掛けて参りまして、真に申し訳ありませぬ」

裄沢は部屋に入ってすぐのところで膝を折り、屋敷の主へ丁寧に頭を下げた。

「北町の裄沢殿と申されたか。火急の用件とは聞いたが、いったいどのようなことか」

「はい。南町の奉公人の中に、ご定法に触れる行いを為す懼《おそ》れのある者がいるとの話を偶々《たまたま》耳に致しまして、確たる証を摑《つか》んでおるわけではないものの、真になったときのことを考えればそのまま放置もしておけず、かようにご相談に参った次第にございます」

「ほう、ご定法に触れることとな。しかし、そのような定かならぬ話を、なにゆえ初対面のそれがしのような者のところへ持ってこられた。

裄沢殿といえば、確か廻り方を勤めておられたはず。なれば、南町の同心とも多少以上の付き合いはあろうと存ずるが」

「それがしの定町廻りのお役は、あくまでも怪我をした前任者が復帰するまでの臨時のものにございました。今ではすでに、廻り方からは退《しりぞ》いております。こちらへ伺った理由の一つは、先ほども申し上げたように確かな証を摑《つか》んでの話ではないということ。それでは、廻り方の皆様にまともに取り合ってはいただけぬかと存じまして」

「ふむ。廻り方のように忙しくしておらぬ儂《わし》ならば、曖昧《あいまい》な話でも乗ってくるかと考えたと」

「いえ、そのような慮外《りよがい》な魂胆でお邪魔したわけではございませぬ。ものの申しようがお気に障《さわ》られましたら申し訳なきことにござります」

「謝罪はよい。先を続けられよ」

深く頭を下げた裄沢を、屋敷の主は咎めることなく流したが、その声は厳《いか》めしく響いた。いい加減なもの言いが続けば、厳しい叱責が飛んでくるだろう。

顔を上げた裄沢は恐縮する様子もなく、それまでと同じ調子で話し続ける。

「もう一つの理由、こちらのほうが大きゅうございますが、もしそれがしが耳にしたことが事実であればさほどときは残されておらず、すぐに対処が必要だと思われること。そして、それが皂莢《さいかち》様のごく近くで行われそうだからでございま

「……市中取締諸色調掛《しちゆうとりしまりしよしきしらべがかり》の儂の近くで、だと？」

市中取締諸色調掛は、江戸の町家で商われる様々な商品の値を把握して急激な物価の変動が起きないように対処し、不当な値上げなどを行う者を取り締まるお役である。皀莢は四人ほどいる本役（常任）与力のうちの最古参であった。

皀莢は、己の問いに「はい」とはっきり断言してきた不意の客を見ながら考える。

──ご定法に抵触《ていしよく》するような不埒《ふらち》なまねに及ぶとすれば、おそらくは同心ではなく小者。

物価の把握と変動への対処というお役目の特殊性から、使う小者の動員には偏《かたよ》りが生じやすく、与力の皀莢が直接小者に声を掛けるような機会は少ないながらも、よく見掛ける者が何人もいた。

──その中に、不埒者がおるか。

「なるほど。それでどのような話を耳にしたのか、詳しくお聞かせ願おうか」

はい、と応じた裄沢はおもむろに話し始めた。

「今から八十年ほど前までこの江戸で流行《はや》った風習に、『水の祝い』というものがございます。皀莢様はご存じでしょうか」

皀莢は妙な口火の切り方に目を見開いた後、「水の祝い」と呟いて記憶を探る表情になる。裄沢は構わず続けた。

「同様に『石の祝い』というものもあると申し上げれば、あるいは思い出されるかと――祝言において、花嫁の行列や祝宴の席の花婿に皆で水を掛けたりするのが水の祝い、祝言を行っている家に石礫《いしつぶて》を投げつけるのが石の祝いにございます」

皀莢は「ああ」という顔になる。

「このごろはもう廃《すた》れて、江戸の市中ではほとんど見られなくなっておりますので我らには馴染みが薄い風習ですが、田舎《いなか》へ行けばまだこうした行事を残しているところもあるやに聞いております」

「わざわざそんな話を持ち出したところからすると、それをやろうとしている者がおるということかの」

「はい。残念ながら、そのような話を仄聞《そくぶん》致しておりまして」

「……しかし、投げた石が祝いの席に出ておる者に当たって怪我をさせたなどということがあれば確かに捨て置けぬかもしれぬが、水を掛けるぐらいであれば座興として笑って赦されるのではないのか。たとえ怪我をしたとしても、頭にたんこぶができてほんのちょいと血が流れるぐらいであろう。悪戯《いたずら》にしては質《たち》がよいとは言えずとも、下郎が行うそのようなことにまで目くじらを立てるのはどうかと思うが」

小者程度の者どもの集まりなら、多少のイザコザで血を見るような騒ぎになっても、頭分や年長者が丸く収めて大ごとにしないのがいつもの在りようだ。そんなことはごく当たり前に起こっているし、それで大騒動になったという話も聞いたことがなかった。

小者が婚姻で馬鹿騒ぎをするぐらい、目こぼしをしてやらぬと息苦しくて連中もやってはいられまいというのが、年の功で寛容さを見せる皀莢の意見だ。

祐沢は、穏やかな口ぶりで反論を述べる。

「それがしは、ご定法に背《そむ》くと申し上げました」

「とは?」

「水の祝いについては何度か禁令が出されておりますが、有徳院（八代将軍吉宗）様が公方にお成りあそばされて間もなく出されたものが最後にございましょう。

有徳院様は、それまで自らの屋敷内で家内の者に行うのは見逃されるとされていたものを、『たとえ舅《しゅうと》たりともいっさい無用』と厳しく禁じられたのです。今ではこの風習が全く廃れたのも、有徳院様によるこのご禁令が発布されたからだと思います。そしてそこまで守られたがゆえに、今ではさような風習がかつてあったことも忘れ去られようとしているのやもしれませんな」

皀莢は、法令に関する裄沢の深い知識に感心しながらも、困惑げに思いを口にする。法度《はっと》は確かに守られるべきものだが、あらゆることを杓子定規《しゃくしじょうぎ》に当てはめたのでは暮らしから潤《うるお》いが欠けてしまう。

——それを見誤ったからこそ、白河様が推し進めようとなさったご改革は上手くいかなかったのではないか。

「さような昔のことをよく知っておるものだ——なれど、ご定法を振りかざして全てを厳しく律するという考えは、いかがなものかのう」

この意見にも、裄沢は穏やかに返す。

「皀莢様は、『悪戯にしては質がよいとは言えぬが、下郎が行うことにまで目くじらを立てるのはどうか』とおっしゃいましたが、それは小者を念頭に置いてのご発言かと存じます」

「違うと言うのか？」

では、「市中取締諸色調掛の同心どもがそのようなことを？」といささか不安に思う。裄沢の言う「ご定法に触れる」行為をなす者らが同心だとなると、鷹揚《おうよう》に笑って済ませるわけにはいかなくなりそうな気もする。

しかし、祝言でそんな悪ふざけをするのは新郎と同年配の若造どもであろうし、ならばやはり大袈裟《おおげさ》に取り沙汰するのはどうかという気持ちは拭えない。

ところが、裄沢は次に思ってもいなかったことを告げてきた。

「どうもそれがしが申し上げていることを、皀莢様はご自身のお役の上での関わりだとお考えのようですが、その程度のことなれば、わざわざ存じ上げもせぬ与力のお方のところへ押し掛けたりは致しませぬ」

それだけ述べて口を噤《つぐ》んだ裄沢の感情を表さぬ顔を、皀莢はじっと見る。

——お役目柄のことではない。にもかかわらず、儂のところへ押し掛けてきた……。

皀莢にも、「祝言」と聞いて思い当たるところがあったのだ。

親戚筋の坂木のところで娘の縁談が調ったことは、お奉行に坂木の当主が婚姻の届けを出すと申し出たのを直接見ているから知っていた。

皀莢の心の中には今までよりもずっと大きな不安が生じている。

それを待っていたかのように、裄沢が言葉を足す。

「町奉行所《ごばんしょ》の者であっても、ただの小者のやることとなれば看過もできましょう。若手の同心がやり過ぎたというのであっても、内々でお灸《きゅう》を据えれば済ませられる程度の話になろうかと、それがしも思います。

なれど町方の与力同心が、しかもいい歳をした者らまでが一緒になってあえてご定法に逆らうことをしたとなれば──町家の見本となり皆を率いていく立場にある者ゆえ、『何もなしで済ます』というわけにはいかなくなるやも、と案じております」

言い終わった裄沢は、皀莢の心根《こころね》を問うようにじっと見つめてきた。

「確かにそのような者まで悪ふざけに加わったとなれば見過ごしにはできぬかもしれぬが、それにしてもそこもとの言いようは、大仰《おおぎょう》に過ぎるように儂には思われるが……」

「水の祝いや石の祝いは、からかいや悪ふざけだけではなく、夫婦になる者への横恋慕《よこれんぼ》絡みの嫉妬《しっと》や、その者らが幸福になることへの妬《ねた》みで行われる場合もあるやに聞いております。

もし、手前勝手な思い込みで祝言を挙げる二人に不快を覚え、これを邪魔立てしようと企てる者があるとすれば、周囲からはその者当人だけに留まらぬ恥と見なされましょうな。ことがことですから、誰がやったかは一目瞭然《いちもくりょうぜん》となりますし」

――そういえば、坂木の届け出はほどなく受理されたと聞いておったが、その後の段取りがどうなっておるのか、あれから坂木は親戚のこちらへ何も言ってきてはおらぬな。

皀莢は、何とも言えぬ不吉な予感を覚えた。

「そこまで申すからには、埒《らち》もないただの風聞ではない、というほどの根拠はあるのだろうな」

「とある南町の町方役人のことにございますが、自らお奉行様に娘の婚姻についての届けを出しておきながらその後全く動こうとはせず、代わりに娘のために婚儀のあれやこれやの手配りをしてくれた者を邪険《じゃけん》に扱っておりますそうな。

段取りは代わりの者でもどうにかなりますが、実の父親が祝言にも出席せぬでは花嫁が可哀想にございます。推参《すいさん》して願い出たところ、『己の出世の役に立たぬ娘の婚儀など知ったことではない』とけんもほろろのご対応だったとか。

もし御心当たりがあるなれば、それがしの話より、ご自身でお確かめになられたほうがよろしいかと存ずる」

「……それが事実だったとして、祝言まで邪魔立てするという話になろうか」

「その企てに加われと言われた当人からの話にござりまする。これまでの経緯から考えるに、とても冗談で口にされたとは思えませぬゆえ、こうして参上仕りました」

「そなたは、いったい？……」

「それがしは北町の同心。婿となる者と同じ御番所に勤める者と申さば、ご理解いただけましょうや」

「婿となる者のためにやっておると」

「婿になる者を通じ、花嫁のほうにも知己《ちき》を得ております。もはやそれがしにとっては、二人ともにかけがえのない友にござりますれば」

じっとこちらを見つめる裄沢の目に、嘘はないように思えた。

「たとえ与力同心がやろうとしていることだとしても、それがしの懸念は大仰に過ぎるのではとのお言葉でしたな――しかし、これを聞いてもまだそう思われましょうや」

そう前置きをして、裄沢は一つの事実を告げた。

聞いた皀莢は、唖然《あぜん》として大きく目を見開いた。

七

夜分遅くなってから、南町奉行所与力・坂木勘之丞の組屋敷に押し掛けてきた老人がいた。突然の来訪に驚く坂木家の主を押しのけるようにして上がり込んだ老人は、己の言いたいことを好き勝手に喚《わめ》き散《ち》らすや、家の者の見送りも断り昂《こう》奮《ふん》収まらぬ様子のまま帰っていった。

「なんで皀莢の伯父《おじ》御《ご》が……」

断られても玄関先まで出て見送った勘之丞が、先ほどまで応対をしていた客間に戻り独りごちた。

「なぜに伯父御が祝言の席のことを知っておった」

町方の与力同心は南町でも北町でも同じ八丁堀の中に組屋敷を与えられていて、近所付き合いがあるというばかりでなく縁戚関係にある者も多いから、美也の祝言の日取りについてはそうした誰かから聞いたということもあり得る。

しかしながら、その場で勘之丞が何をしでかそうとしていたかまで明確に把握していたのは、どう考えてもおかしかった。勘之丞は、祝言には出ないと宣言しておきながら、祝いの宴に乱入して水を撒《ま》き散らし、宴席をぶちこわそうと企んでいたのだ。

そのための仲間は、勘之丞ほどではなくとも出世の望みが潰えたことに落胆している親戚に声を掛けて同意を得ていた。皀莢の伯父御は、謹厳実直《きんげんじっちょく》な上に頭が固いから、端《はな》から声掛けするつもりはなかったのである。

――それを、どこから嗅ぎつけて潰しにきたのか。

皀莢の伯父御は、坂木の属する親族一門の中で本家筋というわけではないが、その年齢や声の大きさから長老のような扱いを受けている。目の前に立ってはっきり「やめろ」と言われたものを、無視することは難しかった。

それればかりではない。

「お前が声を掛けそうな連中にはみんな、『儂が目を光らせておる』と警告しておく。つまらぬまねは決してするな。よいか、しかと申し付けたぞ」

そう釘を刺されてしまった。これではもう、企てに乗る者は現れまい。

――いったいなぜ、こんなことに。

湧き上がる怒りを独り押し殺していると、部屋の外から「入ります」と声が掛かった。

返事も待たずに襖を開けて顔を出したのは、倅の六郎太だった。

「呼んでもおらぬのに、勝手に入ってくるな」

今は誰の顔も見たくはない。退去を命じた。

が、いつもは素直に父親の言うことを聞く六郎太が、その場から動かなかった。

「お話があります」

「後にせよ」

「いいえ、今話しておかねばなりません」

八つ当たりなどしないようにとのこちらの配慮を気にも留めない六郎太の強情さに、腹を立てて睨みつける。

六郎太は、父親から目を逸らすことなくしっかりと受け止めてきた。

「皀莢のお祖父様《じいさま》がいらっしゃったことに、戸惑っておいでですな」

戸惑うというより憤っている。が、そんなことを口に出す気はない。

勘之丞の心の動きに斟酌《しんしゃく》せず、六郎太は言葉を続けた。

「皀莢のお祖父様が父上の企みを知っておられたのは、裄沢殿がお祖父様に告げられたから」

「何っ」

「そして裄沢殿へ、そうした企みがあり、制止できる人物がいるとすれば皀莢のお祖父様だろうと伝えたのは、私です」

「六郎太、そなた……」

勘之丞は、あれほど従順に父親の言うことに従っていた六郎太の変わりように、目を見開いて驚いていた。

「父上、もういい加減になさいませぬか。これ以上ことを荒立てるのは、どう考えても坂木の家のためになりませぬ。そろそろ目を見開いて、しっかりと実際の有りようを見るときにございます」

「なんだ、その言いようは。お前は父の考えに従えぬと申すか」

六郎太の「はい」とはっきり断ずる言葉に、勘之丞は再び目を見開く。

「先日、裄沢殿が訪ねて参ったときの父上とのやり取りは、ここへ入ろうとした私の耳にも聞こえて参りました」

「盗み聞きをしておったと？　そなた、さようなまねをして恥ずかしくはないのか」

「弁解は致しませぬ。ただ、父上と裄沢殿の言い争いを聞いておりますと、どう考えても裄沢殿の言っておることのほうが道理かと」

「！　そなた、己の働いた悪事を棚に上げて、父親を誹謗《ひぼう》するか。そのような男に、坂木の家を継ぐ資格はないぞっ」

強圧的な叱り方をする父を、六郎太は静かに見返した。

「私が跡継ぎとして相応《ふさわ》しくないのであれば、善十郎《ぜんじゆうろう》を呼び戻し、私は廃嫡《はいちやく》していただいて構いません。一乃《いちの》とはもう話をして、すでに納得させておりますので」

善十郎は跡継ぎのいない同心へ養子に出した六郎太の弟であり、一乃は六郎太の妻の名だ。

勘之丞は六郎太の覚悟に――というよりその反抗の強硬さに愕然となる。

六郎太は、勘之丞の驚き顔を目にしても表情を変えずに続けた。

「私のことはそれでよいとしても、話だけはお聞き下さい。さもなくば、善十郎に跡を継がせた坂木の家がたいへんなことになりますゆえ」

すでに見習いに出している嫡男を廃した上で、他家へ養子に出した次男を呼び戻して跡継ぎに据えるというだけで、自分の家が周囲からどう見られるかは勘之丞とて理解している。そうでなくとも、六郎太の嫁の実家がどう思うかを考えたならば、容易に長男の廃嫡などできるものではない。

「……ならば、話してみよ」

やむをえず、勘之丞は六郎太の話に耳を傾けることにした。

「裄沢殿によれば、婚儀の行列や祝言の場において水や石を用いて邪魔立てするなどのいっさいは、有徳院様により厳に禁じられておるということにございます。下々《しもじも》に範《はん》を垂《た》れるべき町方与力がこれを破ったとなれば、坂木の家が御番所内外から悪評を蒙《こうむ》ることは必定《ひつじょう》。場合によっては、お役御免になることすらあり得ましょうぞ」

有徳院、すなわち八代将軍吉宗は、徳川幕府中興の祖として歴代将軍の中でも初代の家康《いえやす》の次に来るほど幕臣皆から尊崇《そんすう》の念を持たれている人物である。そんなお方が発した禁令をあえて破って騒ぎを起こした点が問題として取り上げられた場合を考えると、六郎太が口にした懸念も杞憂《きゆう》とまでは言えなくなる。

ちなみに、勘之丞へ制止の言葉を吐き散らして帰った皀莢老人は、これに関する裄沢の言が正しいかどうかの確認をしていなかったため、道義や世間体《せけんてい》だけを理由にして勘之丞を叱責していた。

また、道理や道義を振りかざすもの言いを常とすることから、これに反することになりかねない、衔沢より最後に知らされた事実にも触れなかった。

それでも皀莢老人の言葉は重く、周囲に警告するとの行動は影響が大きい。

すでに勘之丞も、企みを実行に移すことはできなくなったと理解しつつ、己の体面《たいめん》を傷つけた倅に対する意地で言い放った。

「行われる祝言は我が娘のものぞ。いかに意に染まぬことをしたからとて、その父親が咎を受けるような話を大ごとにはすまい」

六郎太は溜息をつきつつ応じた。

「さような安易な考えでいては、それこそ大事になると申し上げております」

父親を馬鹿にしたようなもの言いに怒声を発しようとした勘之丞を制して、六郎太は懐より折り畳まれた紙を取り出した。

「これをご覧下さい」

その真剣な目つきに、勘之丞は六郎太が広げた紙に書かれた文字へ視線を落とした。

翌日。非番で己の組屋敷にいた裄沢を訪ねてきた者があった。

応対に出た下働きの茂助の問い掛けに、裄沢は上がってもらうよう返答する。

「お邪魔する」

客間と兼用する居間に顔を出したのは、つい先日「二度と顔を見せるな」と言い放った坂木勘之丞その人であった。供は入り口脇か外に控えさせているのであろうが、本来ならばお勤めに励んでいるはずの刻限に、嫡男の六郎太は伴ってこなかったようだ。

「ようこそお越しなされた」

裄沢は、淡々と歓迎の言葉を発した。

これまでの裄沢への態度ならば、与力を自ら出迎えもしなかったことに激怒しているはずの勘之丞が、今日は大人しい。とはいえ、その目つきには相変わらず視線だけで相手を射殺しそうなほどに厳しいものがあった。

「どうぞお座りあれ。今、茶を淹《い》れさせておりますので」

勘之丞を案内してきた茂助に目顔で合図したことを告げた。なお、席は上座《かみざ》を空けておらず、勘之丞が到着する前に互いに床の間を横に見るような位置へ、自分も場所を変えている。

「お構い無用」

ぶっきらぼうにそう口にして、勘之丞は裄沢の向かい側に座した。

「そうですか――ならば、ご用件を伺っても？」

裄沢がそう水を向けるやいなや、勘之丞は懐から紙を取り出す。それは、前夜己の屋敷で倅の六郎太から見せられた物だった。

「これは、真にござろうや」

広げて示してきた紙をちらりと見た裄沢は、確認の言葉を放つ。

「それは、それがしが昨日ご子息にお渡しした物でござろうか」

「倅はそう申しておった」

「なれば、そこに書いたことに嘘はござらぬ」

「ここ、この筆頭に書かれた『土佐守様』というのは、北町のお奉行様のことで間違いないか」

身を乗り出すようにして問い掛けられても、裄沢の返答は落ち着いている。

「いかにも。それがしも来合も、お奉行様以外の土佐守様に知る辺《しるべ》はござらぬ」

裄沢が六郎太に渡したのは、来合と美也の祝言に出席する予定の面々を記《しる》した紙だった。

「北町のお奉行様が、美也の祝言に顔をお出しになる……」

それが本当であれば、いかに花嫁の父とはいえ、祝言を台無しにした者へお咎めがあってもおかしくはない――いや、万一それがお奉行の目の前で行われでもしたら、咎がないほうが不思議だ。

己にとって目障りなことばかりする小うるさい奴との認識しかなかった男が、こたびは坂木の家を救ってくれたのかもしれないと、嫌々ながら思わざるを得なくなっていた。

勘之丞の呟きに、裄沢は「いいえ」と首を振る。

――では、やはりハッタリ!

カッとしかけた勘之丞の耳に、裄沢の返答が響く。

「わずかばかり顔を出すということではなく、きちんとご出席くださるとのご返事を頂戴しております」

「まさか……」

来合が勤める廻り方は、町方同心の花形のお役であると同時に、制度上奉行直属の配下ではあるが、多忙な町奉行が単に顔を出すだけに留まらず、宴席にきちんと出席するという話に耳を疑った。

——そのようなこと、与力相手であってもなかなかあり得ることではない。

長年南町の与力を勤めてきた勘之丞の、それが常識である。

裄沢は、落ち着いた声で続ける。

「無論のこと、何か大事が起きて江戸城《おしろ》に急遽《きゅうきょ》上がることになったりしたときは、出席できぬようになるやもしれませんが」

——これは逃《に》げ口上《こうじょう》。つまりは、ただの脅しか。

裄沢は、勘之丞の考えを読んだように語った。

「お城で何かあったかどうかは、南町のお奉行様の動静にご注目なされていればお判りになるはず。それがしが嘘を言ったとて、誤魔化しきれるものではございませぬ」

確かに、町奉行が呼び出されるような何かが起きたときには、そのうち一方だけということはほとんど考えられない。

——すると、こいつは本当のことを言っているのか？

確信は持てないが、少なくとも美也の祝言には北町奉行が出席する前提で考えないわけにはいかなくなった。

「裄沢殿。祝言の折の我らが席は」

「ご出席なさらぬとのことでしたが、以前申し上げたとおり坂木様ご夫妻とご嫡男ご夫妻の四人分は確保しております」

勘之丞は、これまでとは態度を一変させて下手《したて》に出る。

「急で申し訳ないが、新郎側の出席の人数と同じほどの席の用意を頼めぬか」

北のお奉行がいる前で、新婦側の出席が両親と跡継ぎ夫婦だけというのはいかにも体裁《ていさい》が悪かった。ここは業腹《ごうはら》でも頭を下げて、新郎側と同じほどの出席者を用意せねばならない。

にもかかわらず、裄沢が嘘をついて北のお奉行の出席がないなどということになれば、事後に目の前の裄沢《この男》を強く責め立てるだけである。

裄沢は、眉を寄せた。

「弱りましたな。すでに日も迫っており、料理をはじめ様々な支度や場所の誂《あつら》えなども決めてしまっております。もしどうしてもということであれば日延べを考えざるを得なくなりますが、それを多忙なお奉行様にどうお伝えするか——坂木様のご都合で、という理由をお奉行様に申し上げてよろしいでしょうか」

「っ、それは……」

まさか今ごろになって「出席者を大増員するから」と、自分が強引に日延べを求めたなどと北のお奉行へ言わせるわけにはいかない。

「料理は、品数を抑えれば人数を増やすことができるのでは。それにもし婿側の家の広さから席の数が増やせぬとあらば、与力である我が屋敷に場所を移すこともできよう」

「料理について言えば、仕出しを頼んでおりますので今さら間に合うかどうか。それに、場所を変えるとなればそれもお奉行様にお伝えしなければなりませんが――無論のこと、婿養子《むこようし》に入るわけでもないのに嫁側の家でやると、急遽変更する理由も添えて言上《ごんじよう》することになります」

「……なぜ、今このときになるまで北のお奉行様がご出席なさることを伝えてはこなかった」

裄沢は、不思議そうな目で勘之丞に目をやった。

「お奉行様はご多忙でいらっしゃるので、確たるご返事をいただいたのがつい最近のことでした。それに、今このときまでとおっしゃいましたが、これまでたびたびのご相談にいっさいお応えいただけなかったのに、確実ではないことを口にして実現しなかったときには、坂木様よりまた強くお叱りを受けることになろうと存じましたし」

実際のところ裄沢には、お奉行に出席してもらえるという確信があった——というか、その前提でお奉行に願い出、お奉行の返答をもって祝言の日取りを決めたのだが、そんなことを勘之丞に言う必要はない。

しかしこのように言われた勘之丞にしてみると、全く反論する言葉がなかった。確かに「お奉行様も出るかも」などと言われた後に「なくなった」などと訂正されたなら、どれだけの悪口雑言《あっこうぞうごん》を並べていたか判らないし、それはこれまでの自分の態度を顧《かえり》みれば相手にも明らかなのだから。

「くっ……」

勘之丞は、どうにも退《の》っ引《び》きならない状況に陥《おちい》ってしまった。

八

その日の勤めを終えて組屋敷に戻った勘之丞は真っ直ぐ自室に向かい、妻に手伝わせながら部屋着に着替えた。

「旦那様」

いつも着替えの間はほとんど口を開かない妻が、珍しく話し掛けてきた。

「なんだ」

「ほどなく美也の祝言が行われると耳にしましたが」

こうした話に女は敏感だ。八丁堀には南北の町方役人が混在して住まっているし婚姻などでの交流もあるから、奥方同士の付き合いにも南北の隔てはなく、友達付き合いしている与力同心の妻経由で耳に入ってきたのであろう。

気になるのはむしろ、そうであっても普段なら夫が口に出さない限り話題には上《のぼ》せない佳代が、こたびはわざわざ自分から持ち出してきたことだ。

「なぜ、そんな話を」

そう問うたとたんに、妻の気配が変わった気がした。

「祝言に出るなれば、私《わたくし》にも着る物などの支度があります。そうしたお話は、きちんと伝えていただきませぬと」

「……そのようなことは気に掛けずともよい」

「美也の祝言にはお出にならぬとおっしゃっていたと、六郎太から聞きましたが、今でもそのお考えは変わりませぬので？」

「……いや、祝言には北町のお奉行も顔を出されるということなので、儂は出ぬわけにはいかぬであろう」

「それならば、私も一緒なのでは」

「……席が足らぬそうな。祝言には儂と六郎太、それに皀莢の伯父御と本家の安《やす》正《まさ》で出ることにする」

北町奉行の出る祝言に、美也の親族で主だった者が顔を出さぬというわけにはいかない。席が四つしかないという中で、苦渋《くじゅう》の選択で決めたのがこの顔ぶれであった。

勘之丞の坂木家は、三代前に南町の与力のうちの一家が断絶した際、跡継ぎの長男とは別に次男坊が独立を許されて一本立ちした家であった。

夫の理不尽に思える決定に佳代は憤然とする。

「そのような――いったいなぜ、娘の祝言でさほどの席しか用意されていないのでございましょうか」

「………」

「旦那様。私は、娘の祝言を祝い、花嫁姿を見ることすら許されないのでございますか？」

「うるさい。席が足らぬのだから、仕方がなかろう」

普段なら、ここまで言われてなおも言い返そうとする女ではない――いや、それ以前に、夫を非難したと受け取られかねないもの言いもしていないはずだ。

ところが、今宵《こよい》の佳代は違っていた。真っ直ぐに勘之丞を見上げ、慎《つつし》みなどは微塵《みじん》も見せずに言い募る。

「その席が足らぬというのは、なぜにございますか。娘の祝言に立ち会うのは、生みの母として当然のことだと存じますが」

「うるさいと言っておる。いろいろとあるのだ、口答えするな」

いつもの勘之丞なら怒鳴りつけているはずだが、こうなった経緯については疚《やま》しい気持ちもあり、妻に対して強くは出られなかった。そのあたり、裄沢のような外の者と相対《あいたい》するのとは違った心情を持つ男なのかもしれない。

それでも佳代は食い下がってきた。

「娘の婚儀には出られない、その理由《わけ》もおっしゃっていただけないのでは、ご近所の皆様にも旦那様のご同輩や配下の奥方様・お内儀様方にも、お尋ねがあったときに返答ができません」

応対に困った勘之丞は返答をせずにその場から立ち去ろうとした。

「旦那様」

構わずに襖の引手に手を掛ける。

「なれば、実家へ戻らせていただきます」

「何っ」

思いもしなかった言葉を背中へ浴びせられて、驚き振り向く。

「このような扱いを受けて皆様から陰で嗤《わら》われるようなことになるならば、実家に帰って嗤われても一緒」

「ならば――」

「ならば、理不尽に『行くな』と言うような夫に気兼《きが》ねなく、娘や婿殿に会いに行ける実家を選ばせていただきます」

「……………」

あまりの強硬さに、言葉が出なかった。佳代は勘之丞の様子など気にもせずに続ける。

「無論のこと、帰れば何があったかは父や兄に聞かれますから、正直に答えることになります。隠しても、おおよそのところは余所《よそ》から耳に入ってくることになるでしょうから、妙な噂を信じてしまうよりはずっとマシだと思いますので」

「……そなた、事情を知っておると申すか」

「六郎太が話してくれましたので、それと同じぐらいには知っているつもりでおります」

「……」

口を閉じさせるにも説得して断念させるにも言葉が見つからない。しかし、妻が実家に戻ってしまうのはマズかった。

単に夫婦の不仲を周囲から嗤われるだけでは済まない。南町奉行所の中で相応の発言力のある妻の実家を敵に回しては、自分だけでなく次の代までも坂木の家に響いてくる。

「それでは、実家に戻る支度を致しますので」

佳代はそう言い捨てて立ち上がると、出口の前で突っ立っている夫の脇をすり抜けて廊下へと出ていった。

「勝手にしろ」

なけなしの矜持からそう呟く。しかしそれは、去っていく妻に聞こえないほどの――いや、聞こえないように意図した――小さな声だった。

結局勘之丞は、実家へ帰る支度を始めた妻を引き留めた。引き留めざるを得なかった。

その代償として、妻を娘美也の祝言の席へ伴うことを約束した。結局勘之丞は、自分たち夫妻と跡継ぎの六郎太夫妻の四人で美也の祝言に出ることにしたのであった。

六郎太の妻・一乃をはずすことも考えたのだが、皀莢の伯父御と本家の安正のどちらか一方だけに出てもらうというわけにはいかず、どうせ後で責められることになるならと、選ばれなかった方に恨まれずに済むよう両方ともに呼ばないことにしたのだ。

――これで、北町奉行が出るというのが嘘や誤魔化しであったらただでは済まさぬ。

勘之丞は、胸の奥から湧き上がる怒りを堪えつつ、そう決意を新たにした。

九

来合と美也の祝言の日は、穏やかに晴れ渡った。

花嫁が輿入《こしい》れする際の行列は、もともと夕刻か夜の帳《とばり》が降りてから出立するのが古くからの習わしであったが、江戸も中期を過ぎたこのころになると、陽《ひ》の高いうちに嫁ぎ先へ向かう形に変化している。周囲の者らへも花嫁の晴れ姿を見せることを重視する傾向が、強くなったからだとも言われている。

花嫁姿の美也を乗せた輿は、午を回ったころに祝言の行われる来合の組屋敷へ向け出発した。輿を出す場所としたのは、日本橋小伝馬町《こでんまちょう》の料理茶屋である。美也をはじめ備前屋など付き添いの者らも、ここで着替えて出発点とした。

美也が仮寓《かぐう》する備前屋から輿に乗らなかったのは、八丁堀まで距離があるということも理由の一つだが、本来なれば坂木家から出るはずの輿を自分の所から出すのを備前屋が遠慮したという事情もあった。

裄沢を錦堂の相談に呼んだときに使った小舟町《こぶなちょう》の料理茶屋にしなかったのは、その折の相談が不首尾に終わり、死人が出たことから縁起を担いだのであろう。

ともかく、備前屋を出発点としなかったのと同じ理由から、祝言に先だって行われる儀式のいくつかが省略された。嫁いでくるのが与力の娘なのだからそれはどうかという懸念も持ち上がったのだが、足軽格の町方同心が妻を迎え入れるのだから問題はないということで収めた。

新婦というには薹《とう》が立ちすぎていると気後れを感じていた美也にとっては、却《かえ》ってありがたい段取りの省略であったようだ。

輿に乗る前に本来ならば行われるはずの父母との別れの杯《さかずき》ごともない。これだけは、さすがに寂しさを隠せずにいたように見えた。

来合の組屋敷に着いて輿の受け渡しが行われてからは、武家の作法である小笠《おがさ》原流《わらりゅう》に則《のっと》り式次第が進められていく。

宴席は仕切りの襖を取り払い、二間をひと部屋にする形で場所が誂《あつら》えられた。新郎側からは十数人の親族が出席したが、新婦側で顔を出したのは実の父と兄の二組の夫婦だけであった。

その席には、裄沢が坂木六郎太に予告したように、北町奉行・小田切土佐守の顔が見られた。

小田切は多忙な町奉行として宴席に最初から最後までいたわけではなく、途中からやってきて宴の終わる前に座を立ったが、単に顔を出したというには留まらないだけその場でときを費《つい》やした。新郎新婦に祝いを述べただけでなく、勘之丞夫妻へも親しく声を掛けたのだった。

祝言の間、勘之丞は周囲から話し掛けられない限り無言を通し、口を開くときも言葉少なであった。小田切から祝われたときにはさすがに小さな笑みを見せたが、それ以外はほとんど無表情のままに過ごした。

好意に取れば娘を嫁に出す寂しさと解釈されようが、宴席に出た者のうちどれほどがそう思ってくれたかは判らない。

祝言が終わって帰宅するとなっても、出席者のほとんどはこの八丁堀の中に住まいを持っている。同じ方角へ帰る者らは、皆固まって動いた。

そんな中、坂木家の当主と息子は二人だけ他の者たちと離れて歩いていた。それぞれの妻が、二人の会話が聞こえぬほどに間を空けて従っている。

「六郎太」

無言で歩いていた勘之丞が息子へ呼び掛けた。

倅の六郎太は、「はい」と短く応じた。

「儂は、隠居の届けを出そうと思う」

娘の祝言で緊張していたのかもしれないが、声に疲れが滲《にじ》み出ていた。

「父上？」

突然の表明に戸惑い、六郎太は隣の父へ目をやる。

すでに自分が無足見習いで出仕しているからには、勘之丞の隠居は遠からず現実のものとなることが決まっていたが、ここで言い出したのはそれを早めるということだろう。

まだしばらくはときがあると思っていた六郎太にすれば、青天《せいてん》の霹靂《へきれき》である。

勘之丞は、それまで溜め込んでいた怒りが全て抜けてしまったように、感情のない口ぶりで語った。

「来合殿があれほど北町のお奉行様に重用《ちょうよう》されているならば、これからはきちんと親戚としての付き合いをしていったほうがよい。それには、儂が坂木の当主のままでは差《さ》し障《さわ》りがあろう。

そなたもしばらくはたいへんかもしれぬが、関わりを結び直すならば一刻も早いほうが坂木の家のためじゃ――なに、どのような仕事かおおよそのところはもう摑んだであろうし、すぐに意向を出したとて今日、明日にも認められるというものではないしな」

こたびの祝言に北町のお奉行がわざわざ臨席したことは、他の出席者から南北両方の町奉行所内に広まろう。その場に己と倅だけが妻を伴って出たとなれば、親戚一同から「当然出席すべき機会を奪われ面目を失った」と非難されることになる。

勘之丞が当初の予定を前倒しして早々に隠居するのは、こうした憤懣《ふんまん》を覚えているはずの親戚連中に対して責任を取ってみせるという意味もあった。

六郎太は父の決意を思い留まらせようとし——言葉にできずに口を閉ざした。

隣を歩く父を横目でちらりと見ると、まるで憑《つ》き物《もの》が落ちたかのようなすっきりした顔をしている。

——これが、つい先日まで目を吊り上げ、やりどころのない怒りで我を忘れるほど荒れ狂っていた者の顔か。

今までの経緯を振り返ると、呆気《あっけ》に取られるほどの変わりようである。

こんな摩訶不思議《まかふしぎ》なことを、表情も変えずにあっさりやってのけた一人の同心の顔が思い浮かんだ。

——まるで、狐《きつね》に化《ば》かされたような。

ただし、悪い化かされ方ではない。父親はずいぶんと痛い目を見ることにはなったが、これは必要なお灸であったろう。

再び無言になった父と子だが、自分らの住まいはもうすぐそこまで迫っていた。

「これが裄沢様のおっしゃる策にございましたか。ご出席なさる方のお名前は伺っておりましたが、まさかお奉行様からこれほど懇意《こんい》にしていただけるとは」

宴席の後片付けも早々に、新郎新婦を残して来合の組屋敷を後にした備前屋は、ともに歩く裄沢へ語り掛けた。

「少々貸しがありましたので、こたび返してもらいました」

裄沢の言いように備前屋が驚く。

「お奉行様に貸しでございますか⁉　いやはや、並みのお方ではないとは思っておりましたが、ずいぶんと豪儀《ごうぎ》なことで」

裄沢は曖昧に笑って誤魔化す。

大奥に関わる秘事に巻き込まれた美也と来合、裄沢の三人は命を狙われ、来合は大怪我を負うことになったが、なんとか窮地を切り抜けることはできた。自分らが襲われたのは、秘事の裏側にいる者どもを誘《おび》き出《だ》すための囮《おとり》にされたからだと悟った裄沢は、これを仕掛けた北町奉行の小田切のところへ単身乗り込んで直《じか》談判《だんぱん》に及んだ。

裄沢は、美也を危険な目に遭わせた代償として、「来合との婚儀において疎遠になっている実家との橋渡し」をお奉行に約束させたのだった。こたびの異例とも言える同心の婚礼への小田切の出席は、裄沢との約束を守るための行動だったのである。

ちなみに、南町奉行が勘之丞へ娘の婚姻に関する届けを早く出すよう促した件も、裄沢の依頼を受けた小田切が働き掛けた結果であった。

お奉行との約束は来合にも美也当人にも伝えていないことだから、部外者である備前屋にはとうてい話すことができない。そのための、誤魔化し笑いだった。

幸いなことに備前屋は、裄沢の態度から語れぬ事情があるのを察し、それ以上問うてくることはなかった。

「これで、上手く収まりましょうか」

備前屋は、前へ向き直って口にする。

「少々やり過ぎだと思われるやもしれませんが、あれほど頑《かたく》なであったれば、ある程度痛い目を見てもらわねば目は醒《さ》めぬと判断しましたので」

北町奉行が娘の祝言にほぼ確実に出るということをもっと早く伝えていれば、勘之丞が一連のやり取りの中で覚えた憤りやその先に味わうことになるであろう苦労は、ずっと少なくて済んだはずだ。

しかし、勘之丞をはじめとする美也の親族がすんなりと祝言の席に並んだ場合、勘之丞は娘に対する謂《い》われのない非難の感情を、この先も延々持ち続けたものと思われる。父娘《おやこ》の関わり方にまで口を挟むつもりはないが、原因が父親の不《ふ》条理《じょうり》な罪のなすりつけにあるという点は放っておけなかった。

裄沢には、どうにも赦すことができなかったのだ。あるいはそこには、勘之丞とは関わりのない私情が挟まれていたかもしれない。

裄沢にはかつて妻と子がいたが、子を連れて妻は出奔《しゅっぽん》、いずれも非業《ひごう》の死を遂《と》げた。そこには仕事にかまけて妻を顧みなかった己の所業にも責任があると自覚しているつもりだが、妻が孤立した大元の原因が実家の無理解と責任放棄による裄沢家への押しつけにあったからには、今はいっさいの付き合いを絶っている。

こたびの裄沢の振る舞いは、ある意味自分の妻と同じ目に遭っている美也を前にして、八つ当たりの贖罪《しょくざい》をなしたと言えるのかもしれない。

――まあ、いいさ。

裄沢は、己の心根を探ることをやめた。

ともかくこれで、来合と美也は外からの無視できない干渉《かんしょう》に悩まされることなく暮らしていけるのだ。ならば、自分がどういう理由で動いたにせよ、結果に後悔することはなかった。

※

それから何年か後の話――。
来合家と六郎太が後を継いだ坂木家は、ごく普通に親戚付き合いをしている。
あるとき、隠居して離れに住まいを移してから心静かに暮らすようになってい
た勘之丞を、妻の佳代が無理に外へ連れ出した。妻の行こうとしている先が来合
の組屋敷だと判った勘之丞は逡巡《しゅんじゅん》したが、佳代は珍しく強引に夫を引っ張って
いった。
来合の家に着いた勘之丞は、出迎えた美也の腕の中に、生まれたばかりの自分
の孫を目にすることになった。
嫡男の六郎太にも養子に出した次男の善十郎のところにも孫はいるが、みんな
男の子な上、すでにいずれも素読《そどく》を学び道場に通うほど大きくなっている。目の
前の赤子は勘之丞にとって実に久々の、そして隠居してからは初めての、さらに
は初の女の孫であった。
それまで居心地が悪そうにしていた勘之丞は、己がどこにいるかも忘れて、母
の腕の中で一心に眠る小さな命に釘付《くぎづ》けになったのである。

以後の勘之丞は妻から見てもただの「爺馬鹿《じじばか》」であり、さすがに已一人で来合家へ足を向けることはなかったが、妻が向かうのを心待ちにしてくっついて歩くようになった。

来合も美也も、かつてあったことへのわだかまりなく、二人の来訪を歓迎した。

これについて、裄沢が誰かに何かを語ることもいっさいなかった。

第三話　まいない新三郎

一

南北両方の町奉行所には、隔月でやってくる月番の期間中に三度、両町奉行が配下の与力などを従えて打ち合わせをする際に使う内寄合座敷《うちよりあいざしき》がある。本日は使われていないその部屋の手前、三つ並んだ控えの間の一番奥の空き座敷で、二人の与力が話をしていた。

一人は、先任の内与力である古藤の失脚により名実ともに内与力筆頭となった深元、もう一人は古藤の抜けた穴を埋めるべく新たに内与力に任ぜられた倉島であった。

倉島は、内与力への着任時に前任の古藤より引き継ぎを受け、また留任する深元からも新たなお役についてざっと説明は受けていた。しかし、思わぬ形で閑職に回され気落ちする古藤から聞けたことは少なく、深元は多忙のあまり倉島に十分なときを作ってやることができなかった。

実際に仕事に従事してみてこれでは足らぬと、深元へ改めて説明の機会を求めた結果が、本日の会合であった。こたびは、実務に就いた上で不明な点や得心のいかぬ点について、倉島のほうから質問する形で二人の話は進んでいる。

「このようなところでよろしいか」

話すべきことは話したと、深元が打ち合わせを終えようとする態度を見せた。

「いや、そうは申すが……」

倉島は、深元の説明に不満足そうな顔をしている。

倉島の質問に対し、深元は全て答えた格好にはなっているものの、そのうちの半分以上は「どこそこの資料を参照なされよ」「先例があるゆえお調べなされ」などという、とうてい答えになっているとは思えないものだった。

すでに新たなお役での仕事が始まっているからには、余分な調べ物などをしている暇は与えられていない。そんなことをしていて奉行所の業務に停滞を来《きた》せば、自分に無能という評価が下されかねないのだ。

「まだご質問がおありか」

打ち切りに難色を示した倉島に、深元は忍耐強く対応しようとした。しかしその姿は、「早々に切り上げたい」と突き放しているかのように倉島には見える。

「我が問いに、きちんと得心できるお答えばかりだったとは思えぬが」

深元は、気を落ち着けるべく鼻から息を吐いた。またそれが、倉島の目には溜息をつかれたように見えた。

「簡単に答えられる問いにはそのままお答えしましたが、逐一説明していたのでは多分にときが掛かるものについては、申し訳ないが丁寧にお教えするだけの余裕がそれがしにはござらぬ。また、そうした問いについてはご自身でお調べになったほうがより理解が深まり、今後の仕事に役立つであろうと存じます。

全てご自身で行うのは無理だとお感じであるなら、用部屋手附同心などを上手く使って進められたがよろしかろう」

深元には深元なりの事情があった。

町奉行所における内与力の定員は三人。このうちの一人である宗方は、奉行が他出する際には常に供につく実質的な警固役であり、奉行の秘書官ともいうべき内与力本来の書類仕事や交渉ごとにはほとんどと言っていいほど携《たずさ》わっていない。

古藤が抜けて代わりに入った倉島がまだいささか程度しか役に立っていないとなれば、内与力の仕事は深元が一人でこなしているようなものなのだ。

さらに、こたび名実ともに内与力筆頭となったからには、関係する他の役所などへの挨拶回りまで加わってきている。この時代の挨拶回りは単に顔を出して頭を下げれば済むというものではなく、一席設けて酒杯《しゅはい》を傾け合うことも少なからず必要とされた。

つまりは、深元にすれば、倉島どころではなく仕事のためのときが足らない状況になっていたのだ。懇切丁寧《こんせつていねい》な説明をしてやりたくとも、そんなことをしていては文字通り奉行所の仕事が止まってしまうという焦《あせ》りを覚えていたのだった。

不満を顔に表す倉島を目の前にして、口には出さないが「倉島の立場であったらどれだけ楽か」という感情が抑えきれない。

「それは、内与力筆頭となられたからにはさぞお忙しかろうと存ずるが」

「さよう、この身が二つ、三つあればと願いたくなるほどにござる」

軽い皮肉のつもりで口にしたことに、自慢で返されたと倉島は感じ、思わず熱くなる。

「古藤どのがいなくなって、よいことばかりではなかったと」

「……どういう意味か」

多忙を極める中で、倉島のために無理矢理ときを作ったにもかかわらず突っ掛かられて、さすがに深元としても穏やかな対応が難しくなる。

深元が「この程度までやればよかろう」と判断したのには、自分にそれ以上付き合ってやれるだけの余裕がないからという以外に、もう一つ理由がある。深元と倉島はいずれも、内与力になる前のお役が小田切家の公用人《こうようにん》であり、この前職においては倉島は深元の先任だった。

そして、町奉行は奉行所内の業務を行う御用部屋では内与力を、それ以外の業務（幕閣の一員としての仕事や旗本家当主としての仕事）を内座の間で行う場合は公用人を直接の配下として使役するのだが、これらの仕事には重複する面が少なからずあるのだ。

たとえば、縁者の伝手《つて》を頼って小田切家に持ち込まれる相談には町奉行所の職分に属するものが多々あるし、老中からの諮問《しもん》や意見聴取にも町奉行所の立場からの返答が求められるものが過半を占める。

こうした仕事に関する町奉行の補助を、公用人は内与力にただ橋渡しするだけではない。自分らでできることは内与力に頼らず主体となって進めるから、自然と町奉行所の仕事にも詳しくなっているはずなのだ。

すなわち、北町奉行のお役にある小田切直年の公用人を長年勤めている以上、町奉行所の業務をおおよそ把握していて当然だという認識が深元にはあった。

普段の状況であれば、他者が必ずしも自分と同程度の能力を持っているわけではないとわきまえられても、多忙に追い詰められて余裕のない今の状況では、きちんと正常な判断を下すことができなかったと言えよう。もっとも、冷静であったとしても言葉遣いはともかく、現状以上の手厚い対応ができたかと言えばまた別の話ではあるのだが。

鋭い目で見返してきた深元に、倉島は視線を合わせず言葉を発した。

「そう言えば、古藤どのを内与力の座から追いやった同心は、つい先ごろまで深元どのの配下の用部屋手附であったそうですな」

「古藤どのは、殿（北町奉行の小田切）のご判断でお役を替わることになったとご理解されてはおられませぬか。また、用部屋手附はそれがしの配下であると同時に古藤どのの配下でもあったことも、ご存じのはずだが」

「譴責がなされたのは存じておるが、古藤どのがお役をはずされた一方、これに関わった同心のほうはわずか三日の謹慎で済んだそうな。ずいぶんとおかしな話ではあるまいか」

「……殿の采配《さいはい》に異論がお有りと？」

「いやいや、そのような大それたことは申しておらぬ」

倉島は口元に薄ら笑いを浮かべながら大仰に手を振って否定した。

――このような話に付き合うはときの無駄。

仕事に追われ心の中でずっと焦りを感じ続けている深元は、道理を楯にバッサリ割り切るような生来の気質から、さっと立ち上がった。心の中にあるのは、倉島に費やしたときを己の仕事に向けていれば、どれだけの量を片付けられたかという無念さだけだ。

「雑談に移行されたようなので、これにて失礼する」

相手の返事も待たずに部屋を後にした。

取り残された倉島は、足早に去っていく足音を聞きながら、胸の底から湧いてくる怒りに身を任せる。

――古藤どのは何かの過《あやま》ちをしでかして左遷されたと噂に聞いたが、果たして本当なのか？

こたび、古藤の代わりに内与力となった自分に対する深元の態度を見ると、真相は別にあるのではとの疑いが頭を擡《もた》げてくる。

――真摯《しんし》に仕事を憶えようとする我に対する、深元の突き放したあの態度。まるで俺にはまともに仕事をしてほしくはないような。

ならば、その理由は何か。

――歳は俺のほうが上。ともに公用人を勤めていたときは、俺があの男よりも先達だった。

当時は手を取るようにして丁寧に仕事を教えてやったのにという思いが湧き上がってきて、さらに怒りが深まる。

――さほどに、内与力筆頭の座を誰かに盗られはしまいかと警戒しておるか。

しかしそれは、深元自身が手を染めたことそのものではないのか。

古藤が左遷させられた裏には密かな企みがあったのではという、つい先ほど浮かんだ疑いが、倉島の中で強まった。

――古藤どのは、嵌《は》められた？

倉島が「古藤どのがお役をはずされた一方、古藤どのを内与力の座から追いやった深元どのの下役の同心がわずか三日の謹慎で済んだのは、ずいぶんとおかしな話ではないか」と述べたときの深元の態度はどうであったか。

──責をみんなお奉行になすりつけて逃げた。

そうせざるを得ない後ろ暗さがあったからではないのか。

深元は、「用部屋手附はそれがしの配下であると同時に古藤どのの配下でもあった」と言っていた。つまりは、これからは倉島の配下でもあるということだ。

──果たしてどのような男か。

古藤の排除に深く関わった者だ。深元の言うがままに動いたように、倉島の指図にも従順に従うならば、それなりに使い勝手はよかろう。

──もし、深元には従うが俺にはそうせぬと言うならば。

深元とともに自分の敵に回ると覚悟せねばならぬ。なれば、その二人からやられる前にやってやれ──単に、それだけのことである。

二

裄沢がそれまでの用部屋手附同心のお役を離れ、隠密廻りの「応援」や定町廻りの「代理」を勤めたのは、合わせて三月《みつき》にも足らぬほどの間である。

それでも、元の用部屋手附に復帰するとなれば、やはり知らぬことや戸惑うことも少なからずあった。裄沢が離れた後も日々新たな仕事は生じており、また裄沢がいたころ誰かに引き継いだような案件でも、その後の進展を把握できていないためだ。

裄沢の復帰後に新たに発生したものについては、これまでの経験でそつなくこなせる。それ以外は、調べ物などで同役の手伝いをする形で徐々に中身を摑んでいくよう努めた。

「裄沢」

そんなやり方で元の仕事に慣れようとしていたところに、背後から声が掛かった。返事をして振り返れば、こちらを呼んだのは古藤の代わりに新たに内与力として任じられた倉島惣左だった。

「お呼びでございましょうか」

裄沢は、立ったままこちらを見ている倉島に近づく。

「ちょっと来い」

それだけ言うと、倉島は背を向けて歩き出した。

一度振り返った裄沢は、手伝いをしていた同役に「はずす」と目顔で了解を求めてから、倉島の後を追った。

己らの職場である御用部屋を出た倉島は、玄関とは反対の奥のほうへ廊下を歩く。すぐに着いて襖を開けたのは、裄沢としてはあまりいい思い出のない小部屋であった。

廊下を挟んで向かい合わせに二つ置かれた小部屋は、内密の話があるようなときに使われる。己の仕事場の近くでも普段は入ることのないそれぞれの部屋に、裄沢はこの一年で二度ほど足を踏み入れていた。

一度目は昨年の暮れ近く、御番所内の内偵というありがたくない仕事を無理に押しつけられたときだ。そして二度目はつい最近、裄沢の仕事を妨害するため古藤に呼びつけられ、延々ここで待たされたときだった。

そんなことがあったのを知ってか知らずか、倉島はさっさと中に入って奥に座す。

「入って襖を閉めよ」

入り口に立つ裄沢にそう命じてきた。

仕方なく言われたとおりにして、向かい側に腰を下ろす。

「して、ご用件は」

単刀直入な裄沢の問いに、倉島はフムと口の中で唸《うな》った後、話の進め方を頭の中でまとめるべく視線をはずした。

「白河様がご老中の職を辞されて六年ほどになるが、いまだご改革が続いていることはそなたも存じておるとおりだ」

ずいぶんと迂遠《うえん》なところから話を始めたなと思いながらも、裄沢は黙って聞く。

「ところが何を勘違いしたか、白河様ご退任でご政道は旧に復したなどと本質を履き違えた見方をする不心得者が少なからずおるようだ」

白河公・松平定信が始めたいわゆる寛政《かんせい》の改革は、そのあまりの厳しさから世間の不評を買い、同志であったはずの老中の面々にも離反されて孤立した定信は、志《こころざし》半《なか》ばで辞任することになった。

その後も、かつての盟友《めいゆう》であった為政者《いせいしゃ》たちが幕閣に残り改革路線の継承を標榜《ひょうぼう》したが、定信の強硬さについていけなかった面々による治政であり、肝心の将軍家斉《いえなり》が質素倹約《しっそけんやく》に反する気儘《きまま》な日常を送り始めたこともあって、改革は偶《たま》に発せられる掛け声ばかりで「済《な》し崩《くず》し」となりつつあったのが、このころの時世だった。

裄沢も、口にはしないが胡乱《うろん》な目で倉島を見やる。

倉島はそれに気づく様子もなく己の主張を続けた。

「こうした不心得者は下々《しもじも》から、特にかつては贅沢に慣れ親しんだ商人などから始まり広がっていくものだが、そうした連中ばかりが元凶とは言えぬ」

定信の辞任が世間に広まるや、どこからということもなく皆それぞれが今までの息苦しい暮らしから解放された気になって、少しずつ以前のやり方に戻しつつあるのが今の有り様だ、というのが裄沢の認識である。

倉島の言うような商人も確かにいるであろうし、そうした連中は金を持っている分だけ人目につくこともあるだろうが、実態としては多くの者らが同様の感情を持っている中、偶々目立ってしまった者らだとしか裄沢には思えない。ただ、それを目の前の男へ指摘しないだけの分別《ふんべつ》は持っているつもりだ。

「困ったことに、役人どもの中にまでそうした風潮に染まる者が現れよる」

むしろ役人のほうこそ風向きの変化には敏感ではないか、と裄沢は考え――いや、元々己らに都合の悪い変化には頑ななほど不服従であったかと思い直す。

実際定信は、老中就任直後に「贈収賄《ぞうしゆうわい》を行った者は要職より追放する」とした方針を、後にやむを得ず「今後そうした者は」と訂正し、さらに「盆暮《ぼんく》れの挨拶など慣習となっているものは除く」といった譲歩した修正を加えなければ諸役人を満足に動かすことができなかった。

考えを口にしない裄沢に対し、倉島の独り語りは続く。

「他の役所はどうでもよい――いや、どうでもよくはないかもしれぬが、我らがどうこう口にすべきことではない。問題は、この町奉行所にある」

「どういうことにございましょうか」

己の考えを語り出してからここで初めて問いを発してきた裄沢を、倉島は真っ直ぐ見返した。

「我ら町方役人がそのような有り様では、町家の者に対し示しがつかぬということよ。いくら我らが『質素にせよ』、『贅沢はするな』と言ったとて、その町方の中に賄賂《わいろ》を受け取り、取り締まりに手心を加えるような者がおっては、誰も耳を貸そうとせぬのが道理だ」

倉島が何を求めているのかおおよそのところは理解できたものの、こんなところへ連れ込まれて滔々《とうとう》と自説を述べられねばならない謂われはない。

「それで、それがしをここへ呼ばれたのは？」

問われた倉島は意外そうな顔になった。

「今の話を聞いて判らぬか」

桁沢は目を逸らさずに「はい」とのみ答える。

「真に？」

「もしや、それがしが市中の者より賄《まいない》を受け取っておるとお疑いで？」

魂胆は別にあろうと知っていながら、空惚《そらとぼ》けて問うてみた。

フッと失笑を漏らした倉島が首を振る。

「もしそうなれば、そなたと二人きりで会うようなことはしておらぬ」

「では？」

桁沢の促しに、倉島は身を乗り出してきた。

「この御番所内で、誰がどこまでのことをやっておるか、そなたに確かなところを調べてもらいたい」

「それがしに、でございますか」

「そう言うておる」

「それがしの今のお役は、用部屋手附にございますが」

「言われるまでもない」

「そのそれがしに、密偵のまねをせよと」

疑義を呈《てい》した桁沢へ、倉島は平然と応ずる。

「これが初めてというわけでもあるまい」

それは昨年の暮れ、内与力の深元にこの部屋へ連れてこられたときのことであった。深元は裄沢に、奉行所内で何者かによってすり替えられた高額な品の発見と咎人の洗い出しを命じたのだった。

「あの折とは事情が違いまするが」

「ほう、どう違う」

「あの折それがしは右腕に怪我を負い、用部屋手附に不可欠な書き仕事に不自由しておりました」

「今も元の仕事へ復帰したばかりで仕事の流れが摑めず、不自由しておろうが」

「怪我は治れば仕事に差し障りはなくなりますが、本来のお役を離れて別のことをしておったのでは、いつまでも仕事の流れが摑めるようにはなりませぬ。

それに、あのときすり替えられた品がすぐにも見つからなければ、お奉行様をはじめ御番所内の多くの方が困ったことになりかねぬという事情もございました」

「奉行所の者がお上のご意向に逆らい、袖《そで》の下《した》を受け取り目こぼしをするなどということが頻発《ひんぱつ》するのを放置しておけば、やはりお奉行様をはじめ町奉行所全員の面目に関わる困ったことぞ」

「誰がどこまでのことをやっているか探りを入れよとおっしゃるからには、目立った振る舞いをしておるほどの者はいないということと拝察します。なれば、すぐにお奉行様をはじめ皆が困ったことになるとは申せぬと存じます」

「そなた、だから放置しておいてよいと申すか」

「よいとは申しませんが、特段急ぐ理由も、それがしでなければならぬ理由もないとすれば、さような探りを入れるのは、そうしたお役に就いている者にお命じになるべきにございましょう。

倉島様ご指摘の前回においては、当御番所内で誰にも明かせぬという事情があったために、怪我をしてろくにお役が務まらない分、別な仕事をさせていてもおかしくはないそれがしへ、お鉢《はち》が回ってきたということでしたから」

「当御番所内の与力同心を探るのだ。こたびも、余人に知られてはならぬところも一緒であろうが」

裄沢は首を振った。

「それがしが前回やむを得ず命をお受けしたのは、深元様よりすでに打てる手は打って、たとえ無駄なことであろうともそれがしを用いてみる以外に手立てが残っておらぬと聞いたこと、それにもし差し替えられた品が見つからなければ、差し替えに至った経緯に何ら関わりのない者まで厳罰に処されかねぬという事情があったからです。こたびの倉島様のお話を聞く限り、そこまで状況が切迫しているとはどうにも思えませぬ。

口幅《くちはば》ったいことを申し上げれば、この北町奉行所には百五十人からの与力同心がおり、いくつもの異なるお役に配され仕事に従事しております。本来他人の職分に該当する仕事に外から手を出すは、奉行所内の秩序を乱す因《もと》。ここまでお話しいただいた理由では、手を出すことはできませぬ」

「そなたは用部屋手附同心であろう。その上役にあたる内与力の命に、従えぬと申すか」

「お答えは、差し上げました。どうしてもやるべき仕事だとおっしゃるのであれば、隠密廻りにお命じになるべきかと存じます」

「そなた、深元の指図は聞けて、俺の指図は受けぬと申すのだな」

「前回受けたのは、お奉行様のお指図にございます。深元様はお奉行様のご意向をそれがしへ伝達くだされただけ。また、先ほどから申し上げているように受けざるを得ぬ事情を聞かされましたゆえ、気は進まぬながらお受けしたということにございました」

「断って、ただで済むなどとは思うておるまいな」

「御番所から発せられた処分には、甘んじて従う所存にございます」

桁沢のきっぱりとした言葉を聞いて、倉島はひと睨みするやそのまま座を立ち部屋から出ていった。

桁沢は独りその場に座したまま、しばらく何ごとか考えに耽《ふけ》るのであった。

三

――なぜ、倉島は俺にあのような指図をしてきたのか。

単純に考えれば、新たなお役に就いたところですぐにも成果を上げ、今の地位を盤石《ばんじやく》にせんとしているということであろう。

昨年の暮れに深元に呼ばれたときの話をどこかから聞いてきたようだが、もともとお奉行の家来で内与力に着任するだけの人物とあらばおかしなことではない。ただ、そこからすぐに似たような動きをこちらに求めてくるには相応の意図があるはずだ。

――まずは、お奉行の知らないところでの独断専行。

裄沢はそう判断した。自分が「前回はお奉行のご意向だ」と述べたのに対し、倉島は「こたびもそうだ」とは言わなかった。また「御番所から発せられた処分に従う」と述べたことへも、「お奉行からの罰、すなわち御番所の処分」といった類《たぐい》の譴責はしてこなかった。

それに「隠密廻りに命ずべき」というこちらの意見には、返答すらなかった。隠密廻りを含む三廻《さんまわ》りは組織上、奉行直轄となっているから、これを使おうとせずに裄沢に命じようとしたのは、自分の意向がお奉行の耳に達するのは具合が悪いと倉島が考えているためではないか。

かようにお奉行の意を受けてのことならしてくるはずの主張を全く行わなかったことからは、個人の判断で勝手に動いているとしか思いようがない。

こたびは、前回深元にしたような、「仲間内を探るようなまねはしたくない」という論法はあえて採らなかった。そのような相手側の事情に配慮してくれる人物とは思えなかった上、同心などの軽輩《けいはい》は己の出世の道具としか考えていないように見えたからだ。

――では、そのような男相手にこれよりいかに対応するか。

今の時点でくどくど考えても仕方がない、放っておくよりあるまい。命に逆らったことで本気で何かしてくるつもりなのかどうか、まずは向こうの出方を見てから対応を検討する。

単に奉行所内での身分が上というだけでなく、直属の上役にあたるのだから、それより他に動きようはないだろう。

——倉島があのような態度に出たことについて、他に考えられることはないか。

倉島と入れ替わりに内与力の任を解かれた古藤は、裄沢を排除せんという企てで下手を打ち、逆に失態を咎められて奉行所を去ることになったと見られているはずだ。

一方で同じお奉行の家の家来であるから、倉島は古藤と昔から懇意にしていたということも十分考えられる。

——もしそうだとすれば、単に俺を手駒として使おうとしているだけでなく、振り回して古藤の仇も討とうとしているのかもしれない。

たとえそうであっても、まずは向こうの出方を見るより仕方があるまい。これもいちおう念頭に置いておけばいいだけ。

裄沢は、そこまで考えを巡らせてから座を立った。

裄沢は何ごともなかったかのように用部屋手附の仕事に戻った。以後、倉島が内偵の話を蒸し返してくることはなかった。

「裄沢」

倉島が、自分の席から裄沢を呼んだ。

「はい」

裄沢は筆を置いて立ち上がり、倉島の下へと向かう。

「これの調べを頼む」

突き出された紙を受け取り、書かれている内容に目を通した。

「米の売り惜しみの疑いですか……」

先々米の値が上がるとの確かな予測が立てば、米商人はそれを待って、今手許にある米を売らずに取っておくようになる。そうした行為で世の中に売り出される米が少なくなると、売り惜しみをする米商人の期待どおりに米の値はますます上がるのだ。

ある程度までなら商行為の一環として見逃されるが、度を超えれば当然取り締まりの対象となる。

「市中取締諸色調掛のところへ参って確認を取ればよろしいでしょうか」

「いちおう蔵前《くらまえ》まで行って、そちらでも話を聞いてきてもらいたい」

「米問屋だけでなく札差《ふださし》にも、ということにございますか」

幕臣は俸禄として米を支給されるが、暮らしの諸費用を支払うには現金が要る。札差は幕臣のために、米を売って金銭に替える仕事を行う業者のことである。

「ああ、そうしてくれ」

札差の見世は、浅草寺《せんそうじ》手前の大川端にある御米蔵《おこめぐら》の周辺に点在している。そこまで足を向けて話を聞いて回るというのは、厳密に言えば内役《うちやく》（内勤者）である用部屋手附の仕事からははずれていた。

ただし、本来こうした業務を受け持つべき市中取締諸色調掛に確認を取ったただけでは不足であると上役の内与力から言われたのだから、配下の裄沢としては指図に従うのが当然ということになる。

「畏《かしこ》まりました」

裄沢は命に従い、外出の支度をして御用部屋を出た。

倉島から特別な用命を受けたのは断ったあの一度きりであり、以後は再度求められることも脅しつけられるようなこともなかったが、先ほど受けたのと同じような面倒な仕事を振られることが多くなった。

しかも、やろうがやるまいがあまり結果には結びつかないものが多い。こたびとて、どこまで聞き回っても市中取締諸色調掛が調べた以外の事実が判明することはまずなかろう。

とはいえ先日の一件がある以上、気を抜いたこちらの怠業《たいぎよう》（サボリ）を倉島が待って、いつ何どき罠《わな》を仕掛けてくるかも判らない。警戒を怠《おこた》ることはできず、ほぼ間違いなく徒労《とろう》に終わるであろう仕事も手を抜かず気を張ってこなしていかなければならなかった。

もっとも、裄沢が受けた仕事で手抜きをするということは、以前からほとんどなかったのではあるが。

こうした仕事を倉島が振ってくるのは、多くはお奉行も他の内与力もいないときだった。

お奉行は朝から午過ぎまでは毎日江戸城《おしろ》に登城しており、評定所《ひようじようしよ》での合議や、ご老中に呼ばれてご下問《かもん》に返答し意見を述べるなど普段の日とは違った仕事を行ったときはさらに戻りが遅れる。

内与力のうち深元は筆頭になったばかりで挨拶回りを兼ねた他の役所との折《せっ》衝《しょう》に忙しく、本来の仕事場である御用部屋で姿を見掛けることが少なくなっていた。もう一人の内与力である宗方はお奉行の警固役という色合いが強く、もともと御用部屋にはほとんど顔を出さない。

倉島が好き勝手をやろうと思えば、十分可能な状況が出来上がっていたのである。

「それで、特に変わったことは?」

裄沢は、応対に出た見世の主に淡々と質問を続ける。おおよそのことは訊き終えて、返答によってはこれが最後になる問い掛けだった。

「いえ、別段気づいたことはございませんで」

「そうか、邪魔をしたな」

「お役目、ご苦労様にございます」

腰を上げた裄沢に、見世の主はほっとした顔になる。見送りをしようと、慌てて自分も立ち上がった。

桁沢は、頭を下げる見世の主を背に通りへと出た。これで米問屋二軒、札差にも二軒顔を出していろいろ尋ねたことになる。

ただし、どこの見世でも通り一遍のことしか問い掛けはしていない。市中取締諸色調掛がきちんと調べをしているか確かめられればいいのだから、それ以上突っ込んだ詮索《せんさく》は不要なのだ。

それでもし市中取締諸色調掛の調べが間違っていたり、あるいは故意に不正を見逃していたりしていたとしても、ざっと見ただけでは判明しないものまで洗い出すようなつもりはなかった。

倉島の命に忠実に従い、わざわざ他人の粗探《あらさが》しをして周囲との間に軋轢《あつれき》を生む必要はない。桁沢が今任じられているお役に、そのような仕事は含まれていないのだから。

万一それで後から不備や不正が見つかったとしても、叱責されるのは主に本来の業務担当者である市中取締諸色調掛になるだけだ。そのときは桁沢にも譴責は及ぼうが、頭を下げていれば済む程度で終わるはずである。

なにしろ仕事を「しなかった」のではなく、普段しないような慣れぬ仕事を命ぜられて「十分な成果を上げられなかった」だけなのだから。にもかかわらず強い御叱りを受けるようなら、皆が仕事に対する意欲を失ってしまう。

──このぐらいやっときゃいいだろ。

裄沢はそう考え、御番所へ戻る道を採った。

──？

猿屋町《さるやちょう》から蔵前通《くらまえどお》りへ出ようとしたところで、前方を行き過ぎる男に目が留まった。通りへ出て、去っていく男の後ろ姿を見送る。

──あれは、横手《よこて》さんか。

見間違えでなければ、北町奉行所同心の横手新三郎《しんさぶろう》だった。横手らしき男は、二本並んで架かっている鳥越橋《とりごえばし》を渡ろうとしているようだ。

横手のお役は市中取締諸色調掛同心であるから、商家を回って物価の上下などの調べ物をする中で、浅草《あさくさ》の御米蔵付近を歩いていることに何ら不思議はなかった。

──御米蔵のほうへ向かっているのは、俺が倉島様に命ぜられた調べの因となる仕事をしているからか？

横手を見掛けて一瞬ドキリとしたのは、市中取締諸色調掛の仕事の裏取りのようなことをしているちょうどそのときに、当の市中取締諸色調掛を見掛けることになったからだった。

上役からの命であるからには何ら疚《やま》しいところはないのだが、それでも先方に断りなく相手の粗探しをしているような格好になっているからには、やはり決まりの悪さは覚えてしまう。

――声を掛けて、弁解しておくべきか。

そう考えたのは、こちらが何か言う前に、今の裄沢の動きを先に横手が知ってしまうと、悪印象を持たれかねないからだ。誤解は生ずる前に解消しておいたほうがいい。

横手と同じほうへ足を向けかけて――すぐに立ち止まった。

後ろを振り返りはしないものの、横手にどこか人目を避けているような様子が見られたからだ。町方同心の格好ながら供をつけていないことも、不審を抱かせる一因だった。

町方装束で人目につかないはずはないから、誰かに見られるのを警戒しているとすれば、それは知り合い――たとえば、同じ御番所で働く者だと考えられる。

小者を連れていないことも、それで説明がつく。市中取締諸色調掛同心は廻り方ではないから、岡っ引きをお供とすることはなく、伴うのは必ず御番所の小者になるのだ。

だったら、わざわざ声を掛けるのも憚《はばか》られることになる。

どうしようかと迷っているうちに、横手の姿は角を曲がり消えてしまった。

――横顔を一瞬見ただけだから、南町のよく似た男と見間違えたということだってあるかもしれない。

そう自分に言い聞かせ、裄沢は気に掛けることをやめて北町奉行所《きたのごばんしょ》へ戻るべく道を南へと採った。

四

それから数日後。倉島による地味な嫌がらせは、相変わらず続いている。

裄沢は、命ぜられたことに表情を変えるでもなく、淡々と仕事をこなした――ただし、指図に瑕疵《かし》があれば遠慮することなく指摘し修正を求めたのだが。

今日もそんな一日を終えて御番所を出ようとすると、表門の前で来合が待ち構えていた。

「どうした、そんなところで突っ立って。こんなむさい野郎の面《つら》ぁ眺めてたって面白くも何ともねえのによ。家に帰りゃあ可愛いかみさんが待ってんだろ、さっさと帰んな」

裄沢の悪口《あっこう》に顔色一つ変えることなく、来合はただひとこと言葉を返してきた。

「これから用事は？」

「いや、帰って飯食って寝るだけだけど」

「なら、付き合え」

言うだけ言うや、こちらの返事も待たずにさっさと歩き出す。裄沢は離れていく背中目掛けて文句を言ってやろうとし——諦めて後に続いた。そうでもしないとそのまま置いていかれそうだ。

裄沢を待たずに先行する来合は、呉服橋を渡って北へ足を向けたが、一石橋に達する前に東へ折れてしまう。

てっきりいつもの蕎麦屋兼一杯飲み屋へ行くのだろうとばかり思っていた裄沢は、慌てて目の前の大きな背中へ声を掛けた。

「おい、いつもの見世じゃないのか。どこへ連れてくつもりだ？」

来合はちらりとこちらを振り向き、また顔を戻しながら答えてきた。

「さっさと帰れっつったのは、お前さんだろ」

「行くのはやめたってか」

「いや。お前を連れて帰りゃいい――そしたら飲み終わった後は、おいらも家に帰るお前さんもずっと楽だしな」

「いや、美也さんだって急に客を連れてこられたんじゃ迷惑だろ」

「誰もお前を客だと思う者なんざいねえから、気にしなくていい」

「っ、お前はそうだろうけど、美也さんを大雑把《おおざっぱ》などこぞの熊公と一緒にすんな。第一、祝言挙げたばっかりの夫婦者んとこへノコノコ間抜け面《づら》出しに行く趣味は俺にはねえぞ」

「気にするなと言うてる。間抜け面はこういうときだけじゃなくって、いつものことだしな」

裄沢は「措《お》きやがれ」と悪態をつくが、帰り道が同じなのでわざわざ別なほうへ足を向けるわけにもいかない。仕方なく来合の後に続くのが言葉とは裏腹に招いてもらいにいくようで、どうにも格好がつかない。

そんな裄沢へ、来合のほうが言い回しを変えてきた。

「美也は、お前さんならいつでも来てほしいって言ってる」

「轟次郎……」

名だけ呼んで口を閉ざした裄沢を、来合はまたちらりと見やった。

「何だ、感激したか」

「お前、美也さんを呼び捨てできるようになったか」

その本気で驚いた口調に、今度は来合が言葉を失った。


結局来合の組屋敷にお邪魔した裄沢は、来合から聞いたとおり――いや、それ以上の歓待を美也から受けることになった。料理の膳も、全て美也が手ずから運んできた。

美也が嫁いでくる前、来合のところでは煮炊きを任せる婆さんを通いで雇っていたはずだが、今宵は台所にもその気配は感じられなかった。

裄沢の疑問を視線か何かで感じたのであろう、問われるまでもなく、美也が自ら答えを口にした。

「お嫁にもらってくださると決まってから、備前屋様のところでお願いして、お料理と洗濯を教わりました。まだ、どちらも下手なんですけれど」

照れながらそう口にした美也に、来合は「そんなことはない。いつも美味《うま》い飯を作ってくれる」と前のめりに訂正した。

「親馬鹿ならぬ夫馬鹿……」

思わず呟いた言葉は来合には聞こえなかったようだが、美也の耳には届いたらしく、クスリと微笑《わら》われた。

申し訳なくなって、言い訳を口にする。

「いや、お料理は確かに美味《おい》しいです。先ほどのはいつもに似合わぬコイツの惚気《のろけ》ぶりに、思わず口から出ただけでして」

裄沢の弁解を耳にして、悪口を言われたらしいと気づいた来合が口を開く。緩んでいた顔が、無理矢理引き締められていた。

「なんだ広二郎、文句でもあるのか」

睨んでくる来合とは目を合わせず、「御馳走様でした」と飯茶碗を置いた。

「あら、もっと召し上がってくださいな」

美也の勧めに「では遠慮なく」とまた碗を取り上げて突き出す。

裄沢のところでは裏長屋で暮らす庶民同様に飯は朝一度きりしか炊かないが、今の来合家では日に何度炊くかは知らないけれど、夕飯は炊きたてを出すようだと知った。

裄沢を険《けわ》しい顔で見ていた来合だが、笑顔で碗を受け取った美也に視線を移すととたんに目元が緩む。

新たに飯を盛った碗を裄沢に渡しながら、美也が付け足す。

「こちらに来てからも、谷津《やっ》さんにいろいろと教わりながらどうにかやってます」

谷津というのが、来合のところに通いで来ていた婆さんのことのようだ。

「備前屋どののところにいるときから料理と洗濯を教わったとおっしゃってましたが、それ以外は」

「お城に上がっているときには部屋子《へやご》（小間使い）をしておりましたので、お掃除と縫い物は何とか格好をつけるぐらいには」

「お城ではご酒《しゅ》を召し上がったりもされたのですか？」

そう問うたのは、膳を運んできた美也が、裄沢に酌《しゃく》をしようとしてくれたからだった。その手付きがやり慣れているように見えたのだ。

なお裄沢は、最初の一杯だけ受けて「後は手酌でやるから」と断っている。

裄沢の問いに、美也はしんみりとした口調になって応じた。

「そう量は召し上がらないのですが、お満津の方様がお好きでしたので」

　裄沢は、「これは気の利かないことを」と慌てて頭を下げた。

「いえ。お満津の方様には、私がこうなるようにとずっとお望みいただいておりました。今は、喜んでくださっていると思います」

　気を悪くすることなく、穏やかに、懐《なつ》かしげに応じてくれた。

　それからもしばらくは談笑し、あらかた料理がなくなったところで美也が膳を下げる。そのまま、台所で後片付けに入ったようだ。

　その気配を感じ取った裄沢は、来合に顔を向けた。

「で、何か話があるのか」

　来合は疑わしそうにこちらを見る。

「美也に願われて誘っただけとは思わなかったのか？」

「最初はそうかとも思ったが、三人で談笑している間もお前が何か言いたそうにしてたからな」

「そうか」

「美也さんも、気づいてるぞ」

　だから席をはずして戻ってこないのだと暗に告げた。

　来合はこれに応えなかったが、「きちんと感謝を示してやれよ」という口には出さなかった助言に気づいているだろうか。

五

無骨《ぶこつ》な来合は、裄沢の気遣いに構わず本題に入った。

「実は、ちょいと耳に入った噂話があってな」

「噂話?」

強引に元の話題に戻してもいいが、来合の深刻そうな口ぶりに先を促すことにした。

「ああ、御番所の同心のこった」

「何か、悪いことでも?」

「市中取締諸色調掛の横手さんは知っているか」

数日前、鳥越橋を御米蔵のほうへ渡っていく後ろ姿を思い出しながら答えた。

「ああ。直接仕事で組んだことはほとんどないが、同じころに門前廻《もんぜんまわ》りをやってたことがあるからな」

門前廻りも町奉行所のお役の一つである。

同時期に四人から六人ほどいる老中や、四人程度任じられている若年寄《わかどしより》は、月番と称し執務担当者をひと月ごとに交替する決まりになっていたが、現実にはそれぞれ全員が休まず業務にあたっており、月番は言うなれば「ひと月ごとの持ち回りで担当する、一同の代表者」的な扱いだった。

それはともかく、月番の老中や若年寄には、「対客日《たいきゃくび》」といって登城前に役宅で陳情や意見具申《ぐしん》を聴く日が設けられている。こうした月番の老中や若年寄を訪ねてくる大名旗本の陳情者が門前に列をなすのを、整理して混乱を来さないようにするのが門前廻りの役割である。

ただし、たとえば田沼意次《たぬまおきつぐ》が権勢を極め実質上の老中首座であったころは、月番かどうかや対客日かどうかなどに関わりなく連日客が押し寄せたが、こうした際の門前の整理も町奉行所から門前廻りが出向いて従事した。

田沼ほど極端ではなくとも、同様の状況は、田沼以前も以後も常時発生している。つまりは老中と若年寄の人数を合わせた数だけ、門前廻りが出向かねばならない場所はあり得るのだ。

こうした理由から、門前廻りの同心は南北両奉行所に十名ずつほど配置されていたし、同じお役であってもほとんど一緒に仕事をしたことがないという状況も生じ得たのだ。

「その、横手さんがどうした」

水を向けた裄沢に、難しい顔になっていた来合がぽつりと言った。

「妙な噂がある」

「妙な噂？　ほう、どんな」

「横手さんが、借財引継《しやくざいひきつ》ぎの橋渡しをしていると」

「借財引継ぎ、か」

その橋渡しをするため、あんなところに横手はいたのかと腑《ふ》に落ちた。

そんな裄沢の様子を見た来合が問うてくる。

「その、借財引継ぎってのは、いってえなんだ？」

突拍子《とつぴようし》もない問いに、いくら来合でもと裄沢が半信半疑の目を向ける。

「お前が聞いてきた噂だろう」

「ああよ。けど、意味がよく判らねえから、相鎚《あいづち》だけ打って後は聞きっ放しで帰ってきた」

裄沢は「お前なぁ」と呆れ声を上げつつも、仕方がないので説明してやることにした。

「あるところに、まあ大名でも旗本でもいいが、借財が嵩《かさ》みに嵩んで利払《りばら》いまで滞《とどこお》ってるとこがあるとする」

「うむ、このご時世、どこにでも転がってる話だな」

「当人は払えねえモンは払えねえって居直っちまえば、まあそこそこのご身分だから、金を借りた先が尻《ケツ》の毛まで抜いて裸で放り出すってことにはならない」

「そんなことぉしちまったら、身分をわきまえぬ無礼な行為だっつって、金を貸した方がお縄になんだろうな——まあ、その前にご家来衆が出てきて寄《よ》って集《たか》って膾《なます》にされるか」

「ああ。借金を返せなくなって、まず困るのは金を借りたほうより貸したほうってことだ。もっとも、借りてるほうだってそんなことになりゃあ、もう新たに貸してくれるところなんぞあるはずはねえから、こっちも困るんだけどな」

「そんなの、どうするんだい？　貸してるほうも借りてるほうも、二進《にっち》も三進《さっち》もいかなくなったら、両方ドン詰まりだろう」

「そこで、借財の引継ぎだ。よくある手順を例に取ると、まず貸した金を返してもらえない商人が、どうにかならないかと頼りになりそうなところへ話を持ち掛ける。商人がそういった相談を持ち掛けるわけだから、話を持ってく先に町方役人が選ばれるのもよくあることだ」

「それで、横手さんの名が出てきたのか」

「まあ、お前さんが耳にしたのは噂だそうだから真偽《しんぎ》のほどはひとまず措くとしてだ、たとえ話として誰か町方がそういう相談を持ち掛けられたとしよう」

来合に異論がないようなので、話を進める。

「相談を受けた町方役人は別な貸し手を見つけて、もともとの貸し手と借り主の大名家だか旗本家だかにも話を通す。

新たな貸し手がもともとの貸し手から借財の証文を買い取って、借り主はこれからの返済を新たな貸し手のほうにする――上手くまとまれば、相談を受けて動いた町方役人には、新旧両方の貸し手から礼金が入るって寸法だ」

「ちょっと待て。その新たな貸し手って野郎は、返ってくるかどうかも判らねえ証文に、金ぇ払うってえのか」

「元金と溜った利息の全額分を丸々肩代わりするわけじゃない。何割かに割り引いた額で買い取るんだろうさ。もともとの貸し手のほうだって、一文の銭にもならない証文を後生大事《ごしょうだいじ》に抱えてるより、だいぶ少ない額になっても実際に金が入ってくるほうがありがたいだろうしな」

「借り主のほうも、それで借金が減るわけか……」

「いや。そんな甘い汁を吸わせたんじゃあ、味を占めて何度も繰り返そうって面《つら》の皮《かわ》の厚い野郎がそこいらじゅうから生《は》えてくる。そのへんは商人のほうもわきまえてるから、借り手に甘い顔をすることはない。

それで証文はそのまま残ってるから、普通だと新たな貸し手はもともとの元金と溜った利息をそのまま返してもらうことになる」

「しかしそれじゃあ、借り主が『うん』と言わなかったら、その話はまとまらないと――こっちにも分け前よこせってごてつく（ごねる）ような借り主も出てくるんじゃねえのか」

「ところがそうでもないんだ。借り主のほうも、もともと懐に余裕がないからそれだけ借金したわけで、新たに融通してもらえないとたちまち干上がっちまうだろう？」

「するってえと、新たな貸し手のほうは、返済求めるだけじゃあなくってまた金を貸してやるってことか？」

「そうでもしないと、話はまとまらないからな。まあ、甘い顔はしねえって言っても、今後の利息をいくらか負けるぐらいはするかもしれないけど」

「やっぱり、証文買い取って新しく貸し手になろうって野郎の気が知れねえ。そんなんじゃ、買い取った証文分の金も返ってこねえし、新しく貸した金だって戻っちゃこねえだろうって、容易に判りそうなモンじゃねえか」

「それだけ、返してもらう自信があるのさ。そうじゃない者は、借財の引継ぎで新たな貸し手になろうなんてするわけがない」

「もともとの貸し手だって、金を返しに来るのをただ口ぃ開けて待ってたわけじゃねえだろう。できるこたぁやり尽くして、それでも返してくれねえから音《ね》を上げたんじゃねえのか？」

「手立ての一つは、新たな貸し手が借り主の家に、自分の息の掛かった渡り用人なんぞを放り込んで、そいつに金庫番をやらせることだ。借り主は、金庫番の許可がなきゃ小遣い銭もままならねえから、今まで当たり前にやってた贅沢もできなくなる。自然と、返す金の当てができるって寸法だ」

「その渡り用人を受け入れるのが新たな借金の条件となりゃあ、借りるほうも受け入れざるを得ねえってことか」

来合は納得して頷いた。

「また別の手立てのほうに話を移すと——横手さんが借財の引継ぎの橋渡しをや

ってるって聞いて、俺には得心するところがあったんだ。何日か前に、ちょいとした調べ物に浅草の御米蔵のほうへ外出《そとで》したときに、横手さんを見掛けたからな。そんときの横手さんには、人目を憚るような様子があったんで不思議に思ってたとこだったのさ」

「御米蔵……札差か」

来合の指摘に、裄沢は頷く。

「札差は、俸禄として支給される米を金に換えてくれるところだ。もし横手さんが噂どおりに借財の引継ぎの橋渡しをしてて、その件で御米蔵のほうへ足を向けてたとしたら、新たな貸し手はおそらく札差なんだろうな――俸禄が米から金に換わる間に札差がいるってことは、借金の返済分をさっ引いてから残りの金を借り主に渡せばいいってことで、取りっぱぐれはないからな」

「……なるほどな」

「で、札差が関わってるとなりゃあ、借り主はおそらく旗本だ」

そう言ったのは、札差が幕府の浅草御米蔵の近辺に見世を構え、その米――つまりは幕臣の俸給――で商売している者たちだからだ。まあ、諸藩江戸詰の藩士の俸禄をわずかでも扱っているところが全くないとは言い切れないが。

頷いたまましばらく考え込んでいた来合が、さらに裄沢に問うた。

「でもそれなら、別に後ろ暗いこたぁねえだろ。諍《いさか》いの口利きなら、おいらだってお前さんだってやってることったしな」

なぜ悪い噂として自分の耳に伝わってきたのか判らぬという顔で口にした。

確かに、争いごとが起きたときには騒ぎが大きくなる前に両者の調停に入り、波風が立たぬように収めるのも廻り方をはじめとする町方役人の仕事のうちではある。

また、そうした手間を掛けさせたことに対して紛争の当事者や関係者から謝礼が支払われるといった行為も、当時は便宜供与や賄賂などの不正と見なされることはなく、ごく当たり前に行われる社会慣行だった。

裄沢も、怪我をした来合の代理として定町廻りをしていたとき、ぐれた商家の倅に関わる相談を受けて動いたことがあった。結果は上首尾とは言えないものに終わったが、それでも相応の謝礼は受け取っている。

受け取らなければ先方が納得しなかったし、その場限りのことだとしても裄沢もあまり町方の「常道」からはずれたことはできなかったからだ。また謝礼には口止めの意味もあり、受け取ることで「合意と安心」が得られるという側面もあるのだ。

「普通なら轟次郎の言うとおりだが、それも受け取る額によるだろ」

「額？　どのぐらいになるってんだ」

「借財の総額によっちゃあ、新旧両方の貸し手からそれぞれ百両を超える礼金が支払われるようなことだってザラにあるそうだ」

来合は「百両ずつ……」と目の玉をひん剝く。しかし、借財の総額が数千両に及ぶなら、関わる商人からすると百両などは端金《はしたがね》に過ぎない。

「まあ上《うえ》つ方《かた》のほうになればもっと大きな金が当たり前にやり取りされてるそうだし、相談に乗って話をまとめること自体は俺らの仕事のうちだから、目くじら立てるほどのこっちゃねえと言えばそうなんだけどな。ただ、分不相応な金だから、隠れてコソコソやる者のほうが多いことは確かだ」

とは言いながらこれほど額が大きくなれば、いまだご改革を表看板から下ろしていない当節だと、表沙汰になってしまえばほぼ間違いなく収賄同様の罪だと見なされるであろう。

裄沢よりはずっと長いこと廻り方を勤め世情に通じているはずの来合がろくに知らなかったことなのに、内役主体で仕事をしてきた裄沢のほうが詳しかったのは、合算すればそれなりの長さになる用部屋手附のお役で知ったことだからだ。

直接借財の引継ぎに関わる案件ではなかったが、いろいろ調べるうちにそうした事情も知ることになったのである。

裄沢から話を聞いた来合は、またしばらく考え込むのだった。

六

それからまた数日が経った。

手間ばかり掛かってほとんど意味のない仕事をときおり裄沢に振ってくるという倉島の嫌がらせは、相変わらず続いている。それを除けば、特段忙しくも気を張ることもない毎日だった。

「おい、今日も付き合え」

夕刻、家へ帰ろうとする裄沢は、また来合に呼び止められた。

無言で見返した裄沢に、いくらか言いづらそうに口にする。

「今日は、例の蕎麦屋だ」

「やっぱり美也さんに怒られたか」

事前に知らせもしないで客を連れて帰ったら、いくら親しい間柄でも困っただろうとは思っていた。

「いや、続けたんじゃあ、大変だろうと思ってな」

「今日、飯を済ませて帰ることは」

「朝、告げて出た」

「ならいい」

そう言った裄沢は、自分から門の外へと歩き出した。

他の連中なら、「もう女房の尻に敷かれてるのか」などと揶揄《からか》うところかもしれない。「付き合いも仕事のうちだから、そこはビシッと言ってやらないと」などと煽《あお》り立てるような輩《やから》もいるだろう。

しかし、裄沢はそんなことを言おうとは思わない。十年も掛かってようやく一緒になれた二人なのだ。余計な諍いの種を赤の他人である自分が播《ま》くようなつもりはいっさいなかった。

行きつけの蕎麦屋兼業の一杯飲み屋に入ると、来合はまず二階が空いているかを確かめ、階段を登った。

座に着くとすぐ、小女が注文を取りに来る前に裄沢が問う。

「例の件か？」

先日、来合の組屋敷で馳走になったときに話の出た、横手のことである。

来合は、目を合わせずに「ああ」と応じた。

「なぜ、あの人のことをそんなに気にする」

来合から聞いた話は確かに気分のよいものではないが、町方役人の中には、不正を疑われても仕方がないような小遣い稼ぎに傾注《けいちゅう》する者が少なからず存在する。そうした者らの中でなぜ横手だけにこだわるのか、来合の存念が聞きたかった。

二階に上がってきた小女に適当に酒と肴《さかな》を注文する間だけ中断し、来合が口を開いた。

「広二郎もあの人とお役が一緒だったことがあると言ってたけど、おいらもおんなしだ——おいらが定町廻りになる一個前のこったがな」

「轟次郎が定町廻りになる前のお役……風烈廻《ふうれつまわ》りのときか」

江戸は火事が多く、特に町家は家屋が密集しているため、いったん火が出ると大災害になることが少なからずあった。そこで、特に火が出ると燃え広がりやすい風の強い日には、特段の警戒をしながら市中を巡回するお役が設けられた。これが風烈廻りである。

なおこのお役の者は、強風日ばかりでなく、火事や火付けなどの不審者を警戒して昼夜を問わず見回りを行ったことから、正式には「風烈廻り昼夜廻り」と呼ばれた。

「おいらが風烈廻りへお役替えになったとき、臨時廻りのうちの一人から『そろそろ隠居してえ』って話が出てて、その後釜《あとがま》にゃあ定町廻りから繰り上がるだろうから、定町廻りの席が一つ空きそうだって噂が流れてた」

「そういや、そんなこともあったな」

「おいらと、おいらより先に風烈廻りんなってた横手さんのうちのどっちかが、それに選ばれるんじゃねえかって風聞もあって、二人ともその噂は知ってた」

風烈廻りは、探索で咎人を炙《あぶ》り出し追捕《ついぶ》するようなことはしないが、市中を巡回することで江戸の町の治安を維持するのが勤めであるから、同心の花形と言われる三廻り（廻り方の別称）に準ずるお役と見なされることも少なくない。

実際、巡回中に不審者を捕らえるような機会も他のお役よりは多く、このお役で適性を見て三廻りに抜擢《ばってき》される者もいた。

「けど、横手さんは競争相手であるはずのおいらを、温かく迎え入れてくれた。同役の誰よりも、熱心に風烈廻りの仕事を教えてくれたのが横手さんだ」

「あまり、廻り方への意欲はなかった人なのか？」

「いや。『正々堂々勝負しようぜ』って笑ってた——横手さんにゃあ、自慢の倅がいてなぁ。いつもその話を聞かされてたけど、ずいぶんと父親のことを尊敬してるようで、誰から聞いたのか次の定町廻りのことを耳にして『絶対父上がなる』ってみんなに力説してたそうだ。

横手さんはおいらにそんな話をして、頑張らなきゃなぁって笑いながら気合い入れてたよ——廻り方に関心がなかったなぁ、むしろおいらのほうだった」

それは、初耳だ。裄沢のそんな表情を見て、来合は付け足す。

「廻り方んなるなぁ、広二郎のほうが先だと思ってたからな」

「なんでそんな——」

「だって、お前のほうが頭も回るし弁も立つ。定町廻りにゃあ、持って来いだろうが」

能力資質に来合が言うほどの差はないし、上役や周囲からの受けなら遥《はる》かに来合のほうが上だ。ましてや荒事《あらごと》への対処となれば、自分ではとうてい足下にも及ばない。裄沢への評価は買《か》い被《かぶ》りであり、来合の思い違いに過ぎない。

逸れた話を戻そうと、来合はまた口を開く。

「そうやって二年ほど経って、いつものように夜の巡回に出たある晩のこった。そんときの巡回は、おいらと、それから別の方角を回る横手さんとの二組だった」

二人ではなく二組と言ったのは、それぞれに小者のお供がついているからだ。

「あらかじめ決められてた範囲を何ごともなくぐるっと回って、もう御番所も間近になってからのことだった。西河岸町《にしがしちょう》のほうから戻ってくる横手さんらしき提灯《ちょうちん》の灯りが見えたと思ったら、その前を不意に横切る人影があった。

もう真夜中のこって、住人が出歩いてる刻限じゃねえ。『おい』と横手さんの呼び掛ける声が聞こえたのに、影に見えた野郎は立ち止まりもせずに逃げ失《う》せようとした。横手さんの提灯も、呉服橋を渡らずに反対側の横丁へ消えた。

まさかこんな御番所の近くでとは思ったが、こうなっちゃ黙って見てるわけにゃあいかねえ。おいらたちも足ぃ早めて、横手さんが消えた横丁へ急いだ」

来合はいったん言葉を途切《とぎ》らせると、ぐい呑《の》みの酒を放り込んで口を湿らせる。

以前に耳にしたことのある話だったが、裄沢は黙って語らせ続けた。聞いたのは他人が話す噂話であって、来合当人から告げられたことはほとんどない。ならば、当事者しか知らないことが語られそうだと感じていた。自慢話になるからしないのだと思っていたが、あるいは別な事情があるということかもしれない。

「おいらが横丁の角に着いたときにゃあ、横手さんの追ってた野郎にすりゃ十分町一つ走り抜けられるほどのときは経ってたはずだけど、横手さんはまだ道の真ん中辺りでウロウロしてる様子だった。

近づいてって『どうしました』って声を掛けたら、『この辺りで見失った』ってえ返事だ。なら、そこいらの陰に潜んでるに違《ちげ》えねえってんで、手分けして探すことんなった。けど、容易に見つからねえ。こっちで気づかねえうちに逃げ去っちまったんじゃねえかって話になったけど、小者たちだけ道の先のほうを見にいかせて、万が一があってはってことで、おいらたちゃあ場所を入れ替えてもう一遍だけざっと探してみるってことにしたんだ」

来合はまた言葉を途切らせたが、今度はぐい呑みを手に取るでもなく口を閉ざしている。そして裄沢が催促するまでもなく、再び口を開いた。

「もういるはずがねえと思ってたから、ひと渡り見渡してただけだった。けど、目の隅に何か映ったような気がしてもう一度顔を向けたところに、野郎が刃物ぉ手にぶつかってきやがった。

心得のあるような男じゃなかったから簡単に取り押さえて、戻ってきた連れの小者に縄を打たせ、真夜中だし一番近かった御番所へそのまま引っ張ってった」

その男は火の点いた火縄を腰に提げ、懐に油の入った小さな瓢簞《ひょうたん》を抱えていたと聞いている。小火《ぼや》には終わったが火付けを含めた何件かの余罪も明らかになって、お裁きが下り火炙《ひあぶ》りになったはずだ。

来合は、今度は酒を口に含んで後を続ける。

「そんときの手柄でおいらは定町廻りにお役替えになったけど、あんとき捕らえたのが横手さんだったら、向こうがそのお役に就いてたことになったろうな」

「本来なら横手さんがお前さんの代わりに定町廻りになってるはずだったとでも言いたいのか？」

裄沢の問いに、来合は答えなかった。

裄沢が来合の考え違いを正す。

「横手さんになれる機会があったとしても、それをみすみす逃したのは他の誰でもなく横手さん自身だろう。さらに言うと、もしお前さんまでその男を捕り損っ(とそこ)てたら、江戸中が灰燼《かいじん》に帰《き》すような大火が起こってたかもしれないしな」

「そんなんじゃねえ。そんなこたぁ考えちゃいねえが――」

来合は裄沢の言葉を強く否定したが、その後を続けようとはしなかった。

おそらく来合は、自分が定町廻りに抜擢された経緯について、いまだ納得がいっていないのだろう。だから、選考から漏れた横手に対し、理由らしき理由もない後ろめたさのようなものを感じているのではないか。

しかし裄沢に言わせれば、そんなものはときの運だし、単にその運を摑んだ者の勝ちだというだけの話である。

ただ、こうした考えをクドクド言い聞かせてやっても今の来合に心の整理がつけられるとは思えないから、本来の話に切り替えることにした。

「で、その横手さんがどうした」

「え？」

「借財引継ぎの橋渡し以外に、何かあるんだろう」

来合はムッと押し黙ったが、気を取り直して話し出した。

「この江戸にゃあ、諸国から様々な物産が集まってくるが、そん中にゃあ藩の専売品として大名家が直接取り扱ってるような品物も少なくねえ。専売にすんなぁ、明《あ》け透《す》けに言っちまやぁ領内勝手売買禁止にして他にゃあ売れねえようにした上で国許《くにもと》の藩庁が安く買い叩き、この江戸や京大坂に持ち込んで高く売り抜ける――その利鞘《りざや》を藩が丸々手にするためだ。

けど、それを買うほうの商人たちだって抜け目はねえ。いついつどこの藩が何を売ろうとしてるかって話が聞こえてきたらまず仲間内で集まり、皆で談合して『これ以上の値はつけねえ』って決めちまう。入札なら、誰がいくらで落とすかまでそこで決まっちまうそうだ。

そんなことで買い叩かれたんじゃあ、藩のほうは堪《たま》ったもんじゃねえってんで、町方役人のうちの知り合いに泣き付いてくる。泣き付かれた町方は、目星をつけた商人一人だけを呼んで、藩の役人と直取引《じかとりひき》で値をつけさせ、その専売品を一手に引き受けさせるってやり方よ。

藩は、入札する手間が省《はぶ》ける上に談合で決まる落札価格より高く売れる。買うほうの商人も、本来の買い値よりは安く仕入れられる上にその品物を独占販売できるから、どっちにも得な取引ってことんなる。無論仲介した町方は、その両方から大きな手間賃が入るって寸法だ」

先の借財の引継ぎについてはろくな知識もなかったのに、こたびの件では詳しい説明までできるようになったのは、前回自分の持ち出した話の解説を裄沢に求めて呆れられたからだろう。

「横手さんが、そうしたことにも手を出していると？　以前に聞いた件も含めて、お前どっからそんな話を聞いてきた？」

「手を出してるってえか、手を出してたってこった。そして、その二つの話をおいらに耳打ちしてきたなぁ、おんなし男よ」

「商人か」

「ああ。その男は、談合に加わりながら肩透かしを喰《く》らったほうの商人の一人だから、決して褒《ほ》められたモンじゃねえけどな」

「してたって言い方だと、専売品の仲介のほうはもう今はしていないということか。前の借財引継ぎの橋渡しは今やっているという話だったが、先に今の話をして、また少し経ってからもう終わった話を蒸し返してきたというのはどういうことだ？」

裄沢の疑問に、来合も仏頂面《ぶっちょうづら》で答える。

「以前、専売品の直取引の仲介で裏を掻かれて痛い目に遭ったから、その後も目配りだけはしていたそうだ。また同じような動きがあったのに、そんときはなぜか沙汰止《さたや》みになったようだけど、今度は借財引継ぎのほうに手を出しそうなんで、こっちに告げてきたらしい。

まあ、借財引継ぎのほうもこたびが初めてってワケじゃねえらしいがな。専売品の直取引だって、機会がありゃあまたやらかすんじゃねえかって危惧があるから、こうやってものを言ってきてるんだろうけどよ」

確かに来合に知らせた商人にすれば、専売品の直取引を再開されないようにしたいというほうが真の目的だろう。ただし、こちらについては自分のほうにも後ろ暗さがあるため、横手がまた動き出したということがはっきりしないうちは本当は隠しておきたかったに違いない。

しかし期待していた来合が動こうとしないものだから、仕方なく専売品の直取引のことも持ち出した……。

「今聞いた話は、どうも全部じゃないような気がするな」

そう言われた来合は、憂色《ゆうしょく》を深くする。

「他にも何かやっていそうだと？」

「いや、それは判らない。そうではなくて、借財引継ぎの橋渡しにせよ専売品直取引の仲介にせよ、関わってるのが横手さんだけとは思えないって話さ」

「陰に隠れてる野郎がいるってことか。いったい誰が」

「そいつは判らないが、ある程度までは絞れるように思う」

「どういうことだ」

問うてきた来合に、裄沢は順を追って話し出した。

「まず、お前さんが聞かされた借財引継ぎの橋渡しや専売品直取引の仲介なんて話を、これまでわずかでも耳にしたことがあったかい？」

「……いや」

「そうだろう。同心がやる悪さなんてえのは、市中で起こる騒ぎにわざわざ自分から出しゃばってって謝礼を受け取るとか、道楽者の若旦那を番屋へ引っ張ってきて脅しつけ、当人や家族から袖の下を受け取って放免《ほうめん》するとか、せいぜいがそんなもんだ」

「……じゃあ、おいらは嘘を吹き込まれたってえのか」

「いや、そうじゃあないだろう——嘘にしては話の筋が通り過ぎてるし、商人が自分にとって負い目になることまで打ち明ける形で、嘘をデッチ上げるとも思えないからな。

それに、借財引継ぎについては大名や高禄旗本のことのようだけど、そのぐらい大きいとこの借財じゃないと、わざわざ新たな貸し手を捜し出して話をつけるって手間暇《てまひま》掛けるだけの礼金は期待できない――そんな高禄旗本や大名家の内々の話が、ただの同心に持ち掛けられると思うかい？

専売品の直取引についちゃあ、横手さんの市中取締諸色調掛ってえ今のお役ならありそうなことに思えなくもないけど、横手さんが今のお役に就いたのは、お前さんが定町廻りになったのと同じころかそれより後のことだろう？　なにしろお前さんが定町廻りに引き上げられる因になった手柄を立てたとき、横手さんは当時のお前さんとおんなし風烈廻りだったってんだからな。そんな、成ってまだ数年もしない市中取締諸色調掛に、藩の内証《ないしょう》に大きく関わるような相談事が持ち込まれると思うかい？」

「……そう言われると、確かにあまりありそうにない気もするな」

「じゃあ、どんな者ならありそうだ？　大名家や高禄旗本が重要な相談を持ち掛けてきて、なおかつ同心である来合が聞いたこともないような悪さをしてるって野郎は」

「世間から信用があって、同心じゃあ手に余るほど大きい悪さをやってる……まさか、与力か？」

自分の出した結論に信じられないという顔をする来合へ、裄沢は頷いてみせた。

「確かとは言えないが、横手さんが独りでやってると考えるよりはずっとありそうだと俺には思える」

実際、過去のことを調べている中で裄沢が借財引継ぎの橋渡しという事例を知ったのは、当時の与力の行状としてであった。

「じゃあ、そいつはいってえ誰だ」

「そこまでは判らないが、こんなことを北の同心にやらせるとなれば、南町の与力ということはないだろうな。むしろ俺は、横手さんがなぜそんなことに手を貸しているかというほうが気になるが」

「……どうにか調べることたぁできねえか」

「手っ取り早い方法が一つだけある」

何か、という顔の来合へ告げる。

「当人に、面と向かって尋ねりゃいい」

「……」

「できないか？」

「横手さんとは、あの火付け男を捕まえた一件以来、ほとんど口を利いてねえ」

「正々堂々勝負をしようって話をしてても、結果が出たとなるとまた話は違ってきたか」

「そんな人じゃねえ。ねえはずだが……たぶんおいらは、あれからずっと横手さんには避けられてんだと思う」

来合には火付け捕縛のときの横手の様子も、その後の自分への態度の変化も不可解で、それが今に至るまでずっと心に引っ掛かっているのだろう。

裄沢は、結論を口にする。

「面と向かって訊けないなら、陰から横手さんがどう動くのかをじっと見て、あたりをつけてくしかあるまいな」

裄沢の返答に、来合は無言で何やら考え込むのだった。

七

それからまた数日後の非番の日、裄沢は本所の北端にある中ノ郷瓦町の備前屋を訪れていた。

「わざわざお呼び立てして申し訳ありません」

備前屋の主嘉平は、丁寧に頭を下げてきた。

「いや、それがしがふと思いついて口にした疑問を、わざわざ手間を掛けてお調べくださったとのこと。礼を申し上げるのはこちらのほうです」

裄沢は、「美也の婚儀でいろいろとお骨折りいただいたこと」の謝礼として嘉平からもてなしを受けた際、借財引継ぎの橋渡しや専売品直取引の仲介といったことを、今の町方が実際行っているような話を聞いたことがあるか問うたのだった。

備前屋はその折、「直接耳にしたことはございませんが、あっても不思議ではないように思えますな」とのみ返答していた。

裄沢としては、「もし知っていることがあったなら」ぐらいの軽い気持ちで訊いただけであり、その場限りの話のつもりであった。

ところが備前屋は、雑談の中で発した問いをしっかり憶《おぼ》えていて、わざわざ手を回して調べてくれたようなのだ。裄沢宛てに手紙を寄越し、「あの日きちんとお答えできなかったことについて調べがついた」と言ってきたのであった。

「さっそくですが、手前のほうで聞き知ったことについて申し上げましょう――裄沢様は、北町のお奉行所でそのようなことをやっていらっしゃるお人が実際にいるとお疑いで、かような疑問を口にされたと考えてよろしゅうございますな」

前回備前屋に問うたときは、横手の体面《たいめん》や備前屋の立場を考え、あくまでも世間話の一つとして口にした。しかし備前屋がきっちり調べた後となれば、隠しておく要もない。

裄沢は頷きつつ答えた。

「さよう、そうした話を来合が耳にしましたゆえ、あのようなことを口にしました」

備前屋は「来合様が……」と呟いてしばし黙り込む。その表情を見ると、来合から備前屋に問い合わせることはなかったようだ。

得心した顔になった備前屋が、裄沢を見返して述べる。

「先日ご機嫌伺いに参上致しまして、お二人ともに元気なお姿を拝見し安堵しておったのですが、来合様はそのようなことを気にしておられたのですな」

来合からすると、美也との十年越しの縁組が成立する際に自分がなかなか動かなかったことで、備前屋に余計な気苦労をかけたという遠慮をいまだに引きずっているのかもしれない。

それはそれとして、今日は備前屋が調べてくれた件だ。もう調べがついているからには、隠し立てるところなく直截《ちょくせつ》に訊いた。

「来合やそれがしが噂を聞いて気にしておったのは、北町奉行所市中取締諸色調掛同心、横手新三郎のことにござる」

備前屋は深く頷いた。

「はい。手前が信用のできる商家の主に絞って問い合わせた結果、出てきたお名前もその横手様にございました」

「やはり……しかしながら横手独りでできることとは思えぬのですが、備前屋どののお調べの結果出てきた名はその一つだけだったのでしょうか」

裄沢の問いに、備前屋は目を見開く。

「そこまでお判りで？」

「まず仕組みが大掛かりすぎて、これまで町方同心でさほどのことをやった者がいるという話を聞いたことがないというのが一つ。それから、その仕組みの中に出てくる相手先が大物すぎて、一介の同心程度の者にそのような橋渡し役や仲介役を任せるものだろうかという疑いが、もう一点にござる」

「……さすがは裄沢様にございますな。そこまで見通しておられるとは」

「陰に、おそらくは与力がいると？」

「まあ、半分は当たりといったところにございましょうか」

覗《うかが》う顔の裄沢に、備前屋は珍しくぼかした答え方をした。

「？」

備前屋が口にした者の名を、裄沢は驚き半分、納得半分に聞いた。

来合に伴われた市中取締諸色調掛同心の横手が一石橋袂に建つ蕎麦屋兼一杯飲み屋の二階に上がると、そこには予想もしていなかった先客がいた。

「ようこそお越しなされた」

座に着いたまま顔だけを振り向けて声を掛けてきたのは、かつて同じお役を勤めたこともある裄沢広二郎だった。

「せっかくいらしたのですから、どうぞお座りなされ」

裄沢に促され、横手はようやく自分を取り戻す。

「来たくて参ったわけではない。来合、裄沢どの、これはいったいどういうつもりか」

「どういうも何も、見てお判りのとおり。一献《いっこん》傾けたいと思っただけです」

魂胆の見えぬ裄沢のもの言いに横手が絶句していると、背後の来合からも声が発せられる。

「そのようなところに突っ立っておっても、注文を取りに来る小女を戸惑わせるだけ。中へ進まれよ」

振り返って来合の無表情な面《つら》つきを目にした横手は、食って掛かりたい気持ちをどうにか抑え、やむを得ず足を進める。反駁《はんばく》したい気持ちになっているのは、ここから逃げ出したいからだった。

帰宅の刻限となって奉行所を出た横手が、脇道から声を掛けてきた来合に誘われた。横手は付き合う気分ではなく断ろうとしたのだが、来合が囁《ささや》くように耳打ちしてきた言葉に考えを変えざるを得なくなった。

「先日、御米蔵へ出掛けたのはお役目ではなく、とある武家の借財引継ぎに口を挟んだがためでは」

予想もしていなかった言葉を突きつけられて、ぎょっとした横手は思わず来合を見返す。

静かにこちらを見ている来合には、全て見透かされているように思えて足が震えた。

「さあ、参られよ」

来合は当然ついてくるものと見なして背を見せて歩き出す。

無視をしてこの場から立ち去りたかったが、相手が何をどこまで知っているのか確かめないわけにはいかず、後に従ってここまで来たのだった。しかし、来合だけではなく別な者まで待ち構えていたのを見て、横手はさらに混乱した。

横手は正面に座す裄沢を睨みつけるようにして憤然と尻を落とす。しかしその姿は、まるで窮地に陥った鼠が牙を剝いたかのごとく、なけなしの気力を振り絞り精一杯の虚勢《きょせい》を張っているようにしか見えなかった。

横手が座るのを見て来合も座に着こうとする。ちょうど階段を上がってくる軽やかな足音を聞いて、もう一度部屋の外に出た。

先着した裄沢によりもう注文は終わっていたのであろう、小女から酒肴《しゅこう》の載った盆を受け取ると、来合はそのまま下がらせる。中の様子を見せないためのように思えた。

来合が無骨な手つきで並べた銚子《ちょうし》を裄沢が摘《つ》まみ上げ、目の前の横手へ差し出す。

「まずは一杯」

横手は酌をしようとする裄沢を睨み続けるだけで、目の前に置かれたぐい呑みに手を伸ばそうともしなかった。

溜息をついた裄沢は、横手の前の器《うつわ》を自分のほうへ寄せて酒を注ぐ。銚子を置いて満たされたぐい呑みを滑らせるように横手のほうへ戻してから視線を上げた。

「さように周りを撥ねつけようとばかりしておっても、事態はよくなりませんぞ」

「……何のことか」

裄沢は、以前行われていた専売品直取引の仲介や、今まさに進んでいるはずの借財引継ぎの橋渡しについて淡々と語った。その話の中には、「誰と誰の間を取り持ったのか」というはっきりした名前まで出てきたため、全て否定するつもりだった横手もそうはできなくなった。

——どうやってそのようなことまで。

全て備前屋が調べてくれたことだが、それを知らない横手はただ愕然とするばかりである。いつの間にか入り口の脇に来合も座していたが、横手にはそんな大男の所作も全く目に入っていなかった。

語り終えた裄沢が目を向けてきたのへ、横手は苦しい抵抗を試みる。もはや観念せざるを得ないと心の内では理解しつつも、それでは己の身が破滅してしまうとなれば、簡単に認められるものではない。

「町家に困りごとあらば間に立って大ごとにならぬよう収めるのが町方の仕事。なれば、かようなところに連れ込まれて問い質《とただ》されるような憶えはない」

己のやった行為を認めざるを得ないならば、それが誤ったことではないと強弁するしかない。

怒りをぶつけてくる横手へ、裄沢が同じように感情を昂ぶらせることはなかった。どこまでも冷静に、横手の言葉に応じる。

「借財引継ぎの橋渡しも専売品直取引の仲介も交渉の一方は武家ですが、もう一方は商家になるので、横手さんのおっしゃるように『町家の困りごと』と言えないわけではありません」

ならば、と意気込む横手に遮らせず、裄沢は話を続ける。

「しかしながら、その商家が表店《おもてだな》に見世を構える大商人であり、もう一方の武家も少なからぬ禄《ろく》を食《は》むご大身であっても、裏店の喧嘩沙汰《けんかざた》などと同列の『町家の困りごと』と言えましょうか」

「そこに違いがあると言うか。では、大商人の困りごとなら我らは知らぬ振りをしていればよいのか」

裄沢はちらりと見て道理を説く。

「どこまでが正しくどこからは不正という境目は定かでなくとも、ここまでいってしまったら間違いなく不正だと判断される程度というものはあります――横手さんが関わった借財引継ぎや専売品直取引において、仲立ちをしたことで商家から受け取った一件あたりの謝礼はいかほどになりますか。その額を正直に告げた上で、己の行いに不正はないとお奉行の前で胸を張って言い切れますか。

ああ、市中取締諸色調掛をやっておられる横手さんなら十分ご存じでしょうが、関わった武家のほうから話を聞くことはできずとも、商家のほうなら聞き出す手立てはいくらでもありますよ」

裄沢に反論する言葉もなく、横手はがっくりと肩を落とし項垂《うなだ》れた。その口から、呟くような声が漏れる。

「俺を、どうするつもりだ」

　裄沢と来合は、無言で己の膝を見つめる男を見やる。

　横手は顔も上げぬまま呟いた。

「お奉行に密告《さ》すか――なるほど、定町廻りと用部屋手附ならば、簡単に手柄にできような」

　用部屋手附同心は町奉行が執務する御用部屋の下僚《かりよう》であり、定町廻りをはじめとする三廻りは制度上、奉行直属の配下であるからこその指摘だ。

　裄沢は、それまでと変わらぬ口調で横手に話し掛けた。

「横手さん。我らがこんなことをしたのは、あなたに正直に話してもらいたかったからです」

　ようやく顔を上げて裄沢を見る。

「自ら名乗り出よと?」

「そうしていただければ最善ですが、我らの訊きたいことは他にあります」

「?」

「今まさに進んでいる借財引継ぎの橋渡しもそうですが、諸藩の専売品をどこかの商家に一手に引き受けさせるような直取引の仲介を、たかが同心風情にできるとは思われません。横手さんの後ろには、実際にこうした仲立ちを持ち掛け成立させた人物が他にいるはずです」

八

何を怖れるのか、横手はひと言も語ることなくぎゅっと口を引き結んだ。

「借財引継ぎのほうならあるいはできるかもしれなくても、専売品直取引の仲介は無理だと断じたのには理由があります。仲間内で談合し専売品を買い叩こうと企みながら、直取引で一手買いをした商人に出し抜かれた者らは、普通ならば横紙破《よこがみやぶ》りだと大いに騒ぎ立てるはずです。それをしないのは、できない理由が生じたから。

そのやり方はどのようなものかと言うと、まずは直取引で一手買いをなさしめる行為について、藩のほうからご老中へ願いを出させる。市中の状況を詳しくご存じないご老中はその可否を町奉行所へ問い合わせるが、この諮問《しもん》を入手した与力によってお奉行には報せぬまま『妥当』との返答が即座になされる。老中は、町奉行が認めておるならとあっさり許しを与える——いかに商人どもが不服であろうと、ご老中が認めてしまっているからには歯噛《はが》みをして黙るよりなくなります」

この絡繰《からく》りは、「なぜ談合を阻止《そし》された商人どもが騒ぎ立てないのか」を疑問に思った裄沢が、備前屋を通じ「ご老中が認可を与えてしまっているから」という答えを聞いて、そこに至る筋道を逆に辿《たど》っていく形で推測を重ね、探り出したものだ。

「それは……」

「元吟味方与力の瀬尾《せお》様と、元内与力の古藤様。このお二人が裏で糸を引いていた。違っておりましょうか」

裄沢が備前屋から聞かされた名前は、瀬尾一人だった。確かにあの男であれば、分不相応な謝礼を得るためなら労を厭《いと》わず動き回ってもおかしくない。小心であると同時に悪知恵も働くから、目立つところは横手にやらせて自分は陰に隠れていたのだろう。

しかし、背後にいるのが瀬尾一人だと考えると、やはり駒が不足していることになる。吟味役であった瀬尾では、老中からの問い合わせに奉行を通さず勝手に返答することは難しいのだ。

——瀬尾に与《くみ》して、悪事に荷担する者。

そう考えたとき頭に浮かんできたのが、お奉行により内与力をはずされた古藤だったのである。

借財引継ぎの橋渡しならまだ「顔」が利いて続けられたかもしれないが、専売品直取引の橋渡しには、ご老中からお奉行宛の問い合わせへ不正に介入するという手順が欠かせぬことから、現職の与力でなくなった瀬尾や古藤には不可能になってしまったのであろう。

ために専売品直取引の仲介は、現在は行われていない「かつての悪行」として来合の耳に入れられたのだ。やりかけて中断した最後の直取引は、ちょうど古藤の左遷と時期が重なったために断念されたものだと思われる。

それでも来合に伝えた商人が仲立ちをした町方を怖れていたのは、それが誰であるかをはっきり摑んでいなかったか、あるいは後を引き継ぐ者がいるのではないかと考えたからかもしれない。

裄沢と瀬尾の間に因縁《いんねん》が生じた一件——とある旗本の用人による惨殺を瀬尾が無礼討《ぶれいう》ちで片付けようとしたときには、古藤が瀬尾による決めつけの後押しをしていた。そのときには古藤は瀬尾の強引さに引きずられただけかと考えていたが、以前から瀬尾の悪事に古藤が荷担していたとなれば、あの一件での古藤の振る舞いにも得心がいく。

さらに、見当違いの恨みを持つ者らが裄沢の排除を企んだ際、古藤もこれに加わったことには「そこまで嫌われていたのか」という驚きを覚えたのだが、参加の動機が古藤一人の感情ではなく、奉行所を辞めざるを得なくなった瀬尾の怨恨《えんこん》も絡んでいたとするなら、悪事で結託していた古藤には逃げようのない途《みち》だったのかもしれない。

しかし、これだけでは単なる推測に過ぎない。

裄沢は、用部屋手附同心という己の立場を利用し、御用部屋に残る書付類を改めて精査することによって、ご老中からお奉行への諮問に古藤が勝手に返答した痕跡を見つけたのだった。

二人の元与力の名を出した裄沢の確認の言葉に、横手はのろのろと顔を上げた。

「俺が指図を受けたのは瀬尾様からだ。古藤様が関わっていたとは……俺は、知らない」

小心な瀬尾らしいやり方と言えよう。もしこうした仲立ちで不当な謝礼を得ていることがバレそうになっても、古藤の存在を隠しておけば救《たす》けてもらえるだろうと算段していたに違いない。

当人が知らぬことを訊いても仕方がない。古藤の関わりは措くことにした。

「そうですか。ですが、なぜ横手さんがこのようなことに手を貸したのでしょう。さほどに金が必要だったのですか？」

「金など、ほとんど渡されていない。瀬尾様が手にした謝礼の額からすれば、雀《すずめ》の涙ほどのものだったろうさ」

吐き捨てた横手に、来合が「ならば、なぜ」と横から問い掛ける。

横手は、初めて来合に真っ直ぐ目をやった。

「こうやってしっかり話をするのは、ともに風烈廻りを勤めていたとき以来だな」

横手は来合の問いを無視したような言葉を吐く。その独り語りは続いた。

「風烈廻りから他のお役へ転じた時期もほぼ同じ。されどお前は定町廻りへと栄転し、俺は市中取締諸色調掛に左遷された」

「っ、左遷などと――」

「全てはあの市中巡回の夜、火付けをせんとした男と出くわしたことが我が不運の始まりよ。見回りを終えてようよう御番所へ戻れるとほっと息をついたとき、あの男が俺の目の前を通り過ぎた。来合、お前が見回りを終えて戻ってくる姿は、俺からも見えていた――なぜ、あの男はお前のそばではなく、俺のほうの近くを横切ったのか……。

お前が俺と鉢合わせしたように御番所へ戻ってこなければ、俺は気づかぬふりができた。供の小者から教えられたとて、『ホンにそうか？』などとやり取りをしているうちに多少のときが過ぎれば、あの男はどこかへ失せていたはずだった」

横手の独白は、裄沢の「なぜ」という問いに答えるものであることが明らかになった。であるからには、裄沢も来合も口を挟むことなく黙って傾聴《けいちょう》する。

「お前の目があるから、俺はやむを得ず男を追った……なぜあの男は、俺らが通り過ぎるまで道に出てくるのを待てなかったんだ。なんで、そのまんま走り去ってしまわずに、餓鬼《がき》の隠《かく》れん坊《ぼ》みてえにあんな藪《やぶ》の陰に潜んでたんだ……。あんなとこにいて、見つからねえわけがねえ。けど俺は、気づかぬふりをして通り過ぎた――だけじゃあなくって、探してるような格好をして供の小者からあの男の姿を隠した。そのまんま見つからなかったことにすりゃあ、お前さんと面を合わせて『見つからねえ』とか言ってるうちに、どっかへ逃げちまうと思うだろうが」

横手は、どこか焦点の合っていないような目で来合を見る。

「けど、お前さんはそれじゃあ納得しないで、互いに場所を替えてもう一遍探してみようなんて言い出した。だったら受けざるを得ねえじゃねえか。

お前さんの言うとおりに互いに相手の調べたとこを見直してるときは気が楽だったよ。もう俺のほうにゃいねえと判ってたからな。それぞれの小者は二人とも に道の先へやって、走り去ってくような野郎がいねえか気配を探らせたけど、俺らが段取り決めてる間に逃げ出して小者に見つかってたって、それならそれでよかった。きっとお前さんが小者といっしょんなって召し捕ってくれただろうからな」

そこで横手は何かを思い出して自嘲の嗤いを浮かべる。

「結局あの男はお前さんに見つかってお縄んなった。俺ゃあ、ホッとしたよ。あのまんま逃がしてたら、この先どんな大火を出してたか知れたもんじゃねえからな。

けど、安堵したのはとんだ早呑み込みだった。ホントの地獄は、そっから始まったのさ」

横手の話を聞いていて、裄沢には思い当たったことがあった。

「轟次郎の捕らえた男を詮議した吟味方が、瀬尾だった？」

横手は裄沢のほうを向いて「ああ」と頷く。

「たぁだ野郎のしでかした罪、やろうとした咎だけ洗い出しゃあいいものを、捕まえたときのおいらのことまで暴《あば》き出しやがった」

来合が思わず「それは……」と促すように問う。

「男は、俺が見つけていながら気づいてないふりしてたって、瀬尾様に申し立てたそうだ。それだけじゃなく――」

言葉に詰まり、しかしながら無理に押し出すように口にする。

「そんとき、俺が震えてたってことまでな」

来合は「横手さん」と呟くように口にし、ついで猛然と詰問する口調で問い質す。

「なんであんたはっ……なんで、不審な野郎を見逃そうなんてマネをしたっ。あんたなら、あんたほどの腕があったなら――」

来合の疑問は当然だ。風烈廻り昼夜廻りは、三廻りには含まれずともこれに準ずるようなお役である。そうしたお役に任ぜられるには、相応の腕や胆力が求められていたはずなのだ。

臨時とはいえ隠密廻りや定町廻りのお役に回された裄沢にしたところで、腕は少々頼りなくても、それを補《おぎな》える胆力と臨機応変の頭の回転の速さが評価されたからこその任命であった。

「その場んなって、急に臆《おく》したんだろうさ」

薄笑いを浮かべて自嘲の言葉を吐く横手に、来合が反駁する。

「そんなはずはねえ。あんた、もっと前にゃあ何度も胡乱《うろん》な者を取り押さえたり、火ぃ出した家ん中から子供を救け出したことだってあったじゃねえか」

「……お前さんは憶えてねえかい？　俺ぁ、男のくせに癪《しゃく》（差し込みによる腹痛）の病持《やまいも》ちでな。あのちょっと前から、そいつが段々と悪くなってきててよ。あの晩は見回り中ずっと痛みがあって、それも段々と酷《ひど》くなってきてよ、脂汗がダラダラ流れんのを誤魔化しながらどうにか見回る格好だけつけてたんだ。そんでようやっと終わったと思ってホッとしたところにあの男が現れやがった。正直、早足で男が消えたほうへ向かうってだけで精一杯だったんだ。とっても捕り物どころの騒ぎじゃなかったのさ。

物陰に隠れてるあの男を見つけたとき、月の光にキラリと光る物を手にしてんのが判った。気づいたときにゃあ、俺ゃあ目ぇ逸らした後だった。その前にゃあ、ほんの一瞬だけど男としっかり目が合ってたから、どういうつもりかはともかく、向こうだって俺が何しようとしてるかは判ったんだろう。

わずかに探すふりだけして手前の体で供の小者の視線から男を隠し、何食わぬ顔を作って足は勝手に遠ざかるほうへ動いてた。震えてしっかり踏みしめられてねえのが、自分でもよく判ったよ」

話しぶりはまるで他人事《ひとごと》のようで、しかしながらその目にはいまだ拭えぬ悲しみがある。

「そんな体の調子だったら、なぜに休もうとはしなかったのです」

裄沢の疑問にも、もう抗《あらが》う意志はないようだ。

「俺と来合のどっちかが、今度席の空く定町廻りに任ぜられるって話を聞いてたからだ。そいつを女房や倅の前でもチョロッと口に出しちまってたんで、大事なときに休んでるわけにゃあいかなかったのさ。

そんな無理した結果がこのザマだ。こんなことになるぐれえなら、素直に休んで定町廻りの席は来合に譲ってりゃよかったのにな」

泣き笑いの顔を向けられた来合には、掛ける言葉もない。

当人が言いづらいのを承知で、裄沢は大事な部分への質問に入った。

「それで、瀬尾からはどのように？」

「ちょうどこういうふうに呼び出されて、火付けの男が何を喋《しゃべ》ったか聞かされた。そいつをみんなにバラされたくなかったら、自分の言うことを聞けってな。さっきは手前で左遷って言ったけど、俺が今のお役へ転じたいとの希望を出したのも、おそらくはそれがすんなり通ったのも瀬尾様の差し金だ」

借財の引継ぎや専売品の直取引といったことの仲立ちをする場合は、扱う金額が大きいため何度も足を運んで打ち合わせをすることになる。

武家への出入りならば人目につくことも少なく、また相談を受けたとの言い訳も利く。しかし出入り先でもない商家を頻繁に訪れるとなると、悪目立ちすることを懸念する必要が出てくる。

その点、横手を市中取締諸色調掛に異動させて手先として使えれば、お役目柄から誤魔化すのはだいぶ容易になったはずだ。自分が町奉行所を辞した後は、ますます横手に頼る機会は増えていっただろう。

裄沢は、内心の溜息を押し殺して訊いた。

「瀬尾の要求を断ることはできなかったのですか」

「俺が奉行所の中で笑い物になるだけなら構《かま》やしねえ。けど、そんな話が奉行所の中で広まったら、親から聞いた道場仲間を通じて倅の耳にまで届いちまう。

こいでも、倅からぁそれなりに尊敬される父親だったんだぜ。それが、なってくれるだろうと思ってた定町廻りになれなかっただけじゃあなくって、その理由が咎人前にして足を震わせてたからなんて、どこまでがっかりさせちまうことになんだろうと思ったら、突《つ》っ撥《ぱ》ねることができなくなっちまってた。

いっぺんヤツに手を貸しちまやぁ、後《あた》ぁズルズルさ。足ぃ震わしてるようじゃ風烈廻りは勤まらねえからって、持病の癪を理由にして今の市中取締諸色調掛にお役を代えてもらったけど、何の因果《いんが》か、そのころからめっきり癪のほうは良くなっちまってな。同輩と『やっぱりお役を代えてもらってよかった』なんて笑い合ってたけど、心ん中じゃあそんなふうにゃあこれっぽっちも思えねえ。瀬尾様から渡される泡銭《あぶくぜに》なんぞ手許に残したくなんかねえから、みんな酒に使っちまう。尊敬されてたはずの親父が、今じゃあ家に帰ってもまるで居ねえような扱い受けてるって体《てい》たらくさ」

横手の告白を、来合は沈痛な面持ちで聞いていた。

ふと気づいたように、横手が裄沢を見やる。

「で、俺をどうすんだい？　お奉行の前に突き出すかい」

居直ったというよりは、これからの成り行きに従容《しょうよう》として従おうという力の抜けた問い掛けだった。

ことここに至って、横手はようやく地獄から抜け出せたとの安堵を覚えているのかもしれなかった。

九

翌日。裄沢が御用部屋で仕事をしていると、ずっと外出をしていた内与力の深元がようやく戻ってきた。

深元は自分の文机の上に重ねられた紙の束を読み飛ばしながら何かを書き留めたり、お奉行の下へ行って話し合いをしたりと忙しく動き回っている。

裄沢は周囲に注意を払い、深元と同じ内与力の倉島の姿がないときを見計らって席を立った。

「深元様」

呼び掛けると、一度チラリとこちらへ視線を送っただけですぐに手許の書付に目を落としながら「どうした」と返してくる。

「少々お話ししたいことがあるのですが」

深元は顔も上げずに返答してきた。

「見てのとおり忙しい。相談ごとなれば倉島どのにせよ」

突き放されても裄沢は引き下がらなかった。

「大事なお話なのですが」

ようやく顔を上げた深元に駄目押しをする。

「どうしても倉島様にせよと仰せならそう致しますが、おそらくは後になって聞いておくべきであったと思われるのではないかと」

深元はじっと裄沢の目を見る。

「ここではできぬ話か」

「そのほうがよろしいかと」

「判った。奥の小部屋が空いておるか見てきてくれ」

「一人伴いたい者がおりますので、多少ときを頂戴いたします」

「そうか。段取りがついたら呼んでくれ」

そう口にしたときには、深元は再び手許の書付に目を落としていた。

裄沢が準備を整えて戻ったときには倉島が席にいたが、裄沢はそちらには目をやらずに深元に声を掛けた。

倉島は、立ち上がった深元とそれを待つ裄沢を交互に見ていたが、裄沢は気づかぬふりをして御用部屋を出たのである。

密談用の小部屋へ裄沢と深元が入ると、先に入室して待っていた横手が深元に深々と頭を下げた。


日本橋の東方、浜町《はまちょう》と呼ばれる大川沿いの広い土地の手前に、住吉町《すみよしちょう》という町がある。ここら一帯は江戸の初期、浅草田圃《あさくさたんぼ》へ移る前の吉原遊郭《よしわらゆうかく》があったところだが、そのせいか紅白粉《べにおしろい》や鬢付油《びんつけあぶら》、あるいは蕎麦や寿司《すし》などの飲食といった、かつての色里《いろざと》を偲《しの》ばせるような品物を扱う見世が多く、また浄瑠璃太夫《じょうるりだゆう》らも住まいするような華やぎを残す場所であった。

その裏道の一画に、大きくはないが小洒落《こじゃれ》た一軒家が建っていた。見るからに、富裕な者が女を囲っておく妾宅《しょうたく》である。

その家の前で、供を連れた侍が立ち止まった。

「ここか」

侍――北町奉行所内与力の深元は、家構えを見回しながら供をしてきた男に問う。供の男――北町奉行所同心の裄沢は、頷いて返答した。

「はい。横手さんの話を基に、臨時廻りの室町さんに確かめてもらいましたので間違いありません」

「なら、参ろう」

深元は気合いを入れ直して促した。

「御免」

訪《おとな》いは、裄沢が入れる。

「はい、どちら様にございましょう」

中から応答した声は、若い女のものであった。

それからしばらくやり取りがあった後、深元と裄沢はようやく中に招じ入れられた。

案内された座敷に向かうと、元北町奉行所吟味方与力の瀬尾が腕を組み、渋い顔で座っていた。

「しばらくであったな」

深元が中まで踏み入り、瀬尾の真向かいで腰を下ろしつつ口にする。裄沢は、出入り口近くで足を止めて膝を折った。

「御番所を辞めた俺に、今さら何用か」

瀬尾は挨拶を口にするでもなく、ぶっきらぼうに問うてきた。

戸口で応対した瀬尾の妾《めかけ》らしき女が茶を持って現れたが、瀬尾に目顔で追い返された。

深元は、明らかに歓迎していない相手の様子にいささかも動じることなく言ってのける。

「その辞めたはずの者が、いまだ御番所を看板に使っていることについて話をしに参った」

瀬尾は深元をジロリと見やって「何のことだ」と空惚ける。自分が奉行所を辞めざるを得なくなるきっかけを作った裄沢には、入室の際に大きく目を見開いて見やった後は、いっさい目を向けようとはしなかった。

裄沢は、口を閉ざしたままただ成り行きを静観していた。

深元が落ち着いて切り込んでいった。

「そなた、市中取締諸色調掛同心の横手を使って、金儲《かねもう》けをしておるそうだな」

「町家の厄介ごとについて、町方が仲立ちをしてくださるのはもともとのお役目の内」

「脅しつけて言うことを聞かせていると聞いたが?」

「話をして、横手どのから手伝ってくださるとの快諾を得たは事実ですな。しかしその言い方ですと、町方の役人が人に脅されるようなマネをしているというようにも聞こえますが?」

「つい最近、悪党から脅されてもおかしくないようなマネをして、御番所を辞めざるを得なくなった者もおるからな」

瀬尾と深元は睨み合う。今度口火を切ったのは瀬尾のほうだった。

「それで、俺に用とは?」

「不当な金儲けをただちにやめよ。そしてこの江戸から出ていくがよい」

さすがにここまで激越《げきえつ》な要求をされるとは考えていなかったらしく、瀬尾は目を丸くした。

「ほお、これはまたずいぶんなもの言いで。俺がそこまでのことをしておると?」

「すでに話したとおり」

瀬尾は侮蔑《ぶべつ》の笑みを浮かべる。

「俺がいくら稼ごうが、すでに御番所を離れた身。町方にどうこう言われる筋合いはねえはずだ。罰するなら、そのお先棒《さきぼう》を担いだ町方役人にやるんだな」

「そなたの言うとおり、すでにそなたは町方役人ではない。であるからこそ、町方を顎の先で使って不正な行為へ荷担せしめたことは見逃せない」

「これまでだって、それからおそらくは現今《げんこん》（現在）でだって、町方を手先にして懐を肥やしてる野郎は俺以外にいくらでもいるだろう。何で俺だけがそう目《め》の敵《かたき》にされなきゃならねえ」

「そなたが他よりも質《たち》が悪いと判断される所以《ゆえん》は、御番所で始めた不正を、自分が辞してからも御番所に残った者を使って続けていることにある。もし致仕《ちし》したとき同時に悪行も終えておらば、このように後から発覚したからとてわざわざ追及されることはなかったであろう。

御番所の外の者が町方と結託して『町方としてやってはならぬこと』を行ったなら、手を貸した町方のほうを罰すれば済む話。無論のこと結託した相手も最低でも釘を刺されはしようがな。

しかしそなたの場合、『町方としてやってはならぬこと』を町方役人であるときから今に至るまで続けており、そのとき引き入れた同心をいまだ引きずり回しておる。さすがに御番所として、これを看過するわけにはいかぬ」

睨みつけてくる瀬尾に、深元は最後通牒《さいごつうちょう》を放った。

「我らはそなたに、『今の行為をやめればそれでよい』などと生温《なまぬる》いもの言いをするつもりはない。即刻この江戸から立ち退《の》いてもらう。

もしこの忠告を無視して江戸におるところを目にしたならばただちに召し捕る。そなたがこれまでやってきたことを洗い出せば、罪状はいくらでもつけられるからの」

ここで、それまでずっと黙っていた裄沢が初めて口を開いた。

「他にもあるかもしれませんが、横手さんを通じ瀬尾どのが受け取った謝礼の類について、判明しているものを挙げます」

そして、関わった武家や商家の名と支払われた謝礼の額が、懐から取り出した紙を見ながらつらつら述べられる。これは、無理矢理悪事の片棒を担がされた横手が自分の判断で手控えていたものであった。

読み終わった裄沢は顔を上げて淡々と結論を口にした。

「武家のほうの確認は難しいでしょうが、ここまできちんとした証が上がっているとなれば、商家のほうはさすがに隠し立ては致しますまい。すなわち、仲立ちを行った町方役人は、現職かすでに辞めたかにかかわらず、もう逃げ道はないということです」

「……」

瀬尾は無言で裄沢を睨みつけるだけだった。

深元が最後に言い放つ。

「半月だけ猶予《ゆうよ》をくれてやる。その後にそなたが江戸におるところを見つけた場合は、たとえ旅の途中で立ち寄ったにせよ、有無を言わさず即座にお縄に掛ける。それが嫌なら、今後はいっさい江戸の地に足を踏み入れるな。

我らの用件はそれだけだ——では、帰ろうか」

深元に促されて裄沢も腰を上げた。深元は瀬尾を見もせずその場を去ろうとし、裄沢は頭一つ下げてそれに続いた。

深元が「旅の途中云々《うんぬん》」と口にしたのは、お裁きで追放刑が言い渡されたのなら、草鞋《わらじ》履《ば》きでいる限り旅の途中と見なされてお目こぼしがなされたからである。深元は、瀬尾にはこの目こぼしを適用しないと通告したのだ。

江戸にいるのを見逃せばまた同様の悪さを続けられることになるので、当然の措置《そち》であった。それでも、本来ならばお縄にならないだけ十二分に寛容な対処なのだが、おそらく瀬尾には理解されまい。

「裄沢ぁ、これでぉお前は満足かぁっ！」

座敷を出るとき、背中から罵声が浴びせられた。しかし裄沢は、顔色一つ変えることなく足を進めた。

こたび裄沢がこの場に顔を出すことになったのは、捨て置けぬほどの瀬尾の悪事が新たに発覚したため。そうでなければ、裄沢がこの男と再び関わることはなかった。

そのことについて、瀬尾にどう思われようとも構わないし、説明するつもりもない。

ただ、事態がこうなった以上は横手にも何らかの処分が下されることになろうと、ただそのことに心を重くしていた。

十

裄沢は、瀬尾の妾宅を出たところで深元と別れて自宅へ帰る——というわけにはいかなかった。深元と一緒に御番所に戻り、お奉行への報告に付き合わされたのである。

ようやく解放された裄沢が御番所を出たのは、だいぶ夜が更《ふ》けてからのことになった。

門番の詰所で借りた夜回り用の提灯の予備を手に、裄沢は溜息を一つついて自宅へと向けて歩き出した。

八丁堀に入り足をさらに東の川岸のほうへと向ける。いろいろあった一日だったが、やっとのこと家でほっとできそうだ。

——明日は非番だな。今日忙《せわ》しなかった分、ゆっくりできるのはありがたい。

そんなことを考えながら、足下を提灯で照らし黙々と歩く。

裄沢がそれに気づけたのは、待ち構えていた相手に、潜んでいるところから急襲するだけの十分な胆力や技量がなかったからだ。

しかし、以前にここで待ち伏せされ殺気を浴びせられてからまだそれほどの日が経っておらず、どこか警戒する気持ちが残っていたことが大きかろう。

道の角の向こう側から、ジリッと足下の土を踏みしめるような音が聞こえてきた。裄沢はひたりと足を止め、提灯の明かりを音のしたほうへ差し伸べた。

相手に気取《けど》られぬよう、手の明かりを前に出す分だけそっと下がり、潜んでいると思われる場所からひと飛びでは詰められぬほどに間を空ける。

「誰かいるのか」

問い掛けに応《いら》えはなかったが、どうにも人のいる気配がする。

「出てこねば、大声を出すぞ」

ここは八丁堀でも町方同心の組屋敷が寄り集まっている一角である。声を出せば、応じて表に出てくる者が少なからずいるはずだった。

相手にもそのことが判ったのであろう。裄沢の二度目の呼び掛けから間を置くことなく、人影が飛び出してきた。

「へ、へやーっ」

気合いというにも情けない声だった。それでも、すでに抜かれた刀が月の光を反射しているのが目に入れば、どうしても余計な力が入ってしまう。

そうであっても備えていたところに飛び出してきたのが腰の引けた者ならば、いくら剣の腕前がからっきしの裄沢といえど、対処する余裕は十分にあった。

裄沢は、相手が現れたときに遠ざけた提灯を振り戻して投げつけた。

あまり速度がなかったこともあり、相手は飛んでくる提灯を何とか手の刀で斬り払う。

しかし、自分から離れていく光源にほっとしながらつい目で追ったところへ、刀を振るった後の暗がりから何かが飛んできて顔に当たった。

「ぶべっ⁉」

裄沢は、提灯を投げたすぐ後に、引いていた右足で脱ぎかけていた雪駄《せった》を蹴り上げたのだ。

相手は、提灯の明かりに目を眩《くら》まされ、闇に紛《まぎ》れてすぐ後に飛来した雪駄に気づけなかった。当たった衝撃そのものは大したことはなかったはずだが、予期せぬ物体の衝突に軽く恐慌を来《きた》した。

そこへ、左足の雪駄も脱いで足袋裸足《たびはだし》となった裄沢が前進しながら抜き打ちで斬りつけた。

「ぎゃっ」

確実に相手に当てることを優先したため、抜き上げて斬り落とした裄沢の抜刀に素早さはなかったが、棒立ちとなっていた相手はまともに肩を打ち据えられた。

相手は抜き身《ぬきみ》を手にしていながら、自分目掛けて踏み込みつつ刀を抜きつけてくる裄沢に固まってしまったのだ。

裄沢は、来合が復帰するまでの代理として定町廻りに就任したとき求めた刃引《はび》きの（刃を研《と》ぎ出していない）刀を、お役を転じた今でもまだ腰に差し続けていた。どうせまともに扱えないからには、刃毀《はこぼ》れすることもなく曲がりにくい刃引きこそ、自分には合っていると考えてのことである。

頑張ったところで上手く斬れないなら刃筋《はすじ》を立てるような技の追求は必要なく、ただ振り回していればいい。上手くいけば打ち合わせた相手の刀を損傷させ、その後に斬られても致命傷は免れられるかもしれない。

本身《ほんみ》（真剣）では手加減できるような技量がないと自覚している裄沢だが、今斬撃を放った相手も打撲《だぼく》だけしか負ってはいないはずだった。

闇討ちしようとしてくる者を迎え撃つなど、慎重な裄沢にしてはずいぶんと大胆な対処だったが、相手が誰かはほぼ予測がついていたのだ。

町奉行所では年に一、二度、与力同心の力量をお奉行が確かめるという行事があるなど、武芸はそれなりに盛んで各人の評価も日ごろからよく口にされる。相手が裄沢の予測した者で合っているなら、腕のほどは何度か耳にしたことがあった。

隠れ潜んでいたときの気配の消し方の拙《つたな》さも、予測と合致していた。であるからこその大胆な対処だったのだ。

もし思っていたより手強くとも、斬られることなく相手をするぐらいはできそうだったし、最初に警告したように大声を上げれば誰かが助けに来てくれる。

まあ結局は、自分で考えていたよりよほど上手く終わってくれたのではあるが。

肩に受けた一撃で刀を取り落とし蹲《うずくま》っている相手の顔が、落ちて燃え上がった提灯の火に照らされていた。

手拭《てぬぐい》で顔を隠すような工夫も思いつかないほど頭に血が昇っていたのか、襲ってきた男は素顔をそのまま曝《さら》していた。

「瀬尾」

背後に回るように緩く弧《こ》を描きつつ慎重に近づいた裄沢は、抜いたままの刀を斜め後ろから肩越しに瀬尾の目の前へ突きつける。

打たれた肩を片手で押さえた瀬尾が、ピクリと反応した。

よほど骨身に染みたのか、蹲ったままの瀬尾は目の前の刀身に怯《おび》えて動けずにいる。

「いつまでもそうしておると、見回りが来て捕らえねばならなくなるぞ」

言いながら刀を退くと、ようやく瀬尾の肩から力が抜けた。

己《ひ》の置かれた状況は理解できるはずなのに、それでも反発心を抑えられない瀬尾は負け惜しみを口にする。

「お、俺が何かしたという証はあるまい。お前からいきなり打ち懸られたと言うだけだ」

「すでに立ち退いた八丁堀をこの夜更けに彷徨《うろつ》いていたことはどう言い訳する。それも、深元様に引導を渡された当日の夜にな」

瀬尾は言い返せずにグッと詰まる。

「見逃してやる。ただし、疾《と》く江戸から去れ。

今宵のことは深元様に報告するゆえ、半月の猶予などはもうないと思え。このようなことをせずば、半月と言われていたとて、ひと月やそこらは待ってもらえたであろうにな」

瀬尾の睨みつけてくる目が、月明かりを反射した。

「証などはないと言った」

「ならば、このまま捕らえられるか」

「……」

「証など要らぬ。功名心から無辜《むこ》の者に罪を着せんとして奉行所を追われ、今また新たな悪事の発覚でこの江戸からも追われんとするそなたと、この俺とでどちらの言が信用されるか。

　そなたなど、この襲撃で罪には問われずとも、今までの悪行で裁かれれば十分。そちらの証ならすでに両手に余るほど取り揃《そろ》えておるぞ」

　瀬尾には、もう裄沢のほうへ顔を向ける気力もないようだった。どうにか落とした刀を拾うと、もう一方の手で肩を押さえてのろのろと去っていく。

　裄沢はしばらくその後ろ姿を見送っていたが、近くの組屋敷から人が出てきそうな気配がしたため、足早に立ち去ることにした。

　裄沢がその場で瀬尾を捕らえようとしなかったのは、「ことをあからさまにしないために瀬尾は密かに追放して一件を終息させる」というお奉行の判断があったからである。捕らえてしまえば「あからさまにしない」という目的が覆《くつがえ》されてしまうため、あえて逃げるに任せたのだった。

　逆恨みで襲撃を受け命を狙われたとなると、通常ならばこんな判断はできなかったはずだが、剣技に熟達していない自分ですら容易に回避できるヘロヘロの騙《だま》し討《う》ちとあっては、まともに取り合う気にすらならない。

あるいは、その行状《ぎょうじょう》にはいささかも共鳴できるところはなくとも、同じ町方役人でありながらかような結末を迎えた男に、わずかながらの憐憫《れんびん》を感じたことが理由の一端にあるかもしれなかった。

もう一つ、こちらは明確に意識している理由だが、瀬尾の罪を表沙汰にしてしまうと、連動して横手も公に裁かねばならなくなるからでもある。

――借りた提灯、駄目にしちまったなぁ。

休み明けで御番所に顔を出したときに、どう言い訳しようかと考えながら残りの道を踏みしめる。蹴飛ばした雪駄が月明かりですぐに見つかったのは幸いなことであった。

それから数日のうちに、日本橋北の住吉町に建つ妾宅は空き家となった。暇を取らせたのか、あるいは一緒に江戸を出たのか、若い妾も瀬尾とともにいずこかへ去っていったという。

同じころ、北町奉行小田切直年が旗本としてお上より拝領している屋敷からは、お家を辞した古藤の姿もいつの間にか見えなくなっていた。

十一

瀬尾へ引導を渡す深元に付き合わされ、その瀬尾から襲われかけた翌々日。前日の非番を家でノンビリ過ごすことに費やした裄沢は、二日ぶりに御番所へ出仕した。

仕事場である御用部屋へ顔を出すと、登城中のお奉行の姿が見えないのは無論のこと、深元も倉島も席にはいないようだった。

一昨夜の襲撃の件をいちおうは深元に話しておくべきかどうか、ここへ来るまでの間も迷って結論が出ずにいたのだが、きっかけを失ったことでしばらくは様子を見るつもりになった。

「裄沢」

同輩連中が近くでしている噂話を聞き流しながらしばらく仕事をしていると、廊下との境の襖を開けて入室してきた倉島がわずかに足を進めただけで立ち止まり、こちらの名を呼んできた。

裄沢が「はい」と応じて立ち上がるのを、倉島は厳しい顔で睨んでいる。

「何かご用にございましょうか」

裄沢はその場で立ち上がると、真っ直ぐ相手を見て問うた。

「何かご用でしょうかではあるまい――裄沢、そなた、市中取締諸色調掛同心の横手が元与力の瀬尾と組んで悪さをしておったのを、突き止めたそうだな」

抑えきれぬ怒りで声音《こわね》が震えそうなのを、どうにか堪えている顔だった。しかし、余計な者に聞かれぬよう場所を変える、といった余裕をなくしてしまっているふうに見える。

そんな倉島の様子を観察しつつ、裄沢は平静に返す。

「はい、そうした話を耳にしまして、確かめたところが事実だと判明致しましたので」

倉島の普段とは違う様子と声の大きさに、周囲は静まり返り二人のやり取りを皆が注目していた。

「なぜ、ここに常駐する俺ではなく、忙しくして席をはずしていることばかりの深元へ報せた？」

「横手どののことはともかく、元与力の瀬尾様については御番所を辞めるに至った経緯がありますので、それをご存じの深元様にご判断いただくのが適切かと存じまして」

一連の不正に関わったのが瀬尾独りであったなら、あるいは裄沢は倉島に報告してこの一件を終わりにしていたかもしれない。

しかし倉島《この男》だと、古藤に手心を加えようとする懼れはないか、逆に横手へはあり得ぬほど苛烈な処罰を与えようとしたりはせぬか、裄沢にはどうにも確信を持てなかったのである。であるなら、倉島に事態の処理を委《ゆだ》ねるという手立ては採り得ない。

わざわざ面と向かって口にする気はないが、己の振る舞いによって裄沢に信を置けなくさせたのは、倉島自身であるというのが裄沢の結論なのだ。

「……俺はお前に、当奉行所内の官紀《かんき》(役人の規律)の紊《みだ》れについて調べよと命を発したな」

「それは、それがしの今のお役で従事することには非《あら》ずとお断り申し上げました」

「にもかかわらず、我が命にあったことを俺ではなく、深元へ上申《じょうしん》したと」

「今も申し上げましたが、お役目上の仕事として調べた上のことではなく、偶々知ったことを放っておくわけにもいかず、町方ならば果たすべき責務として確かめた結果にございます」

「何の屁理屈《へりくつ》だっ！　そなたは、上役である内与力の命に対し言《げん》を左右にして拒みながら、以前より取り入っておった深元には胡麻《ごま》を擂《す》らんと報告すべき内容を横流ししよったのであろうっ」

桁沢は、キッと顔色を改めた。

「何のことにございましょうか。それがしは、先ほどより申しておるとおり――」

「ええい、クドクドと言い訳するでないっ。上役の命も聞けぬ町方同心など不要だ。御番所より出ていけ！」

じっと倉島の顔を見た桁沢は、静かに問うた。

「それは、それがしを罷免《ひめん》するとのお言葉と受け取ってよろしいか」

桁沢の冷めた目つきに倉島はさらに激高する。

「他にどんな意味がある。そなたのような者は町方役人として相応《ふさわ》しからぬ。とっととここから出ていけっ」

最後通牒を突きつけられた桁沢は、動じる素振《そぶ》りをいっさい見せずに口上を述べた。

「お奉行様よりのご意向、確かに承りました。さっそく帰宅し、組屋敷は早々にお引き渡しできるよう片付けに掛かりますゆえ」

一礼して、真っ直ぐ廊下との境の襖に向かう。振り返ることなくそのまま出ていった。

罷免を通告された裄沢が何ら抵抗もせず素直に受け入れたのは倉島にとって予想外であったが、これによって冷静さを取り戻すことはなく、最後まで生意気な態度を取り続けた相手へますます怒りが込み上げてくる。

成り行きを見守っていた周囲の同輩は皆が息を止め、部屋の中にはさらなる沈黙が広がっていた。

倉島一人は昂奮が収まらぬようで、肩を上下しての荒い息づかいが皆の耳に達した。

深元が御用部屋へ顔を出したのは、それから半刻（約一時間）ほど経ってからのことだった。部屋に踏み入った深元は、奉行や自分ら内与力の席のある奥のほうへ真っ直ぐ足を進め、その場に座す男へ声を掛けた。

「倉島どの」

文机に書付を広げて仕事をしていた倉島は、平静な表情を作って顔を上げる。実際には、気が昂ぶって目の前の書面の中身などほとんど頭に入っていなかった。

だから、深元が現れたことは襖が開いたときすぐに判った。深元は鉄面皮《てつめんぴ》でほとんど表情を変えることはないが、こちらへ向かってくる足の運びに内心の憤激が表れているようだった。

——子飼《こが》いの太鼓持《たいこも》ちが放逐されて、さすがに慌てておるか。

内心でせせら嗤いながら、呼び掛けに応じる。

「どうした」

目の合った深元は、それでも表情を変えてはいなかった。

「話がある。付き合《お》うていただけぬか」

「仕事の途中なのだが」

多忙を理由に自分に対してまともな引き継ぎをしようとしなかった深元へ、皮肉を籠めて返した。

「大事な話である」

「急ぎか？」

「そこもとにとっては、少しでも早く耳にしておいたほうがよいと思うが。それでも手が離せぬというのであれば、後に回してもらっても、それがしはいっこうに構わぬ。ただし、そうなると今後こちらがいつときを作れるかは判らぬことになるが」

強気に聞こえる言い方に眉を顰《ひそ》めたが、下僚である用部屋手附同心たちが聞いている中でこれ以上突っ撥ねては、内与力の威信《いしん》に関わる。ましてや、つい先ほどその用部屋手附の一員に重大な通告をしたばかりとなればなおさらだ。

――やれやれ、お気に入りの太鼓持ちを失った抗議や愚痴を聞かされるのか。

たとえそうなっても、撤回するようなつもりはいっさいないが。

心の内では面倒に感じながら、渋々席を立った。

深元が倉島を伴ったのは、前回引き継ぎに関するやり取りで決裂したときと同じ、内寄合座敷手前の、奥側の控えの間だった。

深元が御用部屋に入ってすぐに倉島のところへ来たことといい、空きを確かめることなく真っ直ぐこの部屋へ向かったことといい、用部屋手附同心のうちの誰かが深元にご注進に走り、その指示を受けてこの部屋の空きを確認したのだと思われた。

中に入ってさっと座に着いた深元の前に、倉島はわざとゆっくり腰を下ろす。

深元は、ときが惜しいと言わんばかりにすぐに本題に入ってきた。

「倉島どのは、それがしが裄沢を使嗾《しそう》して古藤どのを罠に嵌め、内与力の座から引きずり下ろしたとお考えのようですな」

「はて。誰がどのようなつもりで何をしたかは、当人が一番よく知っておることであろうと思うが」

倉島は空惚けた口ぶりで告げたが、否定しないこと一つ取っても、どのような考えを持っているかは双方がはっきり理解している。

深元は途中の説明を省き、真っ直ぐ結論だけを口にした。

「内与力からお役替えになった古藤どのはこたび、小田切家も辞す仕儀に至ったことは倉島どのもご存じのはず。そこには古藤どのがやってはならぬことに手を出したという、明白な証があり申す。

御番所の内与力から小田切家へ戻されたときも同じ。明白な証がありました。それをお確かめになりましたか？　その上で、かような疑いを持ち続けているのでしょうや」

「古藤どのの件は、すでに終わったこと。今さら蒸し返すような話ではあるまい」

韜晦《とうかい》する倉島へ、深元は溜息をつく。

「裄沢がそれがしに擦り寄っているとお考えのようだが、事実は全く違う。そうしてくれているならどれほど楽か。

実際は、お奉行もそれがしもぁヤツにはずいぶんと振り回されてばかりなのだ。思い込みで判断せずに素直な目で推移を見、人から話を聞けば簡単に判ったことであろうに」

「ほう、そんな男がこれまでノウノウとのさばっておったか。なれば、こたび放り出せたのは重畳《ちようじよう》であったな」

深元は、呆れたというより突き放す言い方で問いを放った。

「そんな男が、臨時の代役とはいえなぜに定町廻りまで拝命したと思われる? 代役が終わったときに、用部屋手附という殿の身近に戻されたのはいったいどうしてか、考えたことはお有りか?」

「はてな。おそばに十分役に立つ者がおらなんだからではないのか」

倉島の返答に深元は失笑する。

「殿は温情あるお方ゆえ長い目で配下を見てくださるところはあるが、役に立たぬどころか害を為すような者をそのままにしておくようなお人ではない――貴公、殿を甘く見てはおらぬか？」

十二

咎め立てるような鋭い目に、倉島は己のやってきたことにどこか心得違いがあったような気もして、ほんの微かな焦りが生じる。それでも、反発する気持ちのほうが強くて反論せずにはいられない。

「排除したくとも、人を得ねばそれもなるまい」

「確かに、人を得ねばな――裄沢は、ある意味でその『人』よ」

倉島は耳を疑い「なに？」と訊き返す。

「使い勝手は悪いは、下手な使い方をするとこちらが手傷を負わされるはで、散々な目に遭わされる。けれど、切れ味はひと味どころかふた味もみ味も違う。

ただの名刀なれば、切れ味よろしく何でもバッサリぶった斬って終わりであろうが、あいつに掛かると斬るべき物は一番無駄のない斬れ方をした上で、斬るべきでないところにはいっさい瑕《きず》をつけぬようなことをしてのける。そのような癖《くせ》のある刀は、名刀を捜し出すよりよほど見つけることが難しい」

「何を馬鹿なことを」

ありえないと嘲笑《あざわら》う倉島を、深元は蔑《さげす》む目で見返した。

「前にここで話したとき、それがしは何度も言うたな、『殿のお考えである』と」

疑う顔の倉島を突き放す。

「言われてもいっさい確かめはせなんだようだが。今からでもやってみれば、それがしの言が嘘か真かはすぐに判ろう」

深元ほどに道理を大切にする者が、このような嘘をつくとは思えない。倉島の表情が微妙に変化した。

深元は溜息をつく。

「倉島どの、我らは何だ」

突拍子もない問いに、意表を衝《つ》かれる。

「何だ、とは」

「我らは、どういう立場かと問うている」

「どういうも何も、いずれも内与力であろうが」

「その内与力の立場は？　他の町方役人と同じか。違うなればどう違う？」

先ほどより深元の倉島に対するもの言いが、少しずつぞんざいになっている。

「……………」

深元は、童子《わらべ》へ教え諭《さと》すような口調で告げた。

「殿は、直参旗本《じきさんはたもと》であらせられる」

「言われるまでもない」

「町方も、旗本ではないにせよご直参、公方様のご家来衆だ」

「……………」

「翻《ひるがえ》って我らは陪臣《ばいしん》、又者《またもの》（いずれも「直に仕える家来」ではなく「家来の家来」の意）ぞ」

深元の言わんとしていることがようやく判ってきて、倉島は顔色《がんしょく》をなくしていく。

「又者である我らが、公方様のご家来を勝手に放逐せんとした――この意味が判るか？」

「それは……しかし、我らはあの者の上役」

「内与力を命ぜられている間だけはな。殿が町奉行よりお役替えになれば、たちまち我らはただの小田切家の家臣に立ち戻る」

「だが、今このとき内与力であるからには——」

「言い方を変えよう。町方の与力同心は、我ら内与力の権限の威《い》に伏《ふく》して我らの言を尊重しているわけではない。あくまでも我らを通じて下される、殿のご意向を重んじ従っているだけ。それを忘れた振る舞いをすればどうなるか、そこもとが裄沢に罷免を通告した後の用部屋手附たちの態度を思い起こせば、それだけで十分理解がつくのではないか？」

確かに、もともと自分とは距離を置いていた用部屋手附の同心どもが、裄沢へ罷免を申し渡してからはさらに余所余所《よそよそ》しくなったような気はしていた。

しかし、放逐を告げられた同僚を目前にしたなら当然の態度で、ときが経《た》てば元に戻るだろうとしか考えてはいなかった——いや、こちらを怖れて今後はもっと従順になるのではと期待すらしていたのだ。

「……なればおかしいのは用部屋手附どものほうだ。我が命に逆らい自分勝手な振る舞いをしたのは裄沢ぞ」

「その命は、殿のご意向に沿ったものか？　裄沢から指摘を受けたように、そなたの勝手な指図ではないのか？」

「御番所内の官紀を正すことは、殿のご意向にも沿うはず」

「今のそなたに、殿がそれを望んでおられると？　より早くこなさねばならぬことが、内与力の任に就いたばかりのそなたには有ったのではないか？」

「こちらが仕事をこなそうとしておっても協力しようともせなんだ者が、それを言うか」

深元は、この部屋に入って何度目かの溜息をつきながら返した。

「今のそれがしにできるだけの手助けはしたつもりだ。非才なそれがしには、それ以上の余力はなかった。とはいえ、こうやってなけなしのときがますます無駄に削られていくのだがな——一方の倉島どののほうには、本来の仕事そっちのけで余分なことにまで手を出す余力がまだあったようだがの。

つまりそなたは、殿のご意向にもそなたが命を発した者の職分にもない用件で、配下を振り回したことになる——我が考えが間違っておると思うならば、直接殿に確かめてみればよい。少なくともそなたの指図を受け入れなかった衍沢を無益に走り回らせたことは、そなたの勝手な振る舞いだとお叱りを受けると思うが」

「……………」

深元は深く息をして気を落ち着け、別な論点を持ち出した。

「裄沢は、そなたからの通告を受け退出するときに、『お奉行様のご意向を承った』と申したそうだな」

「確かにそうだが、それが？」

通告したのは自分なのに、「お奉行様の意向」という言い方をされたことも、裄沢に疎《うと》んじられたようで倉島が腹を立てた大きな理由になった。が、深元は逆のもの言いをしてきた。

「裄沢に救けられたな」

「？」

「そなた、殿の承諾も得ずして己の感情の赴《おもむ》くまま勝手に罷免を通告したのであろう？　裄沢が誤魔化してくれねば、陪臣が直臣《じきしん》の進退を決めんとする行為が皆の前で堂々と繰り広げられることになっていた。

もしそうなっておらば、もうそなた一人の問題では済まぬ。下手をすれば、そなたの仕える殿ご自身が、北町の与力同心たちからお役に支障を来《きた》すほどの強硬な反発を喰らいかねなかったのだぞ」

現代に喩《たと》えれば、期間限定で親会社へ出向していた子会社の社員が、一時的に自分の下につけられた親会社社員を勝手気儘《かってきまま》にこき使った挙句《あげく》に馘首《クビ》を言い渡し辞めさせたようなものである。そんな行為があったなら、当該の子会社社員はもとより、その者を出向させて自分の部署へ引っ張ってきた幹部社員は現場の社員や上司の役員からどのような目で見られるか、という話だ。

　さらに、現代の会社において「体面を保てるかどうか」は半ば私的な感情の問題だが、当時の武家社会においては場合により自分の命よりも大事にせねばならぬものだった。倉島は、公方様の家来の家来にすぎぬ者から「謂われのない侮辱を受けた」として、公方様の直の家来である裄沢にいきなり斬りつけられたとしてもおかしくはなかったのだ。

　深元の「倉島は救けられた」というのは、あるいは裄沢が激高して手を上げなかったことのほうを指して口にすべき言葉だったのかもしれない。刀を抜いたならばともかく、殴ったぐらいであれば裄沢は全く咎められずに、倉島の行為だけが問題視されることすら十分あり得た。しかも暴力沙汰に発展したことが公になった場合、倉島の主君である奉行の小田切にも必ず影響が及ぶことになったはずだ。

　ただし、裄沢がそうしなかったのは、お奉行や御番所のことを考えて堪えたというより、単に己の矜持などというものにさほどの価値を置いていなかったため、というだけのことなのではあるが。

倉島は、今や顔面蒼白となっていた。ここまで指摘されて、倉島は己のしでかしたことの重大さにようやく気づいた。

「……どうすればよい」

下に見ていた深元へ、いまや倉島は縋《すが》りつかんばかりの有り様になっている。

汚名返上の手立てを求めた倉島への返答は、冷たいものだった。

「すでに、遅い」

「っ！」

「裄沢は御番所として簡単に手放せるような凡夫《ぼんぷ》ではないが、それを措いたとしても、殿はこのようなことで町方役人を放逐するような愚行をお認めにはなるまい。一方、陪臣であるそなたが直臣を追放せんとした行為は用部屋手附多数の目の前で行われたことであり、もはや誤魔化しなど効かぬ。そしてこうした話は、見聞きした者の口から即座に御番所内の全てに行き渡るものだ」

しかし、と一縷《いちる》の望みをつなぎたい倉島へ、深元は非情な宣告をする。

「裄沢をどうでもいい無駄働きのために顎で使っていたことを、用部屋手附の連中が見てどう思っておったか、そなた、これまで一度も考えはせなんだか？　今さら『裄沢のことは謹慎とすべきであった』などと日和《ひよ》ってみても、もはや信用する者など誰もおらぬであろうよ。そんな者を御番所の中に置いたままにしたのでは、殿と、我ら内与力以外の与力同心との間隙《かんげき》を無用に広げる結果となるだけだ」

「そんな……」

「せめて、殿がお城よりお戻りになるまで自分の長屋で大人しくしておれ。大いなる迷惑を掛けかねなかった古藤どのですら、さらなる悪事が発覚するまでは、お屋敷のほうへ移されるだけで済んでおったのだ。己の行状をしっかり省《かえり》みるなら、殿にもお情けはあろう」

倉島はがっくりと肩を落とし、顔を俯《うつむ》けさせた。

倉島は、罷免を申し渡したことで憎い裄沢を町奉行所から追い出したつもりでいたが、まさに己の発したそのひと言が、己自身を内与力の座から引きずり下ろす決め手となったのだった。

立ち上がった深元は、部屋を出る前にさらに言い放った。

「裄沢が古藤どのを陥れたとか、それをそれがしが焚きつけたとかいうのがそなたの勘ぐりであったと、さすがにもう理解できたであろう。それがしが、内与力筆頭の座に固執《こしつ》して古藤どのやそなたを貶《おとし》めんとしたというのも同様だとな。さような思い違いのために、それがしはこれからもほとんど一人だけで内与力のお役をこなしていかねばならぬようになった。そなたが起こした混乱の収拾という、余分な仕事も加えてな。全く、余計なことをしてくれたものよ」

疲れ切った深元の声に、倉島は返す言葉を持たなかった。

十三

お城より戻った北町奉行小田切直年は、内座の間で内与力の深元から本日起こった倉島に関する出来事の報告を受けた。

小田切は、溜息をつきながら口を開く。

「まさかあの男が、かようなマネをしておったとはの。小田切家の公用人として町方役人と接しているうちは相応の気遣いをしているように見えておったが、内与力となって思い違いをしてしまったか」

嘆《たん》じるお奉行に、深元は深々と頭を下げた。

「申し訳ございませぬ。それがしは、もっと御用部屋の中のことに気を配っておらねばなりませんでした。全てそれがしの不徳の致すところにございます」

深く謝罪する深元に、小田切は首を振る。

「いや、悪いのはそなたばかりではない。目が届かなんだのは儂も一緒のこと」

「いえ。町奉行である殿とそれがしとでは、お役目が違いますゆえ」

「であるからこそ、なおのことだ――単に古藤を内与力からはずしただけでもそなたの負担は大きかったろうに、さらに名実ともに内与力筆頭になったがためのあれこれまでいちどきに負わせてしまうことを、あまりにも軽く見すぎておった。

倉島をそなたの補佐に置けば十分役に立ってくれるだろうと期待しておったのだが、まさか逆に足を引っ張ろうとするとはのう」

――倉島は、公用人のときに先達だった己が内与力に転じて、深元の下に就く立場となったことが自分の中で認められなかったのか。もしそうであったとしても、かようにことを荒立てる無様なマネをしでかすとは……。

小田切は、倉島の為人《ひととなり》を測《はか》り損ねた己に落胆し、深く溜息をついた。

切り替えの早い深元は、お奉行に気を取り直してもらうべく話柄《わへい》を転じる。

「して、これからのことにございますが」

「うむ。倉島をこのまま御番所に置いておいてもよいことはあるまい。幸い、古藤が家を離れたことで空きもできたしの」

「お屋敷のお留守居補佐にございますか」

「まあ、同じ役職ではあの男もやりづらかろうから、何かそれなりのものを考えるつもりだがの。ともかくこたびのことを反省して立ち直ってもらわねば、小田切の家が保《も》たぬわ」

苦笑しつつ言った小田切は、なおも続ける。

「しかし、ヤツにも困ったものだのう」

お奉行の言う「ヤツ」が誰のことかは、口に出さずとも理解できる。

「そちらはどのようになされます。あの者のことなれば、罷免を承知したと口にしていながらそのままでおるとは思えませんが。今ごろは、組屋敷から立ち退くために荷物をまとめ始めているやもしれません」

ふむ、と頭を巡らす素振りを見せた小田切は、すぐに己の考えを明らかにする。

「まず、このまま出ていくに任せることはできんの。捨てるには惜しい異才を有しておるというばかりでなく、かような経緯で放逐したとあっては、この奉行が下の者からの信頼を失《うしの》うてしまうからのう」

このあたりの判断は、やはり深元と一緒のようだ。

「では、それがしが参って引き留めましょう」

「いやいや、そなたはただでさえ仕事が山積みになっておる上に、こたびの倉島の後始末まで加わっておろう。さすがにそなたをこれ以上こき使うわけにはいかぬわ」

「ですが、それでは――」

「安心せい。我が手足となるは、別にそなたばかりではない――ただ、そなたはもそっと、人に任せることも憶えねばなるまいぞ」

深元はお奉行からの説諭《せつゆ》を畏まって拝聴する。

「とはいえ、任せた相手が期待はずれだった直後だと、それも難しいか……」

頭を下げた深元を見ながら、小田切はボソリと呟いた。

自分の組屋敷に戻った裄沢は、たった二人しかいない奉公人を呼び集めた。いずれも下働きで、雑用をこなす茂助と煮炊きなどに従事する重次だ。

「ここを引き払って浪人することになるやもしれぬ。明日からは荷物をまとめる手伝いをしてもらうゆえ、心しておくように」

主のあまりに早い帰宅に驚いた二人だったが、通告された内容は落ち着いて受け止めた。ずいぶんと以前になるが、ここで働くにあたり「いつ裄沢の家がなくなるか判らない」という話をされてきちんと承諾していたからだった。

むしろ自分らのことより、仕えてきた主の今後のほうが心配になる。

「それで、旦那様はどうなさるので？」

裄沢とは付き合いの長い茂助のほうが、二人を代表してお伺いを立てる。

裄沢は、さばさばと答えてきた。表情も声も己の今後のことなど何ら憂《うれ》えていないようだ。

「まあ、どうにでもなる――多少なりとも貯えはあるから、十分とは言えぬかもしれぬがそなたらにも分け与えてやるぐらいの金《もの》はある。急な話だが、それで勘弁してくれ」

「もとよりそのお約束ですから、そんなことはよいのですが……」

茂助たちの心配をよそに、裄沢は「用件は終わった」とばかりにさっさと二人を下がらせた。

以後は夜まで、普段と何も変わることなく淡々と過ごすつもりだ。

「おいっ、広二郎！」

夕刻に訪いを入れるでもなく戸口で怒鳴り上げてきたのは来合だった。

来合は茂助らの応対も待たずにズカズカと上がり込んでくる。開け放たれたままの居間の襖のところから中を覗き込んで、また「広二郎っ」と声を張り上げた。

裄沢は、いつもと変わらぬ口ぶりで応じる。

「なんだい騒々しい。お前さんまさか、一日外を歩き回った足を濯《すす》ぎもしないでここへ上がってきたんじゃないだろうな」

「そんな心配《しんぺえ》しなくとも、足袋ぁ入り口で脱いだ」

「おいおい。足袋は脱いだって、その足は汗まみれのまんまだろう。ったく」

裄沢の苦情を来合は取り合おうともしない。

「ンなこたぁどうだっていい。お前《めえ》、御番所を辞めるって言ったんだって？　なんでそんなことぉ――」

来合は定町廻りで一日中市中巡回をしているから、夕刻に御番所へ戻って初めて、御用部屋での一件を耳にしたのだろう。隠密廻りを除く廻り方全員が集合しての話し合いも早々に、ここまで駆けつけてきたに違いない。

額《ひたい》から汗が噴き出している大男をのんびり眺めながら、裄沢は来合の話を訂正する。

「こっちから辞めるといったわけじゃあなくて、内与力の倉島様から罷免を通告されたってことだ」

「それだってお前、承知したっていうじゃねえか」

「はっきり辞めろって言われたんだ。他にどうしようもあるまい」

「どうしようもねえって……誰かに相談はしたのか」

「相談って、今後のことか？」

「その前に、なんで辞めさせられなきゃいけねえかってほうだろう！」

「いや、してないな」

「してないって、お前……」

来合は呆れ返った。と同時に、こんな事態になっても他人事みたいにノンビリ構えている目の前の男に腹が立ってくる。

来合の表情からこのままではマズいと察した裄沢は、宥《なだ》めにかかることにした。

「その必要はないと思ってる」

「それは……お前、御番所にゃあもう未練はねえってことか」

来合が真剣な顔で睨んできた。

「うーん。未練なんてものは元からないけど、ホントに辞めるかどうかは今後の成り行き次第だと思ってる――辞めずに済むのであれば、誰かに相談なんぞしなくても、自然とそうなるだろうさ」

「どういうわけだ、そりゃ？」

「要するに、今は罷免を申し渡したほうが困ってるだろうってことさ」

なんじゃそりゃ、という顔の来合を、早々に追い出すことにする。

「と、いうわけで、今宵《こよい》はいつまでもお前さんの相手をしてるわけにはいかないんだ。家に帰りゃあ可愛い嫁さんが待ってるんだから、さぁ、さっさと帰った帰った」

「おい待て。何が『というわけ』だ」

「これから人が来りゃあ、俺の罷免は撤回されるかもしれないってことよ――お前さんは、俺に辞めてほしくないんだろ？　これから来る人は、我が家《うち》に誰か先客がいるとなったらそのまんま戻っちまうかもしれない。だから今日は大人しく帰って、明日の吉報を待ってなよ」

来合はまだ何か言いたそうだったが、冗談口の裄沢の目が笑っていないのを見て、言葉を呑み込んで帰っていった。

裄沢は、帰宅する来合に戸口まで連れ立つことなく、居間を出たところの廊下で見送った。その際、台所で下働きの二人が心配そうにこちらの様子を覗っていることに気づいたが、声は掛けずに部屋の中へと引っ込んだ。

必ず来るとの確信まであったわけではないが、裄沢が来合に予告した客は、それから半刻ほど後に実際にやってきた。しかし、現れたのは裄沢が思っていた人物ではなかった。

応対に出た重次に来客を告げられて戸口まで足を向け、そこに立つ者を見て裄沢は驚きの声を上げた。

「！　これは、宗方様」

北町奉行所で深元や倉島と同じ内与力を勤める男である。しかしながら奉行の補佐として内与力本来の書き仕事や交渉役などを期待される深元らと違い、主にお奉行が外出するときに同行して、警固役を担う人物だった。

うっそりと立った宗方が、裄沢の姿を認めて声を掛けてきた。

「夜分済まぬが、同道を願おうか」

「それは……はい、判りました。少しだけお待ちください」

そう断って、いったん寝所《しんじょ》へ戻る。呼ばれることも予期して袴は穿《は》いたままだったので、羽織と大小のみ急ぎ身に着け戸口へと戻った。

裄沢が再び姿を現したのを見て、宗方は家の外へと出る。裄沢が雪駄を足に引っ掛けてその後に続くと、外には駕籠が一挺《いっちょう》待っていた。

「乗るように」

駕籠脇に立った宗方が当たり前のように言ってくる。周囲には宗方の供の姿もないことに、裄沢は困惑した。

「宗方様は？」

「俺は駕籠に先行して歩く」

「いやいや、与力のお方を歩かせてそれがしが駕籠に乗るわけには参りません」

「そうか？　気にする必要はないぞ」

普段お奉行の警固役に徹する宗方の、これが当たり前らしい。

「……駕籠が一挺しかないのであれば、それがしが歩くか、あるいは駕籠を帰してお供をさせていただけませんか」

「せっかく呼んだのだ。今日はよい、乗れ」

考えを変えるつもりはないようだ。

ここまで強く出られては、指図に従うよりない。裄沢は諦めて用意された法仙《ほうせん》寺駕籠《じかご》（武家と町人兼用の町駕籠）に乗り込んだ。

十四

裄沢を乗せた駕籠は、さほどの距離を進まぬうちに目的地に到着した。場所は日本橋からそのまま東海道に至る大きな通り沿い、通町《とおりちょう》三丁目の料理茶屋である。

来合にも「腕が立つ」と一目《いちもく》置かれる宗方独りが迎えに来て駕籠で運ばれるとなれば、もしかすると人目のないところまで連れていかれてそのままバッサリ――などということまで頭に浮かんだが、さすがにどうやらただの思い過ごしであったようだ。

宗方とは見世の入り口で別れて、裄沢一人が案内される。渡り廊下を進むと、奥に離れのようになった座敷があった。

案内の奉公人が声も掛けずに開けた障子《しょうじ》から中を覗けば、判っていたことだがそこにはまだ誰もいなかった。裄沢がここに来るだろうと思っている相手は、なにしろ忙しいお人であるから。

廊下も座敷の中も、江戸で最も人通りの多い大道《だいどう》沿いの見世にしては簡素な造りに思えたが、これは武家を主な客としているところだからかもしれない。

「もうお一方《ひとかた》はすぐにいらっしゃるとのことですので」

そう言われて中へ入る。

下座《しもざ》に座ると、間を開けずに酒肴《しゅこう》の膳が運ばれてきた。覗き込んでみると、さすがに自分がよく行く一杯飲み屋とは肴《さかな》の品数も見た目のよさも違う。

裄沢を呼んだ相手は「すぐにいらっしゃる」とのことだったが、半刻ほどは待たされた。

「お連れ様がお着きにございます」

障子の外からそう声を掛けられて、現れたのは奉行の小田切だった。

裄沢は席からはずれて平伏する。

「このたびはお手数をお掛け致しました」

「こたびばかりではあるまい」

小田切は皮肉を返しながら空いている上座に座る。

仲居が現れて、小田切の膳を運んできた。

「なんだ、手をつけておらぬのか」

小田切が、裄沢の前の膳を見て言った。

「さすがに、お奉行様をお待ちしておりましたれば」

夜間とはいえ今の状況で裄沢を奉行所へ呼びつけるわけにはいかないため、この場が設定されたのだ。

しかし場所が八丁堀と北町奉行所の中間で奉行所近く、しかも大通り沿いにこれだけの見世を構えている料理茶屋となれば、自分を呼んだのが深元だとは思えなかった。加えて、迎えに来たのがお奉行の警固役の内与力だ。

となれば、誰が呼んだか推察するのは簡単なことだった。

「この者の膳を誂《あつら》え直してくれ」

小田切が仲居へ申し付けたのへ、「いえ、そのままで」と裄沢が断る。

「せっかくだ。温かい物を食すがよい」

仲居は承って座をはずした。

裄沢は、「座に着け」と言われて下座に直る。

すぐに仲居が代わりの膳を持ってきた。やってきた仲居は一度だけ酌をして、そのまま下がる。

酌を受けた小田切は乾《ほ》した杯を膳に戻すと、ジロリと裄沢を見やった。

「次々と内与力を飛ばしよって、儂を裸にするつもりか」

「ご迷惑をお掛けしまして」

裄沢は素直に頭を下げた。

「なぜに、あそこまでことを荒立てた」

「罷免を通告なされたのは、倉島様にございます」

「出ていけと言われたのを罷免の意味かどうかわざわざ確認したのは、そなたであろう。さようなことをせずにただ黙って退き下がっておれば、当日謹慎を沙汰したというふうに誤魔化せたものを」

小田切が苦情を口にしても、裄沢の表情は変わらない。

「それでは、倉島様がお変わりにはならぬと存じまして」

裄沢がやったのは、倉島の真意を確かめることだけだ。内与力という重要なお役に任じられながら、最後の最後まで己の存念に問題があると気づかぬまま専横に振る舞い続けた倉島に咎があるのであって、裄沢を責めるのは見当違いである。

裄沢が言うように、強制的にでも気づかせるようもっていかねば、ずっとあのままだったかもしれない──確かに、それはそのとおりだろう。

しかし、その確認のために裄沢は禄を失いかけたのだ。

「己の進退より、御番所の今後を優先したと？」

「いえ。ただ意地を張らせていただいただけにございます」

もう一度裄沢を見やった小田切は「まあ、よい」と矛《ほこ》を納めた。続けて語る。

「倉島は屋敷へ引き取るゆえ、御番所に顔を出すこともない。そなた、明日は普段どおりに出仕するがよい」

「……………」

「不満か？」

それでも裄沢は答えない。

小田切は目の前の男をジロリと見やる。

──相手をただ困らせんがために黙り込んで、その困惑ぶりを見て喜ぶような底意地の悪い男ではない。では……。

「倉島にわざわざ罷免と断じさせて応じてみせたのは、横手のためか」

深元は倉島に「裄沢がそなたを救けた」と言ったが、小田切は別な解釈をしてみせた。

裄沢が、ようやく口を開く。

「それがしに罷免を通告する前に、倉島様は横手どのへ放逐を申し渡されておりました」

多忙な深元ではなく、倉島がこれを行ったのだ。裄沢は本日、御用部屋で囁かれていた噂でその話を耳にした。

立て続けに二人の同心が罷免された。横手だけであれば「当然のこと」と流されたかもしれないが、もう一件の裄沢のほうが問題視されれば、二つ並んで皆の意識に残る――ともに不本意な処分として。

他に理由が見つからず、まさかと半信半疑で口にした憶測をあっさり肯定されて、小田切は目の前の男を思わず胡乱《うろん》な者を見る目で眺めてしまう。

――己には何の得にもならぬことに、職を賭《と》したというか……。

気を取り直した小田切は、裄沢にことを分ける話し方をした。

「犯した罪を考えれば、横手のことはやむを得まい」

牢に入れるようなことをせずに済ませたのだ。十分温情と言ってよかった。

が、裄沢には異論があった。

「脅されて仕方なく手を染めたことにござります。それで無理に渡された金も雀の涙ほど——脅してやらせたほうの二人は、召し捕られることも不正に得た大金を取り上げられることもなく、ただ追放で済まされております。それと同じ罰ではいささか重すぎるのではありませぬか」

「ゆえに、ここまでの大ごとにしたと?」

裄沢の無言は、肯定の意味である。

横手の処分だけを単独で見れば、とても過重《かじゅう》とまでは言えない。しかしながら御番所や小田切家の体面を勘案して古藤や瀬尾に課した罰と比べると、裄沢の意見にも否定できない部分はあった。

そしてもう一つ。

裄沢が活計《たずき》の途を閉ざされかけた一方、我意《がい》でそれを行った倉島は、内与力を辞めさせられても小田切家家臣という身分は残り、路頭に迷うことはない。その程度で済んだのは、裄沢が「お奉行様のご意向を承った」とあえて誤った解釈で返答してくれたからでもある。

つまり倉島は——というより旗本・小田切家は、裄沢に小さからぬ借りを作ったことになるのだ。

さらに附言《ふげん》すると、裄沢は己とのやり取りが因で内与力からはずされることになった倉島に対し、さほど罪悪感を覚えてはいない。古藤がそうなったときとは違い、今後倉島がしっかり反省をしてこれまでの考えを改めるならば、先々「内与力に復帰する」などといった名誉回復の機会が十分あり得ると思っているからだ。

奉行の小田切は、果たしてそこまで裄沢の考えを読んでいるであろうか。

「……考えておく」

しばらくの沈黙の後、小田切はひと言だけ口にした。

裄沢は座をはずれ、深々と頭を下げた。

多忙な小田切は、話が終わるとすぐに奉行所へ戻るべく席を立った。

「こんな機会はそうそうあるまい。ゆっくりしていけ」

同じく立とうとするのを止めてそう言ってきた小田切へ、しかしながら裄沢はやはり帰宅する意志を見せる。
内与力の宗方一人を供とした小田切の忍び駕籠が去っていくのを、裄沢は駕籠が角を曲がって視界から消えるまで見送った。

倉島が御番所に姿を見せなくなった一方で裄沢が翌日平然と出仕したことにより、倉島の下知《げち》が無効とされたことは何もお達しがなくとも周知の事実となった。ために、横手の放逐が撤回されて倅が父親の代わりに出仕することになった件についても、どこからも疑問視する声は出なかったのである。

第四話　秋日和《あきびより》

一

内与力の倉島から罷免を言い渡され、了承してそのまま組屋敷に戻った次の日の朝、起きがけにまたも来合が押し掛けてきた。しかも、今度は夫婦二人揃っての突貫《とっかん》である。

「こんな朝早くから申し訳ありません」

来合の妻となった美也は、いかにも済まなそうに頭を下げてきた。

「いえ、こちらこそ心配をお掛けして申し訳ないことで」

「で、どうなった?」

頭を下げ合っていると横から来合が割り込んでくる。

「お奉行に呼ばれてお会いした」

「おお、やはり迎えが来たか。それで？」

「本日は普段どおりに出仕せよと」

向かい側に座る夫婦二人は、自分のことでもないのに「よかった」とホッと肩の力を抜く。しかし、思い当たることがあったのか、また来合が眉を寄せた。

「だが、それであの内与力が大人しくするかどうか……」

夫の懸念を聞かされて、美也も不安げな顔になった。

夫婦は似てくると言うが、祝言を挙げたばかりでもそうなのかと、裄沢は口元が緩まぬように努力する。半分は誤魔化しのため、懸念解消の言葉を告げた。

「お奉行によれば、倉島様はお屋敷のほうへ移ることになったそうだ。今後御番所で顔を合わせることはないとおっしゃっていた」

「さすがにやりすぎだと、お奉行も判断されたのだな」

「よかった……」

夫婦二人で喜び合っている。この場に俺は要らないんじゃないかと、自分のことなのに裄沢はいささか疎外感《そがいかん》を覚えた。

「で、これから出仕か」

「まあそうだが、轟次郎たちは朝飯は済んだのか」

問われて、二人して決まりの悪そうな顔になる。

「一刻も早く結果を聞きたかったからな」

「早かろうが遅かろうが、結果が変わるわけでもないだろう」

「こっちは飯も喉を通らぬ思いをしておったのだぞ」

「へえ、轟次郎でもそんなことがあるのかい」

「昨日はよく寝付けませんでしたし」

二人の掛け合いに、美也が釣られたように小声で呟く。

「昨日だけのことでもなし」

「何だそりゃ？」

うっかり掛け合いの続きのつもりで口を滑《すべ》らせた裄沢へ、いつもはもっと判りやすい言葉が飛んでくるのに、と首を傾《かし》げる来合。

聞こえなかったふりをする気だったのが、思わぬところから追い打ちを喰らった美也は真っ赤になる。

いまだよく判っていない来合をよそに、裄沢は深く反省したのだった。

来合夫妻がやってきたときにはもう重次が飯を炊き始めていたが、裄沢家では庶民と同じく一日分の飯を朝炊いてしまうため、大食漢の来合を含めて二人増えても何とか間に合ったのだ。今日の昼と夜の分は、改めて午にでも炊き直せばよかった。

そうして貧しい菜《さい》（おかず）ながらもみんなで飯を食って、裄沢は来合とともに御番所へと足を向ける。

町方の与力同心はほとんどが八丁堀に住まいしているし、出仕の刻限も皆同じようなものである。道々多くの与力同心の視線を感じたが、朝の挨拶以上の声を掛けてくる者はいなかった。

これは、来合が隣で睨みを利かせていたからであろうか。ともかく裄沢は、誰に煩《わずら》わされることもなくすんなりと道を進めた。

裄沢は普段と変わらぬ顔で門番の小者に声を掛け、奉行所の門を潜る。

「じゃあな。しっかりやれよ」

何をしっかりやれと言われたのか不明だが、来合とは門を入ったところで別れる。定町廻りの来合は、門に連なる同心詰所にいったん同役らと集合して、そのまま市中巡回に出るのだ。

一方の裄沢の仕事場である御用部屋は、町奉行所本体の建物の中にある。

玄関脇の式台から中に入り、正面の廊下を真っ直ぐ進むとすぐ左手に御用部屋はある。開けられたままの襖から、裄沢は中へ踏み入り誰へともなく「おはようございます」と声を上げた。

先に出仕していた面々から、同様の声が返ってくる。難しい件でも抱えているのかすでに仕事を始めている者も、まだお茶を手にのんびりしている者も、挨拶は返してきても近づいてくることはなかった。

まあ、普段からやさぐれとして敬遠気味の扱いを受けている身だ。特段気になることでもない。

本日は珍しく、内与力の深元が外に出ることもなく部屋で仕事をしていたが、こちらをちらりと見ただけで何も言ってくることなく、すぐに己の前の書付に目を落とした。

裄沢も、雑談に混じるつもりはないからさっそく昨日の続きに取りかかろうとする。途中で投げ出して帰る格好になったから、その後どういう扱いをされたのかは気になっていたのだ。

幸いと言うべきか、途中までで放置した仕事は誰かの手に渡ることなく、全て裄沢が帰ったときのままの状態で残っていた。

——さて、昨日の一件で仕事が半日遅れになった。頑張って今日中に取り戻そうか。

茶を運んできた見習いに礼を言い、気合いを入れて目の前の仕事へと取り掛かった。

普段なら、仕事を始めればさほどときを置くことなく没頭できるのだが、今日はいつもより気が散っている。なぜだろうかとしばらく考えていたところ、判ったのは、これまでとは比較にならぬほどの視線を周囲から感じるためだということだ。

最初は意識のし過ぎかと思っていたのだが、視線を感じたほうを見やると目を逸らされる。手許へ目を落とすとまた小うるさい視線が戻ってくる、ということの繰り返しだ。

諦めて目の前の書付に集中しようとするが、気が乗らない。溜息をついて、ぐるりと周囲を見渡してみた。

面白いように、皆があちこちそっぽを向いている。体は裄沢のほうにいくらか傾けながら、顔だけ余所を——しかもそれぞれてんでバラバラな方角を見ているのだ。

　裄沢は小さく笑い、また手許へと意識を戻した。

　すると、ようやく近づいてくる者が現れた。顔は上げなかったが、周囲を見回したときの位置から同輩の水城《みずき》だということは判っている。

　水城は、瀬尾が裄沢を陥れようとしたとき巻き添えを喰らいかけた男だった。その分、裄沢と会話をするのに他の者よりは気詰まりを覚えないのかもしれない。

「おい、お前さん」

　すぐそばまで寄ってきて膝をつき、小声で呼び掛けてくる。

「どうしました」

　裄沢は顔を上げずに応じた。

「昨日の今日だっていうのに、いったいどうなってるんで？」

　なんだか、瀬尾の被害に遭ったときよりもずいぶんと当たりが柔らかくなっている気がする。ともかく、問いに応じた。

「深元様は何も？」

「いや。朝一番に顔を出されて、昨日倉島様が口にしたことは気が昂ぶっていただけだから気にせぬように、とだけ」

「その倉島様は」

「このごろは深元様の代わりでずっと御用部屋におられたのに、今日は全く姿を見掛けぬ」

裄沢はお奉行が座る屏風の囲いのほうを見やる。今は登城しているはずのお奉行は無論のこと、倉島の姿も確かになかった。そういえば、いつの間にか深元も席をはずしてしまったようだ。

「ならば、そういうことでしょう」

それだけ答えて、後は仕事に集中する。

途中から無視される格好になった水城は、何か言いたそうにしながらもさらに問い続けるようなマネはできずにスゴスゴと退き下がっていった。

二

深元がいつものように——というか、倉島の一件以来はいつもにさらに輪をかけて忙しく立ち働いていると、「お奉行様がお呼びです」との声が掛かった。

内心溜息をつきながら、急ぎ呼ばれた内座の間へ向かう。

「深元にございます。お呼びと伺い参上致しました」

「入れ」

応諾を受けて内座の間の襖を開くと、そこにはお奉行以外に、にこやかな表情で座している老人がいた。

「これは、唐家《からや》様も同席しておられましたか」

唐家は小田切家の家令《かれい》を勤める男である。

家令、家宰《かさい》、その他、家によりいろいろ呼び方はあるし役割も微妙に違っていたりするが、幕府で言えば大老や老中首座、大名家なら筆頭家老に相当する、家臣の頂点に立つ人物を指すことがほとんどだ。少なくとも小田切家の場合はこれに該当していた。

「忙しいところを済まぬの」

奉行の小田切が穏やかに声を掛けてきた。

「いえ──いずれかから、相談事でも持ち込まれましたか」

町奉行の内与力と旗本・小田切家の家令が顔を合わせて話をするとなると、一番考えられるのは、町奉行所が管掌《かんしょう》する仕事に関わる問題を、縁故を頼って相談してきた者がいたということである。しかも、わざわざ家令である唐家が自ら乗り出してきたとなると、かなりの難題か、あるいは相手が相当の大物ということになりそうだ。

警戒する深元に、唐家は相変わらず温和な笑顔を崩さず、奉行の小田切も肩の力を抜いた顔を向けてきた。

「ああ、用件を伝えなんだゆえ心配させたか。安堵せよ、そのようなことで呼んだわけではない。

実はの、そなたの負担があまりに大きいゆえ、この唐家に内与力の仕事を手伝《てつど》うてもらうことにしてな、それをそなたに報せるために呼んだのじゃ」

そうなればいくらか息が抜けるとほっとする一方、己の能力不足でついにお家の取りまとめ役まで動員してもらわねばならなくなったかという、忸怩《じくじ》たる思いも込み上げてくる。

「それは……非才のそれがしにとっては確かにありがたいことですが、唐家様を内与力に移すとなると、これまでの家令のお仕事は？」

自分のことより小田切のお家を案じて問いが出た。

「そちらも引き続きやってもらう。内与力は兼務じゃ」

「それではあまりに申し訳なく。唐家様の辣腕《らつわん》は十分存じ上げているつもりですが、大身旗本の家令と町方の内与力という重責かつ多忙を極める仕事二つを兼務なされるとなると、僭越《せんえつ》ながらさすがにお体を壊しはせぬかと危惧を抱いてしまいますが」

「そのあたりは我らも判っている。そなたの二の舞を演じさせたのでは、儂がいかに無能かということになってしまうでの——唐家の家令のほうの仕事は、屋敷の留守居をしておる伊勢野《いせの》に手伝わせる」

奉行の小田切に続いて、唐家も口を開いた。

「心配してくれんでも、もう歳なのは己でも判っておりますでな。無茶はせんですわい」

「そうですか……しかしながら、唐家様に丁寧なもの言いをしていただくのは、若輩者のそれがしとしては身の置きどころに困りますので、元のとおりで願えませぬか」

「いやそれは、深元どのは内与力として吾《われ》の先達となりますゆえ当然のこと」

「それでも、できますればその口ぶりはおやめいただければと」

頷くことなくにこにこしている唐家から目を移して、小田切が告げる。

「この唐家なれば、小田切家中のことはおおよそ全て把握しておるし、御番所内で暮らすようになってからその力は町方の連中にも及ぶようになっておる。今のままでも十分そなたの役に立とう」

「自分が他の役所などとの交渉や調整で走り回っている間、唐家が御番所内をまとめてくれるのであれば、それだけでも十分助かる。お奉行である殿の家の家臣筆頭とのやり取りとなれば、発言力の大きい年番方《ねんばんかた》や吟味方、あるいは煩型《うるさがた》の古株どもでも、あまり無茶なことは言い出せまいから。

「しかしながら唐家様が内与力のお仕事もなされるならば、それがしは唐家様の下に就くべきでは」

これには、小田切が返答した。

「深元。儂が北町奉行でおる間の内与力筆頭はあくまでもそなたじゃ。唐家は、二人続けて不適格者を任じてしまった後始末がつくまでの手伝いということで納得してもらっておる」

「年寄りはそうそう無理はできませぬからの」

と言い添えたのは唐家。小田切が続ける。

「そういえばまだ説明しておらなんだが、いま一人若手を内与力に任じるつもりで、家中で選考中だ。そなたに誰か心当たりがおるなら、参考にするゆえ推挙してもらいたい」

「となりますと、宗方どのは？」

町奉行所の内与力の定員は三人。奉行によってはこの決まりを無視して己の使いいいように内与力を増員する者も少なからずいたが、綱紀粛正《こうきしゅくせい》を標榜《ひょうぼう》する老中首座・松平定信により任命された小田切は定員を遵守《じゅんしゅ》していた。

深元は、兼務させる唐家を員数外として扱うのかどうかを訊いたのだ。

「あやつは、供回りの家士《かし》とする。もっとも、やるべき仕事はこれまでとほとんど変わらぬがの。宗方を内与力としてずっとそばに置き続けたのも、我が失策の一つじゃな」

確かに、三人のうちの一人が内与力本来の仕事に従事していなかったための負担も、大きいものがあった。小田切は、それによって被害を受けた家臣の前であっさりと己の失敗を認め、反省の意を示したことになる。

しかしながら宗方を内与力とすることにより、ただの警固役では入れない場所でも身近に置けるという利点はあったのだ。城中や評定所などで身体に危害を加えられる懼れはまずないが、宗方が睨みを利かせていれば、悪意や企みをもって近づこうとする者に二の足を踏ませる効果はあったはずだ。

しかし町奉行職について七年を超え、小田切も十分な実績を上げ経験も積んだ。これまで、警固役の宗方を身近に置ける便利さに甘え忙しさにかまけて、深元らへ皺寄《しわよ》せが行っているのをつい見逃してしまっていたが、以後は降りかかってくる切所《せっしょ》には己一人で対処するという、覚悟を新たにしたのだろう。

小田切の言葉は続く。

「新たに内与力に選任した若手が一本立ちしたならば、もう一人内与力を任命するつもりじゃ。まあそのときには、唐家には兼務をはずれ家令に専念してもらうことになるがの」

一度に二人新入りをもってこようとしないのも、深元や唐家の負担を考えてのことだろう。

すると唐家の呼び掛けから、小田切家の主と一番の家臣は同席する深元を差し置いて掛け合いを始めた。

「殿。そのころには、吾はもうお役御免でござりましょう」

「いいや。そなたには、足腰立たぬようになるまで我が家を支えてもらわねばならぬ」

「やれやれ、人使いの荒いお方じゃ」

唐家が同意を求める顔で深元のほうを向いたのも、戯《ざ》れごとの続きのつもりであろう。同時に、仕事を山と抱えることになった深元への労《いたわ》りもじんわりと伝わってきた。

唐家が深元へ語りかける。

「深元どの。これよりよろしゅうお頼み申しますぞ」

「はっ。人情の機微《きび》に疎い不束者《ふつつかもの》にござります。こちらこそご指導のほどよろしくお願い申し上げます」

己の足らぬところをさりげない会話と素振りで自覚させられた深元は、唐家に対し手をついて、感謝の意を込め深く頭を下げた。

三

午過ぎ、いったん御用部屋に戻っていた内与力の深元がまた呼ばれてどこかへ行ったと思ったら、普段はあまり見掛けぬ人物を伴い戻ってきた。深元は、笑みを絶やさぬその人物とともに屏風の囲いの前まで足を進める。

「皆、そのまま少し手を止めてくれ」

深元の呼び掛けに全員の目が集まる。

「存じておる者も多いかと思うが、こちらはお奉行様のお家の家令、唐家様である。急なことではあるが、こたび倉島どのに代わり、唐家様が御番所の仕事を手伝うてくれることになった」

思ってもいなかった重要人物が自分らの仕事に関わってくると聞き、皆がザワリと揺れる。紹介を受けて全員が立ち上がろうとする気配を察し、唐家は「いや、そのまま、そのまま」と手を前に出して止めた。

隣の深元も頷くのを見て、浮かせかけた尻を戻す。誰かが、問いを発した。

「すると、唐家様がお奉行様の家令から内与力に転じられるということにございますか」

これには深元が答える。

「いいや、唐家様は小田切家の家令をお勤めになるかたわら、内与力の仕事も見てくださるということだ」

それは、と近くの者が困惑して呟くのが聞こえてくる。

内与力もそうだが、大身旗本の家令とて楽な仕事ではない。それを兼務して自分らの上役になるのが小柄な年寄りだと言われれば、当然の感情かもしれない。

まあ、裄沢からすれば、精力的にろくでもない指図をしてきた倉島と比べればずっとマシとしか思えないのだが。

笑みを湛《たた》えたまま部屋の中の様子を見ていた唐家が、口を開いた。

「今深元どのよりご紹介に与《あずか》った唐家じゃ。歳は取っておるが御番所の仕事を扱うは初めての新米じゃで、皆、どうかよろしくの」

穏やかな表情とものの言いに、緊張と警戒を示していた皆の表情がいくらか緩む。

「話はそれだけだ。皆、仕事に戻ってくれ」

深元の号令に、用部屋手附たちは中断していたそれぞれの業務を再開した。

裄沢も、手許の書付へと視線を戻す。何か話していた唐家と深元がちらりとこちらを見たような気がしたが、構わず己の仕事に専念することにした。

文机に広げた書付に没入しようとしていると、誰かが近づいてくる気配がある。裄沢のすぐそばで立ち止まった人物から、視線を落としたままの裄沢へ声が掛けられた。

「そなたが、裄沢どのか」

多少嗄《しわが》れた穏やかな呼び掛けに目を上げると、唐家がすぐ目の前で温和な笑みを浮かべていた。

裄沢はすぐに筆を置いて立ち上がる。

「はい。用部屋手附同心の裄沢広二郎にございます」

「ああ、仕事の邪魔をして済まなんだの。よいから、座ってくだされ」

言いながら唐家はその場で膝を折る。裄沢も従った。

唐家は裄沢を真っ直ぐ見てきて、わずかに表情を引き締めつつ願いを口にする。

「先ほど申したとおり、吾は御番所の仕事のほうはとんと不案内での。いろいろとご指導を賜《たまわ》りたい」

なぜに、用部屋手附で最古参というわけでもない己を目指してものを言ってきたのかと一瞬疑念を覚えたが、おそらくは倉島の件をはじめとする各種雑多な顚《てん》末《まっ》を、いろいろと吹き込まれたための様子見であろうと判断した。

「ご指導などという大層なことはできませんが、我ら一同、唐家様のお役に立てればと存じております。ご遠慮なくお申し付けくだされ」

自分目当てで来たらしい相手へ、全員のことに転嫁《てんか》して返答した。

唐家は好々爺然《こうこうやぜん》とした笑みを崩さない。

「おうおう、これは心強きおっしゃりよう。それでは、頼みにさせてもらいますぞ。よろしくの」

標的を自分から逸らそうとした裄沢の返答に表情一つ変えることなく、「了承した」とも「お前に目をつけた考えに変わりはない」とも解釈できる受け答えをしてくる。

しかも言葉遣いが丁寧だから、下に就く者としては敬《けい》して遠ざけるようなマネもやりづらい。

――さすがに小田切家の家令ともなればただ者ではないとは思っていたが、これは想像以上の狸《たぬき》か。

心の内の呟きを顔に出すことなく、裄沢は軽く低頭した。

これで初回の手合わせは終わりかと肩の力を抜きかけたのだが、唐家はその場からまだ動こうとはしなかった。

「で、さっそくなのじゃが、御用部屋の仕事というものを、そなたが今やっておることを例として、吾に軽く説明してくれぬか」

「承りましてございます」

やむを得ず、目の前の仕事へ向けていた意識を唐家へ向け直す。

おそらくはすでに知っているであろう御用部屋全体の仕事のことは軽く触れるだけにして、自分が今やっていることが全体の中でどのような意味を持っているのかという観点から話をすることを念頭に置き、やや詳しく説明した。

ふむふむ、と最初は大人しく話を聞いていた唐家は、次第に興味を持った点について問いを発するようになる。鋭い指摘がいくつもあって、返答しながら裄沢は背中に冷や汗が流れるのを感じた。

「いや、よう判り申した」

唐家が質問を切り上げてくれたのは、説明を始めてから四半刻（約三十分）はゆうに経った後だった。

「拙《つたな》い説明で、お耳汚しを致しました」

頭を下げた裄沢に、唐家は大袈裟に首を振る。

「いやいや、さすがは裄沢どの。御番所の仕事には素人《しろうと》同然の吾にもよう判る、丁寧でかつ簡明《かんめい》な説明でござった」

裄沢は黙ってまた頭を下げる。ようやくこれで解放されるとホッとしたところで、唐家はまた語り掛けてきた。

「これからもいろいろとお伺いすることがあると思う。よろしくお願い致しますぞ」

裄沢は内心の警戒を隠しながら口上を述べる。

「無論、それがしにできることなら何でもお申し付けくだされ――なれど、御番所の仕事にまだ不案内でいらっしゃるとのことでしたら、まずは様々な者から話をお聞きになることを優先させたほうがよろしいかと」

あからさまに拒絶はできないのでまずは建前を口にし、しかしながら「相手のため」として距離を置こうとする言い方をした。

これまで内与力の面々と関わってあまりいい思いをした憶えがなかったからだが、ずっと穏やかな態度を崩さぬ唐家に胡散臭《うさんくさ》さを感じていたからでもある。

裄沢は、御番所内の権力争いとか出世争いとかいうものとは、関わり合いのないところで静かに過ごしたいのだ。

「なるほどなるほど。確かにそうでありますな。これは貴重な意見をいただいた――なれど、裄沢どののほどにものごとをよく識《し》っておられるお方はそうはおらぬ。これからも、吾にいろいろとご教授願いたい。頼みましたぞ」

「いや、唐家様は買い被りをなさっておられる。この程度を知っている者ならいくらでもいます」

「ほっほっほ、これはまたご謙遜《けんそん》を」

――どうあっても逃がしはしないってか。

どうやら、またずいぶんと面倒な相手に目をつけられたような気がする。

それればかりでなく、小田切家の実力者である唐家がかなり親しげに振る舞ってきたことで、自分を見る周囲の目までが変わってきつつあるようにも思える。

――この先、果たしてどうなっていくのやら……。

ようやく遠ざかる唐家の背を見ながら、裄沢は気づかれぬようにそっと溜息をついた。

この作品は双葉文庫のために書き下ろされました。

双葉文庫

し-32-37

北《きた》の御番所《ごばんしょ》 反骨日録《はんこつにちろく》【四】

狐祝言《きつねしゅうげん》

2022年4月17日　第1刷発行
2024年5月 9 日　第3刷発行

【著者】
芝村涼也《しばむらりょうや》

【発行者】
箕浦克史
【発行所】
株式会社双葉社
〒162-8540 東京都新宿区東五軒町3番28号
［電話］03-5261-4818(営業部)　03-5261-4868(編集部)
www.futabasha.co.jp(双葉社の書籍・コミックが買えます)
【印刷所】
中央精版印刷株式会社
【製本所】
中央精版印刷株式会社
【フォーマット・デザイン】
日下潤一

ISBN978-4-575-67104-9 C0193
Printed in Japan

第二章

あの夢をなぞって

いしき蒼太「夢の雫と星の花」

プロローグ

七月二十七日、音見川《おとみがわ》の花火大会。町を見下ろす風撫《かぜな》で丘《おか》。一発の大きな花火が光のカーテンのように目の前いっぱいに広がっている。隣を見れば君がいる。君が口を開いた。

「好きだよ」

君の声がくぐもって聞こえた。まるで水の中にいるみたいだ。音のない世界で花火が花開き、君の声だけが聞こえた。

私は君に告白される。それを知った瞬間だった。

私はベッドの上で目を覚ました。こちらが現実だと確かめるように目をぱちぱちと瞬《まばた》きする。徐々に白い天井がはっきりと見えるようになってきて、今のが予知夢だったのだと確信していった。

私は子どもの頃から予知夢を見ることができた。双見《ふたみ》家の女性はみな様々な形で未来を予知できるらしい。私は夢を見るという形で未来を予知することができた。未来を予知すると言っても、世界の危機とか壮大なものではなく、自分の身の回りの小さなことだけだった。明日の晩御飯が何とか、それくらいのこと。でも今回は男の子に告白されるという予知夢だ。十六歳の私にとっては、世界の危機以上に大事なことに思えた。

相手は一宮亮《いちみやりょう》。私の幼馴染《おさななじ》みだった。私は彼のことが好きだ。でもそれを隠したくて、皆の前では少しきつく当たってしまっていた。そんな彼が私のことを好きだったなんて、今見た夢で初めて知った。いや、まだ私のことを好きになっていないのかもしれない。

壁に掛けられたカレンダーを横になったまま見つめる。今日は七月十三日。音見川の花火大会があるのは七月二十七日。

再び仰《あお》向きになって目を閉じた。

「二週間後」独り言がこぼれた。

この二週間の間に彼も私のことを好きになってくれるのかもしれない。そう考えると、顔が熱くなった。

1

四月に舞花《まいはな》高校に入学してから三か月が経《た》ち、学校にもクラスにも大分馴染んできていた。一宮君とは同じ高校に通っていて同じクラスだった。小学生の頃からずっと同じ学校で、たまに同じクラスになった。同じクラスになれると密《ひそ》かに舞い上がっていた。

教室に着くとすぐに自分の机へと向かう。私の席は窓際の一番後ろだった。

お気に入りの席だったが、最近は日差しがきつくて、席替えが待ちどおしくなっていた。

私は早めに学校へ来るタイプで、教室にはまだ十人ほどしか生徒はいなかった。その十人ほどの中に彼はいた。

彼の席は窓際の一番前。その席に座り、机の向かいに立った友達と話をしている。茶色の髪で少しチャラそうな見た目をしているけれど、責任感を持ち合わせた人物だとクラスの皆は知っている。あんな見た目で学級委員長をやっている。短髪から覗《のぞ》く耳元に手を当てて机に肘をついている。その姿に一瞬見惚《みと》れてしまう。

いつもなら、机の上に鞄《かばん》を置くと彼の近くの席の渡辺美沙《わたなべみさ》という友達のところに話をしに行く。その時に彼にも「おはよう」と挨拶くらいはするのだが、今朝の夢のことを思い出すと、なかなか彼の近くへは行けなかった。

私は少しの間、突っ立ったまま悩んだ挙句、結局自分の席に腰を下ろすことにした。

授業中は、前の四人の背中が邪魔をして彼の頭くらいしか見えないが、今は、彼の後ろ姿がしっかりと見える。ずっと見ていられる気がする。でも次は隣の席が良いなぁなんて考えながら、しばらく彼の後ろ姿を眺めていると席に座って友達としゃべっていた彼が振り返って私の方を見た。そして、席を立って、こっちに向かって歩いてくる。彼が私に近づけば近づくほど、胸の鼓動が速くなっていくようだった。

何？　何？　何？　なんでこっちに来るの？　頭の中はパニックになっている。

そのまま彼はまっすぐ私の目の前までやってきた。

「どうしたんだ？」彼はそう言って私の顔を覗き込んでくる。

「え？　どうしたって？」顔は硬直し、目が泳いでしまう。

「いや、お前いつも渡辺としゃべってるじゃん。喧嘩《けんか》でもしたのか？」彼はそう言って美沙の方に視線を向ける。

「いや、そうじゃないけど」

「じゃあ熱でもあんのか？」彼が私の額に手を当てようとした。私は恥ずかしさに耐えきれなくて、彼の手を振り払ってしまった。

小学生の頃なら「触るな」ときつい言葉ではあるにしても冗談みたいな言い方ができていたのに、今は……本気で振り払ってしまった。

「あ」と私の口から後悔する声が漏れた。それなのに続けて「大丈夫だから」と冷たく言ってしまった。

「そっか」彼はそう言うと自分の席に戻って、また友達と雑談を始めたようだった。

やってしまった。これも夢のせいだ。周りの音が遠のいていくようだった。

こんなことをしてしまって、本当に彼に告白なんてされるのだろうか。未来が変わってしまったりしないか不安になった。

未来予知には一つ欠点がある。予知した通りの未来にならなければ、予知能力を失ってしまうということだ。これは祖母から聞いた話だった。祖母も未来予知ができた。祖母は予知夢という形ではなく、一分先の未来が脳裏に浮かぶというものだったらしい。

二十年ほど前、祖母が六十二歳の時、祖母は祖父が交通事故に遭う予知をした。その時祖母は祖父と一緒に歩道を歩いていて、自分たちが向かう先にある横断歩道で祖父が車に轢《ひ》かれるという予知をした。そこで祖母はそのことを祖父に話し、二人は予知で見た横断歩道を通らない道を選んだ。結果、予知した交通事故は起こらず、祖父は助かったのだが、祖母は予知能力を失ってしまった。

その話を私にしてくれた時に祖母はこうも言った。

「予知したことは変えることができる。ただし一回だけ。変えてしまえば予知の能力を失ってしまうからね。楓《かえで》、その一回は大切な人を助けるために使いなさい」と。

だから、彼に告白されるという未来にその一回を使うわけにはいかない。だってこれは嬉《うれ》しい未来だから。変えるわけにはいかない。祖母は予知を変えて、予知能力を失ったことを後悔していない。私も予知を変えるなら後悔はしたくない。

彼の手を振り払ってしまったのはひどい失敗だったのかもしれない。これからは彼にきつく当たらないようにしようと心に決めた。それに花火大会に一緒に行けるくらい仲良くなりたい。

そう思ってから、六日が経ってしまった。七月十九日。明日からは夏休みだ。花火大会まで二週間もあると思って、少し安心していたけれど、夏休みのことを完全に忘れていた。夏休みに入ると彼と会うこともなくなってしまう。

花火を一緒に見に行く約束なんてまだしていない。この前のこともあるし、彼の方からはもう誘ってくれないだろう。一緒に花火に行かなければあの場面での告白は起こりえない。そうしたら私は予知の能力を失ってしまう。

ため息がこぼれた。

花火に誘うなら今日しかない。この前のことを謝って、こちらから花火に誘おう。それしかない。

学校へ向かう道を歩きながら、そう決心した時だった。近くで車のクラクションが聞こえた。世界がスローモーションになったように感じた。思考が追いつかず、ただ死ぬと思った。

その時、左腕を誰かに引っ張られた。次の瞬間には世界のスピードは元に戻っていて、目の前を軽トラックが通り過ぎて行くのが見えた。

「危ないだろ！　バカかお前！」

近くで大きな声が聞こえて、ビクリと震えてしまう。恐る恐る振り返ると彼がいた。私は登校中に信号のない道を周りもよく見ずに渡ろうとしてしまって、そこを彼に助けられたようだった。

「ごめん」そう言って見上げると彼は少し息を切らしていた。

彼を見ながら私はこんなことが前にもあったことを思い出していた。

小学生の時に川に落ちそうになった私の手を摑《つか》んで助けてくれたことがあった。今みたいに。

それが彼を好きになったきっかけだった。

彼と一緒に学校へと向かう。この前のことを謝って、花火に誘う予定だったのに、謝ることがもう一つ増えてしまった。計画はいきなり頓挫《とんざ》してしまい、足取りは重い。

学校までの道のり、彼は常に車道側を歩いてくれた。彼の優しさを嬉しく思いながらも、申し訳なさに俯《うつむ》いてしまう。少しして前を見て歩かないと危ないと気が付いて顔を上げる。でもしばらくするとまた俯いてしまっている。それを何度か繰り返していた。そうしているうちに、ちゃんと謝ろうと決めた。

「ねぇ」

「ん？」半歩だけ前を歩いていた彼がこちらを向く。

「あの……ごめん」

「いいよ。さっきも謝っただろ？」

「うん。でも今日のことと、この前のことも」

「この前ってなんかあったか？」

「この前教室で一宮君の手を振り払ったでしょ」

「ああ、あれね。あれは俺が悪かったからな。気にするな」

「うん」

もう校門が見えてきていた。いつも遅刻する生徒に目を光らせている生徒指導の先生が校門の前に立っているのも見える。まだ遅刻なんて時間じゃないのに。

「そんなことより、気を付けて歩けよな。子どもの時から言ってるけど」

「分かってる」

「分かってなかっただろ？　あとごめんじゃなくて、ありがとうだろ？　こういう時は」

「うん……ごめん……じゃなくてありがと」

「それじゃお礼に今度、俺と一緒に花火を見に行ってくれないか？」

「え？」

「お礼だから、断んじゃねーぞ」

嬉しかった。それに予知夢が本当だったんだと思えた。私は本心を隠して、仕方ないとでもいうように「分かった」とだけ言った。本当はニヤニヤしてしまいそうなくらい嬉しかったのに、口角が上がるのを必死で抑えた。足取りは軽くなる。この素直になれないところ、直さないといけないな。

朝、目を覚ますと部屋の壁に掛けられているカレンダーに目を向ける。夏休みに入ってからずっとそうしている。花火大会の日が近づけば近づくほど、期待と不安で胸がいっぱいになっていく。

「あと三日だ……ちゃんと予知通りになるよね……」

リビングに行き、テレビで天気予報をチェックする。花火大会の日はちゃんと晴れるみたいだ。きっと大丈夫と自分に言い聞かせた。

その日の夜、一宮君から電話があった。スマホに表示された一宮君の名前を見ると緊張でなかなか電話に出られなかったけれど、なんとか切れる前には決心できた。

「はいっ……」という第一声は上ずっていたかもしれない。でもその電話で待ち合わせ場所と時間を決めることができたし、ちゃんと予知のように二人で浴衣《ゆかた》を着ていくことにもなった。

花火大会当日。

「まぁ綺麗《きれい》。お母さんの若い時そっくりよ」

神棚のある和室で母が着付けをしてくれていた。藍《あい》色に金魚が描かれている浴衣で、母のおさがりだった。若い頃、父と花火大会に行った時に着たものらしい。今でも全然古臭くないデザインで、とても可愛い浴衣だった。

「お母さんは予知を変えたことってもうあるの？」

後ろで帯を締めてくれている母が姿見越しにちらっと見える。

「まだないわね」

「そうなんだ」

ぎゅっと帯が締められた。その後も後ろで何やら色々してくれているみたいだけれど、こちらからは見えない。しばらくすると母が後ろから現れた。そして、最後に私の周りを回るようにして浴衣の皺《しわ》を伸ばしてくれる。

「はい、できたわよ」

姿見に映る自分の姿は大人っぽくて自分じゃないみたいだ。藍色の浴衣に赤い帯が映えている。

「こんなに可愛い娘の浴衣姿が見られているし、予知を変える必要なんてないわね」

母の言葉に自信が湧いてきた。姿見の前で巾着《きんちゃく》を持ってみたり、後ろ姿も確認するために体を捻《ひね》ったりしてみる。

「まさかあんた予知を変えて彼氏を作っちゃったとか？」隣に立っていた母が言った。

「違うよ！　その逆！　告白される予知夢を見たの」思わず言ってしまった。

「まぁまぁ、若いって良いわね」

母は口元に手を当てて、わざわざ流し目でこちらを見てくる。何かいやらしい想像でもしているみたいだ。

「もういい！　行ってくるね」

「いってらっしゃい。遅くなったらダメだからね」

私は飛び出すようにして家を出た。彼とは風撫で丘に続く石段の前で待ち合わせをしていた。それは家から歩いて三分ほどの距離にあった。下駄で歩くとコンコンという木の音が響いて心地よい。同じ方向へ向かう人は私以外にはいなかった。みんなお祭りの方へ行っているのだろう。

下駄で歩く歩幅はいつもより狭く、五分くらいかかって待ち合わせ場所に着いた。そこにはもう彼が浴衣姿で待っていた。彼の明るめの茶髪と黒い浴衣のギャップがかっこよくて、胸がときめいてしまう。

こういう待ち合わせが夢だった。想像では「待った？」と私が言うと彼が「今来たとこ」と答える。定番の想像。私はその夢を叶《かな》えてみることにした。

「待った？」

たった三文字なのにぎこちなかった。そして、声は小さい。

「いや、今来たとこだよ。浴衣可愛いな」

可愛いという言葉は想像していなくて、私は顔から火が出るんじゃないかと思うくらいに顔が熱くなった。それでも言われっぱなしではいられずに「そっちもなかなかじゃない？」と今度は声を張って、かなり上から目線なことを言ってしまう。本当はすごくかっこいいと言いたかったのに。結局言えなかった。全然素直になんてなれないな。

彼は面食らったような表情をしたが、すぐに微笑《ほほえ》んで「じゃあ行こうか」と手を差し出してきた。恥ずかしいやら照れるやらで内心はキュンキュンしてしまっているけれど、大したことはないように装ったつもりでいた。しかし、彼の手を取ろうと手は出したものの、なかなかその手を取ることができなかった。するると最後は彼が、私の手をぎゅっと握ってくれた。握った彼の手はとても大きかった。それから少し汗ばんでいた。でも全然気持ち悪くなんてなかった。暑さのせいなのか、それとも彼も少しは緊張してくれているのだろうかと想像すると自分の緊張が少しほぐれるようだった。


百段はあるだろう石段を二人並んで上がっていく。石段の幅はちょうど二人が並んで歩けるくらい。自然とさらに距離は縮まった。石段右脇には等間隔で石の外灯がいくつも灯《とも》っていて、石段の先には別の世界があるんじゃないかと錯覚を抱くくらい幻想的な雰囲気だ。周りの林からは虫の音が聞こえ、夏の夜の趣を感じさせてくれる。そして、その中を二人の下駄の音が通っていく。

「すごいなここ。夜はこんなふうになるんだ」彼は並んだ外灯を見て言った。

「うん」

この場所は私にとっては、馴染みのある場所だった。昼間にしか来たことはないけれど、夜はこの外灯が綺麗なんだと両親から聞いていた。

数分歩くと、視界が開けて頂上に着いた。頂上はテニスコートくらいの広さで一面に芝生が敷かれている。そして、隅の一角には小さな花畑がある。昼間の光景はよく知っているけれど、夜になると雰囲気は一変していた。暗くて彼がいなければ怖かっただろうと思う。

あの予知夢で見たのは町を見下ろせる場所で柵があった。たぶんあそこだ。私の太ももくらいの太さの木でできた柵が腰辺りの高さで二十メートルほどにわたって設置されている。その中央辺り。

自然と二人の足はその場所へと向かっていた。

「綺麗」思わずそう言葉が漏れた。

丘から町を見下ろすと木々の隙間から漏れ出す屋台や提灯《ちょうちん》の明かりが見えた。こんな小さな町では珍しい光のある夜景だ。

「屋台の方も行きたかった？」

「ううん。花火で十分だよ」

本当に花火だけで胸がいっぱいだった。屋台を一緒に回れるのは幸せだろうけど、緊張で私の心臓が持たないんじゃないだろうか。今は花火だけで十分だ。それに予知した通りに告白されれば、私は必ずＯＫする。その時くらいは絶対に素直になる。そうなればまた別の花火大会かお祭りにでも行って屋台を回ればいいのだから。

「そろそろ始まるよ」

彼がスマホの時計を見て、そう言ってからしばらくするとドンという音とともに大きな丸い花火が視界に広がって消えた。

綺麗だった。夢で見た花火より小さな花火なのに、実際に見る方が迫力があった。夢では彼の声以外の音が聞こえていなかったからかもしれない。

「すごいな」彼はそう呟《つぶや》くように言って、こちらを見る。目が合った。今告白されるんじゃないだろうかとドキドキしてしまう。

でも彼はまた花火の方へ顔を向けてしまった。私もまた花火に目を向ける。

音見川の花火大会は毎年約一時間にわたって、一万発もの花火が打ち上げられる。そして、最後に打ち上げられる四尺玉が有名な花火大会だ。

一発の花火を皮切りに様々な花火が打ち上がった。確かにすごい。毎年見ているはずなのに毎年驚かされている。

スマイルの絵文字のような花火や、スイカを半分に切ったような緑と赤の花火など可愛い花火もあった。大きく開いた花火の中を通って上空へ別の花火の玉が上がっていく。そして、さらに高い位置で花火が開く。高低のコントラストが美しい。

色んな色の花火があり、色んな音の花火があった。ドンドンやバチバチ、シャワーみたいなジャーという音など様々な音を奏でる花火たち。リズムよく上がる花火の音はまるで音楽のようだった。

中盤にはひゅーという花火が打ち上がる音とドンという花火が開く音がいくつも重なるくらいにたくさんの花火が連続で上がった。光の量に圧倒された。まるで昼間みたいに空が光で溢《あふ》れていた。


一時間ほど二人並んで花火を楽しんだ。でも花火が始まってから時間が経つにつれて、だんだんいつ告白されるのだろうという方に気が向いてしまっている自分がいた。花火の光で明るくなったり暗くなったりしている彼の顔をちらっと見る。こんなに綺麗な花火を純粋に楽しめないのはなんとももったいない話だ。でももしこのまま花火が終わってしまえば、私は予知能力を失ってしまう。そして、将来大切な人を助けられないかもしれない。そう思うと夏の暑さの中でも背筋がゾクリとした。

もうそろそろ花火が終わってしまう。そう感じるのは一度勢いが収束した花火が、再び勢いを増すように上がっているからだ。最後に大きな花を咲かせようと助走をつけているみたいだ。もうそろそろ最後の四尺玉が上がる時間だろう。

その時に気が付いた。もし彼に告白されなければ、私は予知能力を失うだけじゃなく、彼と付き合うこともないのだと。そんなのは嫌だ。私は彼のことが大好きなんだ。だから願った。流れ星に願うように花火に願った。夢の時のように好きだと言って。傲慢《ごうまん》なお願いなのは分かってる。いつも冷たくしてしまっていたから私のことなんて、夢のようには好きにならなかったのかな。焦りとともに色んな考えが募っていく。

その時、一際大きなひゅーという花火が打ち上げられた音が聞こえた。これがきっと最後の花火の音だ。彼はまだ空を見上げている。心から願う。お願いこっちを向いて。

2

十六歳の夏。七月二十七日。音見川の花火大会。町を見下ろす風撫で丘。一発の大きな花火が光のカーテンのように目の前いっぱいに広がっている。隣には君がいる。君の声が聞こえた。

「好き」

俺は君に告白される。それを知った瞬間だった。

この予知をしたのは俺が六歳の時だった。夏の暑い日で日差しも強かったが、そんなことはお構いなしに近所の友達数人と水鉄砲で水を掛け合っていた。

その時、突然意識が途切れた瞬間があった。その瞬間に告白される場面を見たのだ。一瞬のことだったから、誰も俺に意識がないなんて気付いていなかったと思う。

突然頭の中に浮かんだイメージのことを父に話すとそれが予知だということを教えてくれた。それから一宮家の男子は予知能力を持って生まれてくるのだということも聞かされた。一宮家は神主の家系でそれがこの能力に関係しているようだが、父も詳しくは知らないらしい。ただ俺は六歳の頃に十年後である十六歳の予知をした。これほど先の未来を予知するのは珍しいらしい。昔は千年も先の予知をした人もいると祖父に聞かされたことがあった。だから珍しいと言ってもここ三代くらいのことだろう。

それから注意されたことが一つ。能力を失ってしまうから、予知を変えようとしては、ダメだよ。そう父に言われた。

予知で告白された相手の声には聞き覚えがあった。声というのは十年経ってもそれほど変わらないようだ。それは男子とは違って声変わりがないからだろうか。

相手は双見楓。同い年で同じ小学校に通っている。家も近くて、一緒の登校班なので集団登校の時に毎日顔は合わせていた。でも違うクラスなので話したことはあまりなかった。

うちの小学校は二年ごとにクラス替えがあり、小学三年生になった時、初めて彼女と同じクラスになった。それも隣の席だった。

クラス替えの後の自己紹介。自分の番を終えた俺は、友達になれそうなやつはいるかとわくわくしながら、新しく同じクラスになった生徒の自己紹介を聞いていた。そして一、二年生の時も一緒のクラスだった生徒の自己紹介は何を言うんだろうと面白がっていた。

双見楓の自己紹介を聞く時だけはそのどちらとも違った。

俺は将来告白される相手のことをあまり知らなかった。自己紹介は彼女のことを知るまたとない機会だ。一言一句聞き漏らさないように集中する。

知っているのは彼女は華奢《きゃしゃ》で今は俺よりも背が少し高いこと。細く長い髪が綺麗なこと。時々その長い髪の一部を細い三つ編みにしていることくらいだ。

「双見楓です。よろしくお願いします」

聞き漏らすまいとしていた俺の気持ちとは裏腹に楓はそう言っただけで席に着いてしまった。かなり緊張していたようだった。席に着くと深く息を吐いて、胸を撫で下ろしている。

結局、楓のことはあまり分からなかった。でも彼女が人前で緊張するタイプだということは分かった。それだけで良しとしよう。楓のことはこれから知っていけばいい。だって俺たちは隣の席同士なのだから。

まずは第一歩。

「よろしくね」自己紹介を終えて席に座った彼女に顔を近づけるようにして、小さな声で話しかけた。

「よろしく」自己紹介のイメージとは違って彼女は明るい笑顔をこちらに向け

てくれた。大勢の前では緊張するけれど、人見知りというわけではないらしい。彼女とは隣の席だったこともあり、すぐに仲良くなって、一か月も経った頃には楓のことがだいぶ分かるようになっていた。

楓はピアノを習っていて、音楽の授業が好きらしい。運動は人並み。テストでは全科目だいたい百点をとっていて頭は良い。本も好きで休み時間はよく女友達と図書室にいるようだった。

授業中には教科書を貸し合ったり、ちょっかいを出し合ったりした。学校に行くのがこれまでにないくらい楽しくて、一学期の終わりには夏休みに入るのが嫌だと思うくらいだった。

夏休みに入るとラジオ体操の時に顔を合わせるくらいで、話をする機会は少なくなった。

小学三年生の夏休み最終日。リビングでランドセルに明日の持ち物を詰めている時だった。

予知を見た。

雨の日。学校からの帰り道。楓が川に落ちそうになっている。俺は楓に向かって手を伸ばした。そこで場面が切り替わったように意識が戻った。

リビングのテレビでは台風二十一号が日本列島に接近していると放送されていた。あの川の水位からすると予知で見たのはきっと台風の日だろう。

夏休みが明けて登校初日。台風が近づいているにもかかわらず、休校の連絡はなく始業式や授業はあるようだった。母親によると暴風警報が出ないと休みにはならないらしい。

「気を付けて行くんだぞ」

「はーい」

　父親に見送られて玄関の扉を開けると雨は降っているが今はそれほど強くはなく、軒先まで地面が濡《ぬ》れているようなことはなかった。傘を差して、外へと出ていく。風もそれほど強くはない。俺は集団登校のための集合場所へと向かった。

　歩いて一分ほどで集合場所に着くと楓がいた。まだ他には誰も来ていない。楓はこちらには気付いていないみたいだ。傘越しに空を見上げている横顔が見える。

　また夏休み前のように楓とたくさん話ができると思うと、胸が高鳴った。けれど楓の側《そば》まで来た時、昨日の予知が頭をよぎった。楓の服装は、肩にフリルの付いたピンクのTシャツに下はデニムのショートパンツ。それは予知で見た服と同じだった。やっぱり今日がその日だ。絶対に楓を助けようと決意を改めてから、何食わぬ顔で楓に声をかけた。

「おはよう」

「あ、おはよう。誰も来ないから本当に学校あるのか不安になってた」楓はこちらを向くと微笑んだ。

「あるみたいだよ。休みでもいいと思うんだけどなぁ」そう言ってさっきの楓のように空を見上げた。空一面を灰色の雲が覆い、その流れは速い。上空の風は強いみたいだ。

楓としばらく話していると他の生徒も続々と集まってきた。全員が揃うと久しぶりに楓と並んで登校した。


教室の窓際一番後ろの席から、外を眺める。雨足は強くなっていた。雨が窓に当たって中庭の風景を滲《にじ》ませている。風も朝よりは強いようだ。

三時間目の授業が始まるチャイムが鳴った。いつもならチャイムが鳴る前に担任の先生は教室にいるのだが、まだ来ていない。皆がざわつき始めた。俺も隣の席の楓と先生はどうしたんだろうと話をし始めた時、教室のドアが開いて担任の先生が少し急いだ様子で入ってきた。先生は何も言わずに教壇に立つと黒板に何かを書き始めた。雨音の中、黒板に当たるチョークの音が教室に響いた。

「皆さんも知っていると思いますが台風が接近しています。今日の授業はお休みになったので、これから集団下校をします」先生が早口で言った。

教室がまたざわつく。すると先生が声を大きくして言った。

「すぐに帰る準備をして黒板に書かれた場所に集合してください」

黒板には班と教室がそれぞれ書かれていた。楓とは家が近くで同じ班なので途中までは一緒に帰れそうだ。

一階の八つの教室にそれぞれ同じ地区に住んでいる生徒たちが集まって、全員が揃った班から下校し始める。一つの班につき一人の先生が引率するようだ。

俺たちの班は他の班より少し遅れて全員が揃うと下校し始めた。風はこの時もまだ暴風と言えるほど強くはなかったが、傘をさしても膝から下が雨でびしょびしょに濡れるくらいには強くなっていた。時々吹く強い風が傘に当たる雨音を強くする。

「気を付けて歩くんだぞ」

一番後ろを歩く引率の体育教師の声は雨音の中でもよく聞こえた。

俺は楓の隣にいようとしたのだが、そこには女友達がいて、仕方なく楓の後ろに陣取って歩いていた。二十人近くの生徒が二列に並んで歩いていく。

十六歳になった頃は俺の方が背が高いことを知っているが、今はまだ楓の方が高かった。楓の赤い傘に見え隠れするピンクのランドセルをぼーっと眺めながら歩いた。頭の中はこの子を守らないといけないという使命感で溢れていた。

予知で見たのは、楓の家の近くにある川だった。学校からは俺の家の方が近いので、俺の方が先に自宅に着いてしまう。自宅を通り過ぎて楓に付いて行くのは、不審に思われるし、先生には止められるだろう。

「また後で」

自分の家近くまで来ると、俺は心の中でそう言って、仕方なく集団と別れた。

「気を付けて帰れよ」体育教師のやたらと大きな声が後ろで聞こえた。

俺は帰ったふりをして、道を引き返し、こっそりと集団に付いて行った。見つからないように離れすぎないように。五つの小さな傘と一つの大きな傘をさした集団が十メートルほど前を歩いている。先生はおそらく、一番家が遠い生徒に付いて行くはず。だから予知で見た時、楓は一人だったのだろう。

集団に付いて行ってから三分ほど歩いた分かれ道。ここで楓ともう一人の生徒が集団と別れた。予想通り先生は残りの三人の方に付いて行った。集団と別れてすぐに楓はもう一人の生徒とも別れて一人になった。

その後もこっそりと付いて行く。

楓の家まであと少しというところ、小さな石橋に差し掛かった。すると楓が、石橋の隅にしゃがみ込んでしまった。何かあったのだろうか。楓は一度立ち上がると石橋を戻ってきた。こっちに気付くかと思い、体を強張《こわば》らせたが、楓はそのまま川の脇に移動すると再びしゃがみ込んでしまった。

俺の目には川の脇にしゃがみ込んだ楓が映っている。予知で見たのはこの場面だ。俺は急いで駆け寄っていった。

その時、楓は川に手を伸ばしていた。体はふらふらとしていてすでに川に落ちそうになっている。俺が楓のもとに着く寸前、楓が足を滑らせて川に飲み込まれそうになった。川を流れる濁流の音が一瞬だけ遠ざかって、楓の動きがスローモーションに見えた。楓に手を伸ばす。

届いた。俺が楓の手を取った瞬間に時間が通常のスピードで流れ出した。

「うわ」と楓が声を上げて、二人で土手にしりもちをついた。手に持った俺の青い傘は地面に落ち、楓の赤い傘は川に流されてしまった。しりもちをついたせいでお尻は濡れて、手には濡れた草と土の感触があった。もう少しかっこよく助けられれば良かったが、そううまくはいかないらしい。でもとにかく間に合って良かった。

「亮君？」なんでここにいるのといった表情だ。

「大丈夫？」

「うん。ありがとう」

「傘流されちゃったね」

「あ……どうしよう！」

楓は膝をついてまた川を覗き込んだ。でももうそこに傘はなかった。勢いよく流されて橋の下に飲み込まれたのだろう。橋付近の濁った水は飛沫《しぶき》を立てている。橋の下に入れなかった濁流が溢れているようだ。水位は橋の上に迫っていた。

「傘は諦めるしかないみたいだね」

こちらに向き直った楓は泣きそうな顔をしていた。

「ところでここで何してたの？」

「あれ」

楓が指さした場所にあったのは、瓶だった。木の枝にひっかかってクルクルと回転している。中にはピンクの花が入っているようだった。濁った川の中でもそれはとても綺麗に見えて、確かに目を引いた。

「あれを取ろうとしてたの？」

「うん」

楓はまだ諦めていないみたいだ。そこまでして取りたい何か大切なものなのだろうか。

手を伸ばせば届きそうな距離だった。川縁ギリギリにしゃがんで、右手を伸ばす。届きそうで届かない。あと少しで届きそうなのに。右肩をさらに前に出すようにして伸ばすと瓶に中指の腹が触れた。そして、中指で引き寄せるようにして瓶を拾い上げた。

「取れた！」

そう言って瓶を楓に見せようとした瞬間に左足が濡れた土を抉《えぐ》るようにして滑った。バランスを崩して、体が川の方に傾く。瓶は離さなかった。

——瓶を持った方の腕を誰かに摑まれた感覚があった。楓の手ではない。もっと大きな手だった。

「よっと」という父の声がした。俺は父親に土手へと引き戻された。

「お父さん！」

「大丈夫か？」

「うん。なんでいるの？」

「分かるだろう？」父はこっそりとそれだけ言った。きっと予知したのだろう。

「二人ともここは危ないからこっちに来なさい」

父に連れられて、石橋の前に戻る。怒られるかと思ったが、そうではなかった。

「楓ちゃん怪我《けが》はない？」

「はい」

「亮は？」

「大丈夫」

「そうか良かった」

「はいこれ」俺は川から拾い上げた瓶を彼女に渡した。

瓶の所々に土が付いているものの中に入っていた薄いピンクの花は萎《しお》れることなく五枚の花びらをいっぱいに広げていた。

「ありがとう」

「それじゃおじさんと亮で送って行くよ」

三人で楓の家に向かった。俺の傘を父が使い、父の大きな傘を楓と二人で使った。

父が事情を簡単に説明すると、楓の母親からは大げさなくらいお礼を言われた。

楓を送り届けてから、父と帰る。

「女の子を助けるなんて偉いじゃないか」

「結局お父さんに助けられたけどね」

「親が子どもを助けるのは当たり前のことだ」

「っていうか予知してたなら傘をもう一本持ってきてよ」

「亮もな？　予知で見たんだろう？」

「そこまでは見えなかったよ。お父さんが来るのも知らなかったし……」

「そうか。お父さんの予知でも自分の分の傘しか持ってなかったんだ。それに亮も楓ちゃんと相合い傘ができて良かったじゃないか」そう父にからかわれたのだった。

3

「いってらっしゃい。また後で」父と母に見送られて家を出た。

神社に植えられた桜が満開になっている。境内に敷かれた砂利の所々に桜の花びらが交じっている。今日から高校生だ。

舞花高校。楓とは同じ高校に入ることができた。クラスは一年五組。クラスメイトの名前が書かれた紙には楓の名前もあった。

自分の教室に行くともう楓は窓際の一番後ろの席に座っていた。

楓は小学生の頃と同じく長い髪の一部を細い三つ編みにしていた。開いた窓から吹く風にその綺麗な髪がなびいている。絵になる情景だった。

ずっと見ていたいと思ったけれどそうもいかない。教室の後ろのドアから入って、まっすぐ楓の席へ行って声をかけた。

「よ。またよろしくな」

「うん……よろしく」

やっぱりどこかそっけない。気が付くとこんな感じになっていた。小学生の頃はもっと仲が良かったのに。どこで嫌われたのだろうか。予知が本当になるのか不安になってきていた。

取り付く島もなさそうなので、すぐに自分の席へと向かった。自分の席は窓際の一番前だった。鞄を机に置いて、席に座る。窓から心地よい風が入ってくる窓際の席は好きだった。

一年五組の担任は三十代の比較的若い女性の教師だった。おっとりとした声をしていて、話すのもゆっくりだ。入学式後のホームルーム中。担任が教壇に立って学校生活での注意事項を話している。

「アルバイトはしてもいいですけど、申請が必要になります。申請書は生徒指導室にありますので、自分で取りに行って提出してくださ……」

その声が一瞬歪《ゆが》んで視界が切り替わった。予知だとすぐに分かった。

だがおかしい。それは六歳の頃に見た予知と同じ場面だった。

七月二十七日、音見川の花火大会。町を見下ろす風撫で丘。楓と一緒に空を見上げる俺がいる。でも四尺玉が上がった時、告白したのは俺だった。

場面が切り替わる。知らない部屋で楓が眠っている。楓はベッドの上で目を覚ますと部屋の入り口近くの壁に掛けられているカレンダーに目を向けた。そして、仰向きに戻ると「二週間後」と言った。

次の瞬間にはまた場面が切り替わって元の教室に戻っていた。

頭の中は混乱していた。担任は教壇に立って話を続けているが内容はまったく頭に入ってこない。俺は考えを整理するために目を閉じた。

六歳の時にした予知とは違い俺が楓に告白していたこと。これはおかしい。同じ四尺玉が上がる場面で、楓が告白する予知と俺が告白する予知。これら二つの予知が存在するなんておかしい。

それからおかしいことがもう一つ。どうして楓が目を覚ます場面を予知したのか。告白の場面と楓が目を覚ます場面に関連があるとしたら、今見たのは楓が俺に告白される夢を見るという予知だったのではないだろうか。

自分が予知をできるから考えてしまうのだろうか。もしかして楓も予知ができるのではないだろうかと。

その日は入学式とホームルームだけで授業はなく、早く学校が終わった。高校へは徒歩通学で、その日は中学の時からの男友達と一緒に帰った。下校中も頭の中は予知のことでいっぱいだった。早く父に相談したい。

楓に予知ができるなんてあり得るのだろうか。楓に予知ができるとしたら、どこかで俺は予知を変えてしまったのだろうか。だとしたら、俺は予知能力を失ってしまうのだろうか。頭の中で考えがぐるぐると巡る。

友達と別れてからは走って家へ帰った。両親も入学式に出席するため学校に来ていたのだが、家に着くと両親ももう帰宅していた。

「おお、おかえり。早いな」

「父さん、ちょっと話をしたい」

「お、なんだ？　予知のことか？」

「そうだけど、予知してたの？」

「いや、お前がそういう顔で話してくる時はいつも予知のことだからな」

「そんな顔ってどんなだよ」

「そんな顔だよ」

誰もいない和室に移動すると四角い座卓を隔てて座った。

どう話そうかと一瞬悩んだけれど、父には楓に告白される予知のことを六歳の時に話している。そこで、今日学校で見た予知のことを父に事細かく説明した。

そして、楓が予知能力者だということはあり得るのか聞いた。

「双見家はもともと巫女《みこ》の家系なんだよ。うちと違ってもう神社はなくなってしまっているんだけど、そういう家系だからあり得る話だな。前にも話したが、父さんたちの予知能力はこの神社の神主の家系であることが関係しているらしいんだ。お祖父《じい》ちゃんに聞けばもっと色々分かるんだろうが、この町の巫女の家系である楓ちゃんが予知をできたって驚きはしないよ」

俺にとっては驚きだった。これまで自分の家族以外に予知ができるなんて話は、オカルト的なものしか聞いたことがなかった。それも将来付き合うかもしれない女の子が予知能力者で、そして、同じような場面を予知することになるなんて、思ってもみないことだった。

もう一つの質問。楓が予知能力者だとして、二つの矛盾する予知なんてあり得るのか。俺が見たのは彼女が俺に告白をする場面。楓が見ることになるのは、同じ日、同じ場所で俺が彼女に告白する場面だ。

「それは父さんにも分からないな。予知は変えることができる。だから亮の予知がこの十年の間に変わってしまった可能性はある。ただ予知を変えるというのは意志をもってすることだ。予知を変えようとしたなら別の話だが、そうじゃないならそんな簡単に変わるものでもないだろう。本当にその二つの予知に矛盾があったのか？　よく思い出してみるんだ」

二つの予知に矛盾がない？　でもあれは同じ場面だった。音見川の花火大会。四尺玉が上がった時にどちらの予知でも好きだとそれぞれが言っていた。矛盾がないとしたらどういうことだろう。

「ありがとう。考えてみるよ」

俺は矛盾を解明できないかと頭を捻ったまま和室を出た。

「また聞きたいことがあったらいつでも聞けよ」後ろで父の声が小さく聞こえた。

俺は小学生の頃からずっと楓のことが好きだ。だから楓が見ることになる予知の通りに俺が楓に告白するのは問題ない。でもそれだけでは自分の予知を変えることになり、俺は予知能力を失ってしまう。子どもの頃、川に落ちそうになった楓を助けることができたのは、予知のおかげだ。予知能力を失ってしまえば、もう大切な人を助けることができないかもしれない。だから二人の予知を矛盾させるわけにはいかない。

その後も自室のベッドに寝転がって考えてみたが、答えは見つからなかった。

それから一週間、毎日二つの予知について考えていたが、やはり矛盾しているとしか思えなかった。

高校生活にも慣れ始めて、新しい友達もできた。部活はまだ見学も始まっていないが、中学生の頃と同じサッカー部に入る予定だ。部活がないと家に帰るのも早い。

家に着いて玄関の扉を開けると母が目の前にいた。

「お、びっくりした。ただいま」

「おかえり。ちょうど良いところに帰ってきたわね。これ母屋に運んでくれない？」

玄関にはサイダーの箱が置かれていた。別の町に住んでいる母方の祖父からよく貰《もら》うもので今回も送られてきたのだろう。

「分かった」そう答えて鞄を玄関に置くと缶のサイダーが詰まった段ボール箱を持ち上げた。段ボールには「250ml×30本」と書かれていた。だいたい七・五キロか、と頭の中で計算する。

母屋は家のすぐ隣にある。母屋まで続く飛び石を足元に気を付けて渡り、段ボールを片膝に載せるようにして持ったまま母屋の扉を開けた。誰もいない。段ボールを和室の床の間の前に置いてから、リビングに行くと祖父がいた。いいつもつけているラジオを消して、何かしているみたいだ。

「おお、亮か。これ食べるか？」祖父はこちらに気付くとそう言って机に置いてあったよく分からない和菓子を差し出してくる。

「いや、甘いの苦手なんだ。またサイダー貰ったみたいだから、床の間の前に置いといたよ」

「おお、そうかそうか」サイダーを特別好きなわけではないだろうがそう言って祖父は笑うのだった。

「それ何？」祖父の目の前の机に置かれている花火の写真がちらっと見えた。

「おおこれか？　これはな、去年の花火大会の写真じゃよ」

「へー誰が撮ったの？」

「誰ってそりゃ写真屋さんじゃ。わしが撮ったら、花火が二つになるからの」

「ブレて？」俺は笑って言う。

「そうじゃの」祖父も笑う。

「さすがプロ。綺麗に撮れてるね」

祖父は満足げに頷《うなず》いた。

「ここから今年の花火大会のチラシに載せる写真を選ぶんじゃよ」

「これ、去年の花火大会のチラシ？」

チラシには花火大会の目玉である四尺玉の上がっている写真が全面にプリントされていた。一昨年の四尺玉はオレンジ色で一部が赤色の花火だったようだ。

「そうじゃ。やはり目玉の四尺玉が良いかのう？」

この前の予知で見た四尺玉を思い出す。オレンジ色の筋が大きく広がり、最後にいくつものピンク色の小さな光がキラキラと輝いて消えていく花火だった。

俺が六歳の頃に見た予知を思い出してみる。同じ四尺玉。オレンジ色の筋は同じ。でも最後にキラキラと光っていたのは確か緑色だったと思う。

二つの予知で見た花火は別のもの？　つまり別の花火大会だった？　いや、この付近で花火大会は他にない。あの風撫で丘から四尺玉が見られるのはこの花火大会だけだ。

同じ音見川の花火大会でも別の年だったとか？　いや、楓の部屋にあったカレンダーは今年のものだったし、楓は二週間後と言った。少なくとも楓はあの予知を今年の花火大会だと思っているはずだ。予知能力者が年を間違えるとは思えない。

だとすると……。

「お祖父ちゃん、音見川の花火大会って、四尺玉が最後に一発上がるんだよね？」

「そうじゃよ」

「必ず毎年一発だけ上げるんだよね？」

「そうじゃよ」

「二発上げることってできるのかな？　お祖父ちゃんが撮ったらブレちゃう写真みたいに。まぁ同時にじゃないいんだけど」

「へ？」祖父はかけたメガネがずれて、少し間抜けな顔でこちらを見ていた。

音見川の花火大会は何十年も前から毎年開催されている伝統ある花火大会で、うちの先祖の神主がこの町の発展と霊を鎮めるために始めたのがきっかけだったらしい。それで規模が大きくなった今でも、この花火大会には、祖父が実行委員として携わっている。だから祖父がチラシの写真を選んでいたのだ。チラシはまだ作られていないが、花火のプログラムは毎年のことなのである程度もう決まっているらしい。

四尺玉を二発打ち上げてほしいのは、六歳の時の予知に関係しているのだと祖父に話すと実行委員会を招集してくれることになった。

祖父は当日意気込んで、実行委員会の集まりに出掛けて行った。今自分にできることはない。帰って来るだろう時間を見計らって母屋に行き、縁側に座って祖父の帰りを待っていた。庭には祖父がよく手入れをしている松や手水鉢《ちょうずばち》があり、趣のある風景でここにいると落ち着く。

しばらく待っていると、後ろで気配がした。リビングに行くと祖父が帰ってきていた。その表情は芳《かんば》しくない。話し合いはうまくいかなかったようだ。

まだ正式にプログラムは決まってはいないが、四尺玉を二発打ち上げるという急なプログラムの変更はなかなか難しいようだった。祖父の提案を無下にはできないが、規格外の大きさの四尺玉というのは一発上げるだけでも大変らしい。

四尺玉というのは一時は世界最大だった花火で、打ち上げるには予算、安全面と様々な障害がある。花火師に一応、問い合わせてはくれるようだが、難しいだろうとのことだった。四尺玉は一年近く前に発注しておくんだとたしなめられたらしい。

「亮、すまんのう」

「そっか。お祖父ちゃん、無理言ってごめんな」

祖父は孫である俺の期待に応えられなかったのがよっぽど辛《つら》いらしく、自室に戻っていく背の高い後ろ姿は、しぼんだように小さく見えた。

「どうするかなぁ……」

安全面は元々一発は打ち上げる予定だったのだから、クリアできているはずだ。

予算の面は自分一人ではどうしようもない。四尺玉は一発二五〇万円以上するらしい。うちの学校ではアルバイトは申請さえすれば、許されていると担任は言っていたが、花火大会まで三か月ほどしかない。二五〇万円という大金を用意することは到底できない。

そして、そもそも四尺玉を用意できないならば、お金をいくら積んでも四尺玉を二発打ち上げるということは実現できない。

夕食後、リビングのソファでぼーっとテレビを眺めていた。

「はぁ……」大きなため息が漏れた。

「聞いたぞ、花火のこと」父がソファの後ろから声をかけてきた。

「うん、ダメっぽい」俺は振り返って答えた。

「でも矛盾の方は解明できたんだろう？」

「解明っていうか、これなら矛盾は生まれないかなって思っただけで、実際にそうなのかは分からない」

「亮が言うならその通りなんだろう。亮が予知したことだ。正解を見つけるというより、答えを出すんだよ、亮が。それが正解だよきっと」

「そういうもの？」

「そういうものだ。それで四尺玉を二発上げたいんだって？」

「そうなんだけど、難しいみたいで」

「後悔しないようにしなさい」父に背中を押されたような気がした。

こうするべきだと思っていたことがある。

「花火師に会いに行こうと思う」

父は満足げに頷いた。それでこそ俺の息子だとでも言いたげに見えた。

父によると、音見川の花火大会のすべての花火を作っているのは宮守煙火《みやもりえんか》という会社でこの町の山間にあるらしい。事前に電話をかけてアポイントを取っておいた。一宮という名前を出すとすんなり会ってくれることになった。

4

桜は散り、町の風景に緑が増えた頃、俺は自転車を漕《こ》いで宮守煙火に向かった。気温は暑くもなく寒くもなくちょうど良い。風を切って走るのは気持ちが良かった。

宮守煙火は自転車で行くと五十分はかかる。スピードを落とさず軽快に漕いでいく。住宅街を出ると景色からだんだんと建物が減っていき、畑や田んぼが増えていった。道路脇には畑が続き、イチゴが実をつけている。

さらに進むと木々が増えていき、ついには山道に入った。山道に入っても道路は整備されていて、日差しもよく射《さ》し込むくらい視界は開けていた。ただし、傾斜はだんだんときつくなっていき、自転車を漕ぐスピードは落ちていく。気持ちが良いのは最初だけだった。汗だくになって、最後には自転車を押してやっと宮守煙火にたどり着いた。

第一印象はキャンプ場のような山の中にある開けた場所。会社の門には、宮守煙火と表札が掛けられている。門は開いていて、人の気配はなかった。今日は休みだろうかと思いつつ、門を通り、中に入る。

敷地内には点々といくつもの小屋が建てられていて、その中に他よりは大きな建物があった。その建物には木でできた看板が取り付けられていて、事務所と書かれていた。下の方にはお客様はこちらへどうぞと小さく書かれている。

看板に従って、その建物に入った。強い日差しの中から建物に入ったためだろうか、建物の中は暗く感じられた。

「すみません」人の気配がないので、大きめの声で呼びかけてみる。

すると受付の奥、デスクがいくつか並んだ部屋のさらに奥から、三十代後半くらいの男性が現れた。細身で背筋を伸ばしてすらりと立つ姿が印象的だった。神主の着る装束を着たら、絵になるだろうなと思った。

「こんにちは」

「こんにちは、一宮さんですか?」事前に電話を入れていたので待っってくれていたのだろうか。

「はい。そうです」俺は答えた。

彼は鈴木勝馬《すずきかつま》という名前で宮守煙火の社長をしている人だった。

鈴木さんは社長室に案内してくれた。その部屋には様々な大きさの打ち上げ花火の玉がショーケースに展示されていた。ショーケースの一番下の段には三尺玉が置かれていて、一緒に置かれた札には外径九十センチと書かれている。三尺玉はかなり大きく、どっしりと台座に置かれている。だが四尺玉はこれよりも大きいのだ。

「それで、四尺玉を二発上げたいとか」

社長室のソファに机を隔てて座ると鈴木さんが口を開いた。

「はい。無理を言っていることは承知なのですが……」俺が答えた。

「何か理由があるようですが、お話しいただけますか？」

予知のことを話しても、信じてもらえないだろう。どうしようかと思い、黙り込んでしまう。

「予知をしたとか？」鈴木さんが先に口を開いた。その言葉に俺は固まってしまい、額に汗が滲むのが分かった。

「どうしてそれを知っているのですか？」間が空いた後、そう言葉を絞り出した。

「いや一宮家の方だったので」そう言って彼は苦笑いした。

「それは……どういうことですか？」

「鈴木家は昔、双見家の巫女に仕えていた一族なんですよ。だから一宮家の方の予知のことも伝え聞いています」

「それは……初耳です」

予知のことは話しても信じてもらえないし、無用なトラブルに巻き込まれる可能性もあるため、口外しないように父から言われていた。それを知られているとなると、多少恐怖を抱いてしまう。

「ご心配なさらずに。誰にも話したりしていませんよ。そもそも話しても信じてもらえないでしょう。それでどんな予知だったのですか？」

告白する、されるの話をするのはかなり恥ずかしいが、矛盾を解決するためには四尺玉がもう一発どうしても必要だ。それに嘘《うそ》をついて四尺玉を打ち上げてもらうなんてことよりはずっとマシだと思う。

意を決して、俺は予知で見たことを鈴木さんに話した。楓が予知をするということも。二人の予知が矛盾していて、その矛盾を解消するためには二つの四尺玉が必要だということも含めてすべて話した。

彼は顎《あご》に手を当てて数秒考えた後「なるほど」と一言呟いて、窓の方へ歩いて行き、外を眺めてまた何か考えているようだった。

しばらく待っていると鈴木さんはこちらを振り返ってこう言った。

「分かりました。何とかしましょう」

鈴木さんはソファに座り直すと昔話を一つ聞かせてくれた。

「今から約千年前のことです。この地域には二つの神社がありました。一つは一宮家の一宮神社。そして、もう一つが双見家が巫女を務めていた双見神社です。その当時から二つの神社の神主と巫女には予知の能力がありました。昔の方がその能力は強く代を重ねるにつれ、しだいに弱くなっていったようです。

その双見神社の巫女に仕えていたのが、私の先祖でした。これはその先祖の時代から鈴木家に伝わる話です。一宮家の神主と双見家の巫女は恋をしていました。それは禁断の恋でした。なぜなら双見家は代々婿《むこ》養子を取ることで双見家の女性に宿る予知能力を継承していたからです。一宮家の男を婿養子に取ることは一宮家にとっては予知能力者を失うということ。双見家の女性が一宮家に嫁に行くということは双見家にとっては予知能力者を失うということ。お互いの家にとって、二人の結婚は避けねばならないものでした。その当時の双見家の巫女は特に予知能力が強く、人の過去や遠い未来を見通し、さらには時代を超えて影響を与えられるほどの能力がありました。その予知能力のことを本人は『夢の雫《しずく》』と呼んでいたそうです。なんでも、眠ると夢の中で色んな場面が映った雫が雨のように天からたくさん降ってきて、見上げた目に雫が落ちると、その雫に映っていた世界が見えるからだとか。彼女は千年後の未来には星のように光る花が空いっぱいに咲いていると言ったそうです。鈴木家が代々花火師をしているのは、彼女の予知を守るためでもあります。もちろん彼女はもうこの世にはいませんが、その予知を守るのが、鈴木家の役目になったのです。結局、二人の恋は叶いませんでした。一宮家の神主の方が、双見家の巫女に別れを告げたからです。家を優先したようですね。悲しい話です」

話し終えると鈴木さんは湯呑《ゆの》みを啜《すす》って続けて言った。

「だから一宮家と双見家の二人の恋ならば結ばれてほしいという思いがあります。こちらに来てください」

鈴木さんは俺をある場所へ案内してくれた。建物の外へ出て、山の中へ入っていく。

山に入って三分ほど歩いたところに小屋くらいの大きさがある祠《ほこら》があった。その祠は最近建てられたかのように真新しい木が使われており、手入れが行き届いた印象だった。

「これは双見家の巫女を祭った祠なんですよ」

鈴木さんが鍵を開けて扉を開くと、先ほど社長室で見たような花火の玉が奥の方に鎮座しているのが見えた。違うのはその大きさだ。先ほど見た、どの花火の玉よりも大きかった。

「これが四尺玉ですよ。大きいでしょう？　外径は一二〇センチあります」

「すごいですね。でもどうしてここに？」

「なぜそうなったのか私にも分からないのですが、宮守煙火ができてから、毎年、その時代に作れる一番大きな花火の玉をここに奉納することになったようです。それから双見家の人間が必要になったらこれを使うようにと伝わっています。一宮さんの予知も双見家に関わることのようですから」

誰かの予知が関わっているとしか思えなかった。一宮家か双見家の人間の予知か、はたまた別の神社の誰かのものか。

「それじゃ、この四尺玉を打ち上げてもらえるんですか？」

鈴木さんは「ぜひ」と言った。

花火は手間暇をかけて作られる。四尺玉となればなおさらである。その花火をここに奉納するだけで打ち上げないのは、花火師としては思うところがあったのだろう。花火は打ち上げるために作られる。数か月かけて作ったものが一瞬のうちに消えてなくなる。だが、花開くその瞬間のために、愛情をもって作られるのだ。

そのあとはとんとん拍子に事が運んだ。プログラムの急な変更には祖父が尽力してくれた。鈴木さんが四尺玉を無料で提供してくれたこと、そして、ぜひ四尺玉を二発打ち上げることに挑戦したいということで、他の実行委員をうまく説得できたようだ。

七月に入ると俺は花火大会の準備を手伝うようになっていた。花火大会のチラシの写真を祖父に選ばせてもらい、出来上がったチラシを自転車で町中の掲示板に貼って回った。掲示板に貼る度に自転車のカゴから一枚一枚チラシが減っていくのが楽しかった。花火も作れない、お金も用意できない、会議にも参加できない自分でも役に立てている実感があった。

あとは、楓を花火に誘って、当日を迎えるだけ。

一つ問題があるとすれば楓と花火大会に行けるほど仲が良いとは言えないこと。花火大会までに楓と少しでも親しくなっていたかった。急に花火に誘って断られたら、予知は二つとも実現しない。それに単純に仲良くなりたいという思いもあった。

でも普段から楓とは挨拶くらいしか会話がない。楓は朝、学校に来るといつも俺の席近くの渡辺美沙というクラスメイトの席に来て、話をしている。その時に「おはよう」と挨拶をするだけだった。

七月十三日。楓が予知を見ただろう日。楓はまだ登校してこないかと教室の入り口が気になってしまう。

するとちょうど楓が教室に入って来るのが見えた。すぐに目を逸《そ》らして、友達との会話に戻る。

楓はいつもなら自分の席に鞄を置くと、すぐに渡辺のところまで来るのだが、今日はなかなか来ない。

気になって後ろを振り返ると楓は何をするわけでもなく、ただ自分の席に座っていた。

やはり楓は予知をしていて、それが影響しているのだろうか。探りを入れてみることにした。俺の席で一緒に話をしていた友達には悪いが、俺は自分の席を立って、楓の席へ歩いて行った。

いてみる。

「どうしたんだ？」ここで予知のことを話してくれるとは思わないが、一応聞

「え？　どうしたって？」

「いや、お前いつも渡辺としゃべってるじゃん。喧嘩でもしたのか？」

渡辺の方を見るが、スマホに夢中になっているようだ。

「いや、そうじゃないけど」

「じゃあ熱でもあんのか？」

楓の顔が赤くなっているように見えた。予知のせいか、ただ単に体調が悪いのか、確かめるように俺は楓の額に手を当てようと近づけた。

――パチン。楓に手を振り払われてしまった。そして「大丈夫だから」と冷たく言われてしまった。

振り払われた手は痛くはなかった。楓の方が痛かったんじゃないかと心配になったくらいだ。失敗した。女の子に気軽に触れようとするなんて、小学生の

ふざけ合っていた頃とはもう違う。

「そっか」俺は自分の席に戻って友達に「悪い」と謝ってまた雑談を始めた。

結局その後、楓と話すことなく家に帰った。

5

「どうして亮は楓ちゃんを好きになったんだ？　予知で見たからか？」

手伝いで神社の本殿の掃除をしていると、父にそう聞かれた。

「何だよ急に」正直、好きな女の子の話を親にしたくない。ただ、予知で見たから好きになったというのは否定したかった。

「意識はしたけど、そうじゃないよ」

「じゃあどうしてだ？」

「いいだろ、別に」

父とは別の場所の掃除を始めようと、はたきで柱を掃除しながら移動しようとすると父が話し始めた。

「父さんはな。母さんの料理に惚《ほ》れてしまってな」

「いいよ。言わなくて。恥ずかしい」

父は話し足りないといった様子だったが、自分の好きな子の話以上に親の恋愛話を聞くのは照れくさかった。

楓を好きになったきっかけなんてなかった。川で楓を助けてから、いつの間にか楓に視線が向かっている自分に気が付いて、それで好きなんだと分かった。小学生の恋なんてそんなものだ。

明日から夏休みという登校最終日。

この前、手を振り払われてしまってから、楓と話すことはなかった。お互いに話しかけづらい雰囲気を感じていると思う。

だから未《いま》だに楓を花火に誘えないでいた。誘って断られたなら仕方がない。でも色んな人に協力してもらっている以上、結局誘えなかったなんていうのは許されない。

登校前の朝、玄関の上がり框《かまち》に座って靴を履いていると目の前のドアが歪んで、場面が切り替わるようにして新たな光景が目に映った。

今日七月十九日、朝八時十八分。通学路。俺は走っていた。目の前には楓の背中が見えている。視界の隅には軽トラックも映っている。道路に飛び出していく楓。俺は楓に向かって手を伸ばした。

そこで再び場面が切り替わると、元いた家の玄関に戻っていた。

スマホをポケットから取り出して、ロック画面を表示させる。八時十二分だった。今見た場所までなら走れば間に合う。楓が軽トラックに轢《ひ》かれる場面は見ていない。しかし、何もしなければ轢かれてしまってもおかしくはない。

夏本番を迎えた七月半ば。汗がだらだらと体中から流れ出るのを感じながら走った。登校する他の生徒を追い抜いていく。

息が切れてきた時、目の前に楓の後ろ姿が見えた。後ろから分かるくらいに楓はふらふらと歩いている。いっそう走るスピードを上げる。楓の目の前にはもう道路があった。俺は後ろから楓の腕に手を伸ばして、引き寄せた。

「危ないだろ！　バカかお前！」思わず大きな声を出してしまった。怖がらせてしまっただろうか。でも言わずにはいられなかった。

目の前を軽トラックが通り過ぎて行った。こうやって楓を助けたのはこれで二回目だ。

「ごめん」楓は驚いた様子でこちらを見るとそう言って俯いた。

楓と一緒に学校へと向かう。学校までの道のり、俺は常に車道側を歩くことにした。また道路に飛び出されたら堪《たま》ったものじゃない。心配で仕方がなかった。

「ねぇ」半歩後ろを歩く楓が口を開いた。

「ん?」

「あの……ごめん」

「いいよ。さっきも謝っただろ?」

「うん。でも今日のことと、この前のことも」

「この前ってなんかあったか?」

「この前教室で一宮君の手を振り払ったでしょ」

「ああ、あれね。あれは俺が悪かったからな。気にするな」

「うん」

「そんなことより、気を付けて歩けよな。子どもの時から言ってるけど」

「分かってる」

「分かってなかっただろ? あとごめんじゃなくて、ありがとうだろ? こういう時は」

「うん……ごめん……じゃなくてありがと」

もう少しで学校に着いてしまう。生徒指導の先生が校門の前に立っているのも見える。こんなに早くからいるのは、遅刻する生徒に目を光らせているだけじゃなく、防犯対策も兼ねているためらしい。そんな先生には悪いが、楓と二人でいる時間を邪魔されているみたいだ。

誘うなら今しかない。助けたことを少しくらい利用したって罰《ばち》は当たらないだろう。

「それじゃお礼に今度、俺と一緒に花火を見に行ってくれないか？」

「え？」

「お礼だから、断んじゃねーぞ」

「分かった」楓は間を置いてそう言った。

少し強引だったかもしれないが仕方がない。内心ガッツポーズをして、校門を通り抜けた。

七月二十四日、花火大会三日前の夜。

待ち合わせ場所と時間を決めるため、楓に電話をかけた。

「もしもし」

「はいっ……」五回目の呼び出し音が鳴った時、楓が電話に出た。

「あのさ、待ち合わせ場所と時間を決めようと思って」

「うん」

「風撫で丘の上で観《み》ようと思うんだけど、待ち合わせは風撫で丘の石段の前でいいかな？」

「うん、大丈夫」

「じゃ六時半に風撫で丘の石段の前な」

「分かった……あのさ、服ってどうする？」

「服か……浴衣とかどう？」六歳の時の予知と最近見た楓の予知のどちらも、二人は浴衣を着ていた。

「うん、浴衣いいよね……そっちも着てきてよね、浴衣」楓の声が弾んだかと思うと、今度はややぶっきらぼうになる。

「分かった……じゃ六時半に風撫で丘の石段の前な、浴衣で」

「うん……六時半に風撫で丘の石段の前、浴衣で」電話越しでも楓が微笑むのが分かった。

七月二十七日、花火大会当日。

待ち合わせまでは時間があったが、すでに浴衣に着替えていた。選んだのは黒色の浴衣。団扇《うちわ》で顔を扇《あお》ぎながらリビングに行くと父と母がいた。

「あら、浴衣似合ってるじゃない。花火行くの？」母がリビングに入ってきた俺を見て言った。

「うん」

「誰と？」

「誰でもいいだろ」

「女の子？」

「いや」

「まぁまぁ」父が助け舟を出してくれた。

「遅くならないようにね」母もしつこくは聞かなかった。

冷えた麦茶を飲んでから、リビングを出て、自室に戻るために階段を上る。

その途中で、眩暈《めまい》がした。一瞬目の前が暗くなり、視界が切り替わった。

今日七月二十七日。午後六時三十五分。音見川の河川敷。花火の打ち上げ場所だ。花火師たちが立ち尽くしている。鈴木さんもいる。花火を打ち上げるための筒が、地面に転がっている。場違いの不良五人組が笑いながら去っていった。

次の瞬間に意識は自宅の階段に戻っていた。さっき飲んだ麦茶がすべて汗になって出てきたんじゃないかと思うくらい汗だくになっていた。

花火に関する三つ目の予知だ。花火すら上がらない。そして、自分はその場にはいなかった。花火大会が中止になるのを止める予知ならばよかった。だが見たのはそうじゃない。ただ花火大会が中止になるかもしれないという予知。だが四尺玉が上がる予知と花火大会が中止になる予知。どちらが現実になってもどちらかの予知を変えることになる。どちらを選んでも俺は予知能力を失ってしまう。

ただし、花火大会が中止になれば、楓も予知能力を失うことになる。

リビングに戻れば父がいる。母屋に行けば祖父がいるだろう。相談できる相手は近くにいる。こんな予知はあり得るのか、どうすればいいのかと相談できる。俺と楓の予知のように矛盾を解消することができるかもしれない。

俺は——玄関に向かった。下駄を履いて、家を飛び出す。

向かうのは母屋でもない。音見川の花火の打ち上げ場所だ。相談している時間はない。矛盾を解消なんて悠長なことは言っていられない。自転車に飛び乗って、足に精一杯の力を込める。さっき玄関の時計で見た時刻は午後五時五十五分。楓との待ち合わせは午後六時三十分。ここから打ち上げ場所までは自転車で二十分ほど。往復で四十分。待ち合わせ場所までは自宅から歩いて三分ほど。帰りに直接行けばもう少し早く行ける。それでも間に合わないかもしれない。とにかく全力で向かう。

この前、チラシを貼り付けた掲示板の横を通り過ぎていく。スピードを保ちながら考えるのはどの道を通れば最短でたどり着けるか。チラシを貼り回った時に通った細い道は近道だ。

その細い道を通り抜けると視界が広がった。空が遠くまで見える。音見川の河川敷はもう目と鼻の先だ。でもここから先へは進めない。車止めの柵と立ち入り禁止の看板が設置されている。立ち入り禁止区域だ。

花火大会では立ち入り禁止区域が必ず設定されるが、規格外の大きさである四尺玉を打ち上げる音見川の花火大会では通常の花火大会よりも立ち入り禁止区域が広く設けられている。

浴衣の袂《たもと》からスマホを取り出して、時間を確認する。午後六時十分。頑張った方だろう。

これまでの予知は自分の行動も予知として見ることができた。でも今回は違う。予知を変えるということは、自分で未来を選び取ることだ。予知通りに行動することはできない。目標も、それに向かってどう行動するのかも、自分で決めなくてはならない。スマホを自転車のカゴに入れて、打ち上げ場所にもっと近づける道を探すため引き返す。

自転車を一八〇度回転させて、もう一度乗ろうとした時、前からこちらに歩いてくる集団がいることに気が付いた。先頭の男以外は俺よりも年下に見える。不良五人組といったところだろう。予知で見たのはこいつらだと確信した。

俺は自転車に乗るのをやめて、自転車を押しながら声をかけた。

「こっちは立ち入り禁止みたいだぞ」

「だから？」先頭を歩いていた体の大きな男がこちらに鋭い目を向けながら言った。

「ここまで来なくても分かるように教えてやっただけだけど？」俺も言い返す。

すると先頭を歩いていた男は、ゆっくりとこちらに向かってくるとわざと肩をぶつけるようにして、俺の横を通り過ぎた。他の男たちもぶつかりはしないが、先頭の男に続いて俺の横を通り過ぎていく。

俺は自転車から手を放して、振り返り、先頭の男の肩を摑んだ。自転車が倒れる音がした。ずっと聞こえていたセミの声が一瞬途切れた。そして、また鳴き始める。

「だからそっちは立ち入り禁止だ。なぁ立石《たていし》、三上《みかみ》？」

俺の横を通り過ぎていなかった男が俺の後ろに二人いる。中学の時のサッカー部の後輩だ。立石は背が俺よりも高く、体の線は細い。陽気な男で後輩の中でムードメーカー的な存在だった。三上は俺よりも背が低く、体は小さい。目立ちはしないが、周りとうまくやるタイプで誰とでも仲良くなってしまうやつだった。その分こういう不良とも繫《つな》がりができてしまったのだろうか。

二人ともよく知っているし、部活外で遊びに行くこともあったくらいだから、慕われていた方だと思う。二人が俺に喧嘩を売るところは、全く想像できない。

目の前の男が振り返って、訝《いぶか》しげな視線をこちらに向けてくる。

「悪いことは言わないからここはやめとけ」後ろの二人にも聞こえるように言った。

少し間が空いた後、後ろで三上の声が聞こえた。

「一宮さんがこう言ってるんでやめときましょ」俺の目の前の男に向けられた言葉のようだ。

その男が凄《すご》むと今度は立石が口を開いた。

「一宮さんとは喧嘩できないです。部活のOBなんですけど、お世話になったので」

男の顔は不満そうだが、五人のうち二人が俺の知り合いで、その二人にこんなことを言われれば、無視することはできないだろう。

「急に引き止めて悪いな」そう言って、俺は目の前の男の肩をポンポンと叩《たた》いた。顔を見て、手は出してこないだろうと分かった。

その男は舌打ちをした後「今回だけだぞ」という捨て台詞《ぜりふ》を残して、今度は俺の肩にぶつかることなく引き返していった。残りの二人もそいつに続く。そして、立石と三上は俺に頭を下げてから、三人に付いて行った。

これで花火は上がるのだろうか。俺がいなくなった後、あいつらがまた引き返してきて、ここを越えて行かないだろうか。考えるがその不安を解決する術《すべ》と時間はない。

自転車が倒れた時に地面に放り出されていたスマホを拾って時間を確認すると午後六時十四分だった。ギリギリだな。スマホを浴衣の袂《たもと》にしまうと、自転車を立て直して飛び乗った。来た道を引き返す。最初の曲がり角に差し掛かると右にはさっきの五人組が歩いているのが見えた。そのまま大人しく帰ってくれよと祈りつつ、左に曲がってスピードを上げる。息が切れる。家には帰らず、直接待ち合わせ場所へと向かう。そうしないと楓を待たせてしまうことになる。そうなれば予知に影響が出るかもしれない。

待ち合わせ場所が見えてきた。まだ楓は来ていないようだ。間に合った。速度を落として、自転車を降りた。自転車は待ち合わせ場所から少し離れた木の陰に駐《と》めておいた。

待ち合わせ場所に戻り、乱れた浴衣を直しながら呼吸を整える。

少し落ち着いてきて、一度深い呼吸をした時、楓が小さな歩幅でトコトコとこちらに歩いてくるのが見えた。

目に入った瞬間に見惚れてしまった。

「待った？」そう口にした楓は藍色の地に朱色の金魚がいくつも描かれている浴衣を着ている。髪は結っていて、いつもよりも色っぽく、大人びて見えた。

「いや、今来たとこだよ。浴衣可愛いな」

「そっちもなかなかじゃない？」楓は顔を赤くしてそんなことを言う。

「じゃあ行こうか」手を楓の前に差し出した。楓は少し戸惑った様子で手を差し出してきたので、最後は俺がその手を取った。楓の手は思ったよりも小さかった。女の子の手という感じだ。

小学生になって初めて集団登校をした時、隣の女の子と手を繋いで歩き始めたら、上級生にからかわれたことがあった。手を繋ぐのはそれ以来。その時も手を繋いだ相手は楓だった。

百段はあるだろう石段を二人並んで上っていく。楓の足元を見ると俺と同じく下駄を履いていた。俺は歩みを少し遅らせた。二人の下駄の音が響いているのに加えて、俺には自分の心臓の鼓動が大きく聞こえていた。どうやら緊張しているらしい。

石段を下駄で上るのにも慣れ始めて、視線も足元からだんだん上げられるようになると石段の右脇にある外灯がほんのりと光っていることに気が付いた。石でできた外灯は頂上まで続いていて、とても幻想的だった。

「すごいなここ。夜はこんなふうになるんだ」

「うん」

ここは子どもの頃によく遊びに来ていた場所だ。昼間の風景を思い出してみるが、今いる場所とは似ても似つかないように思えた。

数分歩くと頂上に着いた。頂上は開けた場所になっていて、芝生が敷かれているようだ。下駄で踏み締める地面からは柔らかな感触が伝わってくる。前方に柵を見つけた。予知でいた場所はあそこだ。

二人の足は自然と柵の前へと向かった。柵に近づくにつれて目の前に町の夜景が広がっていく。普段ならもっと暗いのだろうが花火大会の日は屋台と提灯の明かりに町が照らされる。この日だけの特別な風景だ。

「綺麗」楓が息を漏らしたような声で言った。

「屋台の方も行きたかった？」

「ううん。花火で十分だよ」それでも楓の横顔は子どもが好奇心に目を輝かせているようにも見えた。

スマホで時間を確認する。午後六時五十八分だった。あと二分で始まる。

「そろそろ始まるよ」

そう言ってから急に不安になってきた。まず花火大会は始まるのだろうか。そして、ちゃんと四尺玉は上がるだろうか。楓は俺のことが本当に好きなのだろうか。楓は俺に告白してくれるのだろうか。矛盾は解消できるのだろうか。俺は予知能力を本当に失ってしまうのだろうか。不安はたくさんあった。

そんな不安も大きなドンという音と光にかき消された。空には一発の尺玉が上がっていた。花火大会が始まる合図だ。ちゃんと花火大会は始まった。安心感と予知能力を失った現実味のない感覚が入り混じっていた。それでもドンドンと音を立てながら打ち上がる花火は素晴らしく、今だけは予知能力を失ったことは気にならなかった。

「すごいな」思わず声が漏れた。花火はこんなに綺麗だったのか。これまでも花火を見たことはあるはずなのに、そのどれよりも綺麗に思えた。もしかしたら、毎回そう思っているのかもしれない。

楓の方に目を向ける。彼女はどんな顔で花火を見ているのだろうか。そう思ったが彼女はこちらを見ていた。目が合った。花火に照らされる彼女の顔が色っぽく映る。でも俺が告白するのは今ではない。俺は再び花火に目を向けた。

五か所から連続で打ち上げられた花火が空を様々な色に光らせている。

スマイルの絵文字のような花火や、スイカを半分に切ったような緑と赤の花火。これは型物《かたもの》と呼ばれるものだ。最近ではキャラクターの形の花火もあるらしい。

空へ向かう花火の玉は宇宙を目指しているロケットみたいだ。いつ開くのだろうと思っているうちにどんどんと高く上っていく。そして、ドンという音とともに大きく花開く。高く上がれば上がるほど、大きな花が咲く。

中盤には音が鳴り止《や》まないくらい連続でたくさんの花火が上がった。スターマインだ。花火が開く前に次々と花火が打ち上げられていく。空では花火が続けざまに色と形を変えていった。息を呑むほどの迫力だった。

それから約一時間、二人並んで花火を楽しんだ。四尺玉が打ち上がるのはそろそろだ。固唾《かたず》を呑んだ。

ひゅーという一際大きな音が鳴り、オレンジ色の小さな光が空に上がっていく。本来なら最後の四尺玉。でも今日は違うはず。他のどの花火よりも高く上がった光が、空で花開いた。

目の前いっぱいに花火が広がる。そして、いくつものオレンジ色の光の筋がゆっくりと落ちていく。

隣で楓の声が聞こえた。

「好き」

最後に緑色の光がキラキラと瞬《またた》いて消えた。

＊＊＊

私は彼に好きだと告げていた。彼に告白されるという予知なんて無視して、ただ好きだと彼に伝えていた。

もう予知で見た四尺玉は消えていた。風撫で丘には普段の夜ならこうなのだろう静けさが漂っていた。

予知は現実にならなかった。私が好きだと告白した瞬間に、予知が変わってしまったのか、それとももっと前に変わってしまっていたのか。彼に告白されることはなかった。代わりに私はこの時だけは、ただただ素直に好きだと伝えることができた。

滑稽《こっけい》だなと思った。

せっかく素直になれたのに、彼に告白されるという予知が現実にならなかったということは、彼は告白するほど私のことを好きではないのかもしれない。

だとしたら、私はこの後フラれてしまう。手に持った巾着をぎゅっと握って、逃げ出したい気持ちを抑えた。

＊＊＊

隣で楓の声が聞こえた。予知と同じ「好き」という声が。楓に告白された。

予知は現実になった。予知が現実になった嬉しさよりも、好きだと言われて単純に嬉しいという気持ちの方が強かった。

あとは楓の予知を現実にするだけだ。空を見つめる。頼む。上がってくれ。

去年までなら、これで花火大会は終わり。でも今年は違う。もう一発上がるはずだ。

一発目の四尺玉から間が空く。自分の心臓がドクドクと強く早鐘を打っているのが分かる。

その時、遠くで音がした。ひゅーという四尺玉が打ち上がる音だ。

俺は楓の方を向く。楓は体を強張らせ、俯いていた。

ドンという音がした。空で二発目の四尺玉が開いた音だ。

楓は驚いて顔を花火の方へ向けた。俺もちらっと花火の方に目をやる。オレンジ色の光の筋の中でキラキラ輝くのは楓の予知で見たピンク色だ。

もう一度楓の方へと視線を戻す。

そして、言った。

「好きだよ」

楓がこちらを向いた。驚いた表情をしている。状況が呑み込めていないようだ。

だからもう一度言った。

「俺も楓のことが好きだ。付き合ってくれるか？」

楓に先に告白させてしまった分、俺から交際を申し込もうと思った。

「はい」楓は泣きそうになりながら、そう一言だけ言った。

近くで虫の音が聞こえ始めた。それは花火が終わったのだと教えてくれているようだった。

エピローグ

一か月後。あれから予知は見ていない。予知能力を失ったのだという感覚がだんだん現実味を増してくる。それでも後悔はしていないし、予知能力を失ったら失ったでどうってことはなかった。他の人と変わらなくなっただけ。これからのことは自分で決めていく。ただそれだけ。今までが特別だったんだ。

夏休みも終盤を迎えた頃。昼間に風撫で丘に行ってみることにした。隣には楓がいる。

上る石段は花火の日の夜とはやっぱり違って、子どもの頃を思い出させてくれる懐かしさがあった。そして、聞こえるのは下駄の音ではなく、セミの鳴き声だ。

「昼間に来るのもいいな」

頂上に着くと風が頬を撫でるように吹き抜けて、気持ちがいい。

「そうだね」

あの時は暗くて気が付かなかったが、隅の方に小さな花畑のような一角があり、そこにはピンクの小さな花がいくつも咲いていた。

「こんなところに花が咲いていたんだな」

「うん。これはね、星の花って言うんだよ」楓は小さな花を近くで見るようにしゃがみ込んだ。

「星の花？」

「正式名称は私も分からないんだけど、お母さんが教えてくれたの。ここには昔神社があって、うちの先祖はそこで巫女をしていたらしいの。今は違うんだけどね。その時からこの花はここに咲いていていたんだって」

俺は鈴木さんの話を思い返していた。

「綺麗な花だね」

「うん。覚えてるかな？　小学生の時に私が川に落ちそうになったのを亮君が助けてくれたこと」

「もちろん覚えてるよ」

「あの時、亮君が川から拾ってくれた瓶に花が入っていたでしょ？　あの瓶に入っていた花はここに咲いている花と同じ星の花だったんだ。見覚えのある花だったから気になって拾おうとしちゃったんだ。それで川に落ちそうになっちゃって……」

「そうだったんだ」俺も楓の隣にしゃがむ。近くで見ると、星の花は五枚の花びらを目一杯広げて咲いているのが分かった。

「うん。あの時拾ってくれた花にはちゃんと根があってね。台風の後、ここに植えたんだよ。だからあの時の花の子どもがまだここに咲いているかも」

台風の日、川の中でクルクルと回る瓶の中で咲いていた、ピンク色の小さな花を思い出す。確かにあの時の花だ。

「なんで星の花って言うのかなぁ。お母さんもお祖母《ばあ》ちゃんも分からないんだって。この花って薄いピンク色でほんのり光っているようにも見えるけど、それで星の花って言うのかなぁ」

少し悩んでから俺は口を開いた。

「それはね――」

千年前からここに咲いていたのだろうか。星の花が風に揺られる姿は小さな花火みたいだった。

第三章

たぶん

しなの「たぶん」

騒がしい物音で、目が覚めた。

親にも鍵《かぎ》を渡していない一人暮らしの部屋に、いともたやすく入ってこられるのは、ついこの間まで同居人だった人間だけだ。

「そう言えば合い鍵はあいつが持ったままだったっけ」なんてことに今更ながら気付いた。

突然あいつが出て行ってからこの数週間、いないという事実を受け止めるのが精一杯で、あいつが何を残して、何を持って行ったかなんてことにまで気が回らなかった。

久しぶり。お帰り。お早う。

どの言葉を向けるべきか分からず、すっかり意識は覚醒《かくせい》したのにいまだ目を閉じたまま、動けずにいた。

目を閉じて、何て言おうか考えていたのに、いつの間にか耳に意識が集中した。

今、聞こえているのは、たぶんあいつの立てる音。きっとそうだと思うけど。そうに違いないと思うけど。もしかしたら、泥棒だとか強盗だとか、そういう可能性はゼロじゃない。

たぶん、あいつ。そう思ったけれど、違和感もあった。本当にこの部屋にいるのは、あいつなんだろうか。

聞こえてくる音は、荒々しい。

バン、ドン、ガン、ダン。濁音混じりの雑な音。

ダダダ、ガガガ、ドドド、ギギギ。

よく知っている、あいつの音とはまるで違う。あいつの音は、もっと柔らかで、丁寧だ。濁らない音で暮らす人だ。

ドン、じゃなくて、トン。ダダダじゃなくて、タタタ。

軽やかで、緩やかで、和やかで。

いつだって居心地のいい音を耳に届けてくれた。こんな耳障りでうるさい音じゃなくて。

やっぱり違う。きっと違う。ここにいるのは、あいつじゃない。目を開けても、きっとあいつはいない。

今この部屋にいるのはおそらくきっと、管理人さんと交渉して鍵を開けてもらった母さんか、不法侵入の見知らぬ誰かだ。

だったらこのまま寝たふりをしておこう。母さんだったらそのうち無理にでも起こすだろうし、犯罪者だったら面と向かって戦うなんて怖すぎる。刃物とか持ってたら勝ち目なんてない。ただの泥棒だったら、盗《と》るもの盗ったら住人にわざわざ危害なんて加えずに出て行くに違いない。ヘタに刺激するより、寝たふりでやり過ごした方が身のためだ。

ああ、でも大事なものを盗まれたらどうしよう。無くなってしまったら困る、大事なもの。

通帳、は、すぐに銀行に連絡すれば何とかなるかな。

お気に入りの服、は、着倒して最近じゃくたびれているし、わざわざ泥棒が目をつけて持って行くこともないか。そもそもそんなに高い服でもないのだから。

スマホ、は、嫌だな。盗られたくないな。あれやこれやいろんなデータが詰まりすぎている。奪われたらめちゃくちゃ大変なことになりそうだ。

後は、何だろ。大事なもの。

どうしても、盗られたくない大事なもの。

……パッと思い浮かぶのはそれくらいで、自分という人間のつまらなさに気付かされたようで、なんだか口の中がざらっとする。やけに苦い。

正直に言うと他にも思い浮かんだけれど、それを認めるのはすごくしゃくなので、全力で打ち消しておく。

と、ふいに音が止《や》んだ。

五秒待っても、十秒待っても、何の音もしない。

この部屋にいた誰かは、もうどこかに行ったってことだろうか。音がしなくなってから、おそらくもう三十秒は経《た》っている。一分は経ってないかもしれないけど、体感的には、ものすごく長い時間が過ぎたかのごとく。

誰か、が、もういなくなったのなら、泥棒だった場合一刻も早く警察に連絡しないと。

目、開けても大丈夫かな。さすがにもう、大丈夫かな。

怖いけど、いつまでもこうしてるわけにはいかないし。せーのっ。

「ぎゃあっ」

「ぎゃあって、化け物見たみたいな反応しなくても」

目を開けた瞬間、人と目が合った。ベッド脇に立って、こちらを見下ろしていたのは、元同居人。そうであろうと思って、やはり違うと否定したその人が、まるで以前のまま、日常に溶け込むようにそこにいた。

あいつだったら、久しぶり、お帰り、お早う、どれを言おうかなんて考えていたのに、結局口から飛び出したのは、まさかの、「ぎゃあ」。

その次に出たのも、考えていた三つのどれでもない。

「なんで……」

それ以上の言葉が出てこず、起き上がることもせぬまま、呆然《ぼうぜん》と元同居人を見上げ続けた。

「いや、ふと、立つ鳥跡を濁さずって言葉を思い出して、そういやほとんどそのままにして出てきたなぁって思って。鍵も持ったままだったし返すついでに、色々きちんときれいにしないとなって」

少なくとも、「お帰り」は、言わなくて正解だったってことだ。

帰ってきたわけじゃない。やって来ただけ。帰ってくるつもりなど、きっと微塵《みじん》もない。

「何も寝てる間に来なくても。怖いよ」

「あはは。ごめん。顔合わさない方がいいかなって思って。でも、いないときに勝手に来て勝手に帰るとか良くないかなって。だから寝てる間を狙って来た」

「起きてるときに連絡して普通に来ればいいのに」

「……普通は無理でしょ」

ついさっき、へらっと薄っぺらい笑みを浮かべていた顔から、笑みが引く。

どうしてこんなふうになっちゃったんだっけ。もし今、声に出して問いかけたら、きっと、出て行った日に残されていたメモの言葉を言うんだろう。

『たぶん、自分が悪い』って。たぶん。

……たぶん悪いのは、どっちか片方じゃなくて、二人ともだろう。

たぶん、こっちにだって原因はある。二人が続けていけなかった理由。

二人の関係を終わりにする明確な原因らしい原因なんてないのに、続けられなかった二人。

たぶん、原因がはっきりしないから、一つじゃないから、解決も改善も無意味だった。

『嫌いになったわけじゃないけど、ただ、しんどい』

……たぶん、自分が悪い、に続いた書き置きの言葉。

それを見て、妙に納得してしまった。同じ感覚が、自分にもあったから。

「お帰り」

体を起こしながら、思わず出た言葉。考えた三つの中で、一番正しくない言葉。言わなくてよかったと、一度は思ったのに。でもこの言葉に、深い意味は無い。無意識に、零《こぼ》れ落ちただけ。

お帰り。当たり前のように何度も言った言葉だったから。

「帰ってこないよ」

少し柔らかくて苦い笑みを表情に戻し、困った顔して言われる。

「知ってる」

「そっか」

会話が途切れ、しばらく、無言で互いの顔を見合った。視線を外してようやく先ほどの、うるさい音の意味を理解する。

部屋が、部屋の様子が、ずいぶん違う。

「どういうこと」

「あ。気付いた？　模様替えしといた」

「どういうこと」

戻ってくるつもりがないのなら、ここでの暮らしには無関係のはずの人間が、わざわざ模様替えをする必要なんてないはずなのに。

「立つ鳥跡を濁さず、って言ったけど、自分のものをまとめた後に何が気になったかって言うと、二人で暮らした雰囲気が残っているなって。できるだけ痕《こん》跡《せき》は消した方がいいかなって思えてきたんだよね。だから、家具動かしたりして、部屋の雰囲気を変えておくことにしたわけ。まあ、今後また自由に自分好みの部屋にすればいいと思うけど、とりあえず、ね」

確かに、ずいぶん違う。新しい顔した部屋はもう、二人で過ごした空間じゃなくなっていた。

無くなったら困るものを考えて、思わず浮かんでしまった「同居人の、痕跡」。現れたのは見知らぬ泥棒なんかじゃなかったけれど、どうしようもないくらい、すっかりきれいにこの部屋から奪い去っていった。本物の泥棒だったら、こんなにも鮮やかに消し去ることはできなかっただろう。皮肉な話だ。

「ものすごい音してたけど、床とか傷ついてない？　大丈夫？」

「一応、大丈夫だと思う」

「イメージと違う雑な音で作業してたね。泥棒かなんかが来てるのかと思って焦った」

「あはは。ごめん、ごめん。連絡せずに来て、勝手に入って模様替えしたものの、一言くらい言葉を交わして去らなきゃなって思ったから、音で起こすつもりで、わざと騒がしくした。……起きて、って触れるのは違う気がしたから」

「そっか」

また、沈黙。断ち切ったのは、あっち。

「じゃあ、これ、はい」

いきなり合い鍵を放り投げられる。受け取りきれずに、落としてしまう。

ベッドから下りてそれを拾っている背中に、言葉が続けて落とされた。

「色々物を動かしたから、埃《ほこり》もたってるし、掃除も必要なんだけど、後は任せていいかな。……お邪魔しました。元気でね」

顔を上げたときにはもう見えるのは後背だけで、そのまま振り返らずに、立ち止まらずに元同居人は去って行った。

こほっ。

埃のせいなのか、それとも違う何かのせいなのか、咳《せき》が出た。空気を入れ換えるためにカーテンを開け、窓を開けた。朝日が差し込むと、埃はまるできれいなものか何かのように、光を受けてキラキラ輝いて見えた。

「埃なんだけどな」

独りごちて、体を伸ばす。着替えて掃除をしないと。

痕跡にとどめをさすのは、自分の役目のようだから。

第四章

アンコール

水上下波「世界の終わりと、さよならのうた」

1

固い床の感覚で目が覚めた。私は薄暗闇の中、砂が剝き出しの地面に直接寝かされているようだった。夕方なのかと思ったけれど、一瞬あとに、この世界にはもう夜が無いことを私は思い出す。

身体を起こし、周りの様子を窺《うかが》ってみる。そこは、小さな廃工場のような場所だった。いくつかある窓は全てに遮光カーテンが引かれていて、カーテンの隙間から漏れてきた光が、空気中の埃《ほこり》に反射して小さくきらめいている。

その暗がりの向こう側に、無数の輪郭が見えた。

目を凝らしてみると、それは乱雑に置かれた楽器たちだった。

いくつものギターやベース、ドラムセットもあれば、トランペットやトロンボーンといった吹奏楽器もある。そのどれもが乱暴に床に投げ出されている。

そしてその中心部には、他の楽器たちに守られるように、大きなグランドピアノが置かれていた。

「ここは……」

思わず声が漏れた。

「楽器の墓場だよ」

暗闇から急に返事が返ってきて、私の心臓は止まりそうになる。人が居るなんて、まるで気がつかなかった。

私は部屋の隅、声のした方へと向き直る。

雑多な楽器の山の中に埋もれるように。

そこには、まるで自分も楽器の一部かのように床に座り込みながら、ジッと私を見つめている若い男の人がいた。

2

この世界に『終末宣言』が発表されてからもうすぐ一年になる。

詳しい理由は知らないけれど、この世界は明日滅ぶのだという。それがどんな形でなのかは俺のような一般人には分からないし、別に知りたいとも思わないけれど。

もちろん、ある日突然「世界は終わります！」などと言われても、初めはそんなこと誰も信じていなかった。誰もが馬鹿げた未来予報を笑い飛ばしていた。

けれど現に世界中で異常事態は起こり続けていて、政府もテレビも新聞も終末宣言を撤回したりはしなかった。

だからきっと本当に世界は終わるのだと、今では世界中の人たちが信じている。

何ヶ月か前までは、日本でもテロや暴動が頻発していたけれど、今ではすっかり落ち着いていた。多分、そんなことをしても何の意味もないことに気づいたのだろう。

人との繋《つな》がりを求めてもっと都会へ行った人や、逆に田舎へ帰っていった人もいれば、絶望して自ら命を絶つ者や、もちろん動乱に巻き込まれて亡くなった人だって大勢いた。

今のこの街には殆《ほとん》ど人が残っていなくて、だから結果として、ある程度の平和が保たれてはいた。

その女性を助けたのは、ただの気まぐれだった。

いつものように、誰も居ない街を彷徨《さまよ》っていた時、大通りに行き倒れている女性を見つけたのだ。

最初はマネキンが打ち捨てられているのだと思った。もう何日も、生きた人間になど会っていなかったから。

これまでだったら間違いなく無視していただろう。けれど今日に限ってそんな気まぐれを起こしてしまったのは、もしかすると最期の日に、何か良いことをしたくなったからなのかもしれない。

「あの……」

女性が立ち上がり、楽器を避けながら俺の方へと数歩近づいてくる。彼女の動きに合わせて、淀んでいた倉庫の空気が揺れる。

「えっと、今日は何日ですか？」

「世界最期の日の朝」

俺がそう言うと、彼女は胸に手を当てて大きく息を吐いた。

「そうですか。では、ここは天国ではないのですね」

「死にたかったのか？　だったら悪いことをしたな」

「いえ。そういう訳では——」

その時、キュウと小さな音が鳴った。彼女の腹の音だ。行き倒れていたのは、腹が減って動けなかったからなのだろうか。

彼女は恥ずかしそうに腹を押さえて、頬を赤くする。

「助けていただいてありがとうございました」

彼女が深々と頭を下げる。

しっかりした子だ、と思った。きっと親の教育が良かったのだろう。

そんな子がどうして、一人きりでこんなところを彷徨っていたのかが気になった。けれどすぐにそんな思考は打ち切った。

親が死んだか、捨てられたのか。あるいは彼女自身、死に場所を求めて彷徨っていたのか。

いずれにせよ、聞いて楽しい話ではないだろう。明日全てが終わるような、こんな世界では、何があったって不思議ではない。

「腹が減ってたのか？」

「ええ、まあ……。丸二日くらい何も食べてなかったので……」

「食料ならそこの棚にある」

「良いんですか？」

「残しておいても意味はないからな。どこに行こうとしていたのかは知らないけど、好きなだけ持っていけば良い」

けれど彼女は何かを考え込んでいるみたいに動かない。

「あの、あなたは――」

「え？」

「あなたはここで何をしているんですか？」

「……そんなことを聞いてどうする？」

「この楽器のこと。気になったので」

くるりとその場で一回転して、彼女は両腕を大きく広げた。

俺は小さくため息をついて首を振る。

「知る必要はない。今さら身の上話なんかしても仕方ないだろう？　俺はただ、好きなようにしているだけだ」

俺の言葉に何か反応するでもなく、彼女はじっと俺を見つめている。心の中まで見透かされてしまいそうな妙な居心地の悪さを感じた。

さっさと追い出してしまおうか。そう思いかけた時、彼女が口を開く。

「もう少しここに居てもいいですか？」

「何故だ？」

「ただ、そうしたいからです」

「……危機意識の足りない馬鹿なのか？　それともそんなことも考えつかない程の世間知らずか？　俺があんたに襲い掛かったらどうするつもりだ？」

「それならわざわざ私を助けたりしないでしょう？　それに、さっきあなたも言っていたじゃないですか。私も好きなようにしようと思っただけです」

俺のことを微塵《みじん》も疑っていない眼差《まなざ》しだった。それを見ていたら、否定する気もなくなってしまうような、無垢《むく》な瞳。

結局俺は、絞り出すように言う。

「だったら……好きにしたらいい」

「ありがとうございます」

「……俺は出かけてくる」

「はい。お気をつけて」

彼女の言葉から逃げるように、俺は倉庫から出る。

あそこに彼女がいるだけで何故こんなにも居心地が悪いのか。それなのに、何故俺は彼女を強引に追い出さなかったのか。

車を走らせながら、俺はそんなことを考えていた。

3

車の音が遠ざかっていくと、倉庫には静けさが満ちた。淀んだ空気に時が止まった気さえしてくるようだった。

辛うじて私が動くと、それに合わせて砂埃が舞って、世界がまだ終わってはいないことを教えてくれている。

倉庫の隅にある棚には、彼の言っていた通りに食べ物が置かれていた。とても一人では食べきれないほどの量だ。彼が集めてきたのだろうか。

私はその中から、そのままでも食べられそうな、レトルトのトマトスープを選んで取り出してきた。

「父よ、あなたの慈しみに感謝して、この食事をいただきます――」

冷たいまま飲むスープは、お世辞にも美味《おい》しいとは言えなかった。

けれど、一口飲むごとに、身体に活力が溢《あふ》れてくるような気がした。人はみな、日々の糧《かて》によって生かされている。

ゆっくり、時間をかけて私はそれを飲み干した。


片付けを終えても、彼はまだ帰ってくる様子が無かった。壁に掛けられた時計を見ると、今は午前十時頃のようだった。日が沈まないせいで時間の感覚が曖昧《あいまい》になっている。もしあの時計が狂っていても、それを確かめる手段は無い。

少し考えて、私は倉庫のカーテンと窓を開けた。

彼に怒られるかもしれないと思ったけれど、埃っぽい、淀んだ空間に置かれたままの楽器が可哀想だったから。

それにさっき、私は好きなようにすると言ってしまったから。今を逃したら、後悔することすらもうできなくなってしまうのだから。

窓の外からは葉擦れの音が微《かす》かに聞こえている。穏やかな風が吹いて、窓のカーテンを揺らしている。もう十二月だというのに、春のように穏やかで気持ちの良い日だった。

私はひとつひとつの楽器を確かめるように、倉庫内をゆっくり見て回った。

雑多な楽器たちは、本格的でいかにも高そうなものから、アニメのキャラクターがデザインされた子ども用のおもちゃみたいなものまで様々だった。ここは以前、楽器屋の倉庫だった場所なのだろうか。それにしては不衛生で楽器にはよくない環境だけれど。

倉庫の中央には、この空間を象徴するような大きなグランドピアノがあって、そのすぐ側《そば》にはヴィンテージらしいアコースティックギターが立てかけられている。ギターの弦を撫《な》でると、綺麗《きれい》な音色が優しく鳴った。

私はグランドピアノの前に座って、鍵盤の蓋を開ける。懐かしい、と思った。それから少し笑ってしまいそうになる。もう二度と弾くことはないと思っていたのに、世界最期の日に、こうしてまたピアノの前にいる。それはなんて運命的なことだろう。

鍵盤に手を添えて、深呼吸をひとつ。小さいころからずっと続けていたピアノだけれど、もうずっとまともに触れていなかった。

今でも弾けるだろうか。心の端に浮かんだ考えを、頭を振って追い払う。きっと大丈夫。私の身体は、今でも音楽を憶《おぼ》えている。

決意と一緒に指先に力を込めると、想像していたよりもずっと低い音が辺りに響いた。

4

道路の段差を乗り越えた拍子に、後部座席からガシャンという音が聞こえて振り返った。この辺りのアスファルトも傷みが目立つようになってきた。管理する者が居なくなると、あらゆるものが信じられないほどの早さで劣化していく。

軽バンの後部座席には楽器が雑多に積まれていた。どれも周辺の民家や店舗から見つけてきたものだ。

あの倉庫に楽器を集め始めてからもうすぐ三ヶ月ほどになる。この街にあった楽器は、あらかた回収してしまったのだろう。今日はほとんど収穫がなかった。

他人の領分を身勝手に荒らして、楽器を持ち去る。世界がこんな風になる前だったらとっくに逮捕されているような行為だけれど、俺を咎《とが》める人はもはやどこにもいない。法律によって管理されなければ、物質と同じように精神すらも驚くべき早さで劣化していくのかもしれないと思った。

カーステレオのAMラジオからはノイズ混じりのクラシック音楽が流れている。民間のラジオ局なんてとっくに運営されなくなっているというのに、数週間前から、何故かラジオが入るようになっていた。

恐らくどこかの誰かがラジオ局に入り込んで、私的に放送を続けているのだろう。

今の曲目は、ドヴォルザークの『新世界より』。クラシックに詳しくない俺でも聞いたことがある有名な曲だ。なんとなく、終わりの日に相応《ふさわ》しい選曲だと思った。

『あなたはここで何をしているんですか？』

今日一日、ずっと考えていたのはあの女の子の言葉だった。

俺は一体、こんなところで何をしているのだろう。どれだけ考えても、その答えは自分でも分からなかった。

俺は、あの倉庫に住み始めた日のことをボンヤリ思い出す。

一人きりになって、死に場所を探して。彷徨っているうちに見つけたあの倉庫に、一人きりでポツンと置かれていたグランドピアノを見つけた時、俺は楽器を集めることに決めたのだ。

この行為がどんな意味を持つのかは分からないけれど、最期の瞬間のことだけは決めていた。

ずっと日が落ちないせいで忘れそうになるけれど、今はもう夕方だ。

何時に世界が終わるのかは分からないけれど、それほど時間は残されていないだろう。

長らく雨が降っていないせいで乾ききった地面は、少しの風が吹くだけで砂埃が大げさに舞った。

この街には、もう俺以外誰も居ない。世界が終わるより一足先に、この場所は既に死に絶えている。

世界最期の日。俺は、あの倉庫に集めた楽器たちと一緒に、自分ごと全てを燃やし尽くしてしまうつもりだった。そのために俺は、ずっと楽器を集め続けている。

クラシックを流し続けていたラジオから、不意に人の声が聞こえてきた。

『勝手にお送りしてきたこの放送も、今日でおしまいです。短い間でしたが、最期までお付き合いいただきありがとうございました。またいつの日か、あなたとお会いできることを願っています。それでは、さようなら』

初老の男性の声の後ろに流れているのは、ヘンデルのハレルヤ・コーラスだった。

皮肉なものだ、と俺は思う。

この世界には神さまなんて居やしない。明日になれば、嫌でもそれが分かるというのに。それでも祈ることをやめられないのは何故なのか。

気がつくともう倉庫は目の前だった。俺は倉庫の入り口に横付けで車を停《と》める。エンジンを切ると、ハレルヤの合唱は、一切の余韻を残さずに無情にも消えた。

あの女の子はもうどこかに行っただろうか。できれば居なくなっていて欲しい。そんなことを思いながら車から降りると、どこかから微かなピアノの音が聞こえてきた。

俺は弾《はじ》かれたように、倉庫の中へと駆け込んだ。

5

突然、倉庫の扉が開かれる金属音が聞こえて、私は驚いて振り返った。

倉庫の入り口にはいつの間にか彼が居て、肩で大きく息をしながら私を見つめていた。

「おかえりなさい」

「あ、ああ……」

「すみません、勝手にピアノ弾かせてもらってました」

「それは構わないが」

怒られるかと思ったけれど、彼はただ目を見開いて、呆然《ぼうぜん》としているだけだった。

「あの？」

「……音が狂っていたはずだろう。調律したのか？」

なるほど。彼はそれで驚いていたのだと納得する。

私は少し得意げに、胸を張った。

「私、こう見えても音大生なんです。今はもう、大学なんて無くなりましたけど」

「……へえ」

「と言っても調律は初めてなので、細かいズレはあるかもしれません」

「それでも、俺には調律自体、できなかった」

鍵盤の音を確かめながら、彼が言う。

「世界がこんな風になってからはピアノなんて全然弾いてなかったので、また弾ける日が来るなんて思いもしませんでした」

「そんなにありがたがるようなものかね。今さらピアノなんて弾いて何の意味があるんだか」

「ピアノを弾くことに意味なんて無いですよ。私はただ、自分が弾きたいから弾いてるだけです」

私の言葉に、彼は皮肉そうに口元を歪《ゆが》めると、鼻を鳴らして軽く笑う。

私はふと、彼がこの倉庫に住んでいる理由が分かった気がした。言葉では否定しているようでも、やっぱり彼は、音楽が好きなのだ。

ピアノの音が狂っていると知っていたのは、彼が音楽をやっている人間だからだ。

「あの、良かったらあなたも弾きませんか？」

「俺はピアノは弾けない。好きなように弾いていてくれ」

それだけ言うと彼は倉庫の隅に座り込んでしまう。そこが彼の定位置なのだろう。

私は思いつくままに、鍵盤に指を走らせる。音の連なりが曲になって、空間に溢れる。彼は目を閉じて、ピアノの音色に耳を澄ましてくれているようだった。

「よっぽど好きなんだな」

曲の切れ目に、唐突に彼が言った。

「え？」

「ピアノ。楽しそうに弾くから」

そう言われて、私は自分の気持ちに気づいた。

「……そうですね。ピアノは私の全てですから」

「全て？」

「私の母は元ピアニストだったんです。父は売れない作曲家」

それはまだ世界が平和だったころの記憶。懐かしくて、もう二度と戻れない日々。

「小さいころからピアノの練習ばっかりさせられていたんです。両親は、私をショパンコンクールで優勝させるんだって息巻いて。そんなこと無理に決まってるのに、叶《かな》わない夢を私に押し付けて。馬鹿ですよね。だから私にはピアノしかないんです」

「……それが辛《つら》かった?」

「ピアノなんてもう見るのも嫌だって思ったこともありましたよ。大学がなくなって、テロに巻き込まれて家もなくなって一人ぼっちになって。これでもうピアノを弾かなくてすむって思ったんですけどね。それなのに、こうしてまたピアノの前にいるんだから、不思議なものですよね」

結局、私はピアノから離れられていない。それはやっぱり、音楽が好きだからなのだろう。

「すみません、こんな身の上話しても今さらでしたよね。忘れてください」

「いや……」

私の軽口に、彼は困ったように眉根を寄せる。朝の言葉を思い出しているのだろう。今朝よりも彼の表情が随分柔らかくなっていると思った。音楽が空気をほどいてくれているのだ。

私は鍵盤から指を離して、座る向きを彼の方に変える。

「やっぱり、一緒に弾きませんか？　そうしたら、きっと音楽をやる意味も分かりますよ」

「だから俺はピアノは――」

「いえ、ピアノじゃなくて、こっちです」

私はピアノのすぐそばに立てかけられているギターを示す。

彼は驚いた表情で私を見る。初めて本当の彼に触れられた、と思った。

6

彼女は微笑《ほほえ》みながらギターと俺を交互に見ている。

「……どうして」

「ギタリストなんでしょう？　このギターだけ、ちゃんと手入れされていましたから」

「そうじゃなくて、どうしてあんたと一緒に？」

「せっかく二人でいるんですから、一緒に弾きたいんです。最期の日なんですから良いじゃないですか」

真っすぐにそう言われてしまうと、どうしてか簡単にはそれを拒否できないような気がした。

俺は辛うじて、一言だけを口にする。

「クラシックの曲なんて知らない」

「クラシックでなくてもいいですよ。私、本当はクラシックよりもジャズが好きなんです。母の前では弾かせてもらえなかったんですけどね」

「ジャズの曲だって分からないんだが」

「適当でいいんですよ。……そうですね、ペンタトニックは分かりますか？」

「当たり前だろう」

馬鹿にされたような気がして反射的に言い返してしまって、それから、すぐに後悔した。分からないと言っておけば逃げられたかもしれないのに。

彼女は安堵《あんど》したように胸に手を当てた。

「でしたら、コードを言うので、ペンタトニックから外れないところだけ弾いてもらえれば大丈夫です」

「……分かったよ」

俺が答えると彼女はピアノを弾き始める。四つ打ち三和音のシンプルなバッキング。「最初はC、G、Am、Fからはじめます」と彼女が言った。

俺がギターを構える間にも、彼女は同じルートを何度もなぞる。彼女と目が合った。彼女は小さく頷《うなず》く。

削れて丸くなったピックで弦を弾くと、ピンとギターの音が鳴った。実際にはグランドピアノの音量に負けて、ギターの弱々しい音なんて殆ど聞こえないはずなのに、彼女は嬉《うれ》しそうに表情を緩める。

俺を試すように、煽《あお》るように、ピアノが加速していく。時々わざと調子を外しながら彼女は次々にコード名を口にしていく。

歌を歌っているように、楽しそうに身体を揺らしながら。

彼女の声に合わせながら、俺は必死に指を走らせる。様子を窺うように彼女が俺を見る。俺は頷き返す。

彼女が大げさな転調を仕掛けてくる。思考する前に指先が動いて、彼女に返事を返す。神経が耳と指先だけになってしまったような気がした。

音がピタリと合った瞬間。いつも自分が自動で音を奏でる機械の一部になったように感じる。それはとても心地よく、懐かしい感覚で。

「泣いてるんですか？」

「……え？」

いつの間にかピアノが止まっていて、俺は自分が涙を流していたことに気づく。

「大丈夫ですか？」

「ああ……少し、昔のことを思い出していた」

「昔のこと？　良ければ教えてくれませんか？　それとも、それも話しても仕方ないことですか？」

彼女が優しく微笑む。

それを見ていると、どうしようもなく自分のことを知って欲しくなった。

俺は目を閉じて、懐かしい日々を追想する。

「世界がこんな風になる前、俺はミュージシャンだった。何とか食えていけるくらいの、大したことない存在だったけれど。親友と二人で、アイツがキーボードで俺がギターを弾いていた」

「ええ、そうだと思っていました」

「終末宣言が出されて仕事もなくなって、そんなある日、アイツは急に旅に出ようと言い出した。こんな世の中だからこそ、日本中を回って音楽で夢を届けたいなんて、馬鹿みたいなことを言っていた」

「素敵ですね」

「実際にはただの宿無しだ。気ままに車を走らせて、思いついたように路上ライブをして。観客なんてほとんどいないのに、アイツは満足そうにしていた」

「その方は、今は、どうされているんですか？」

彼女が聞いた。何が起こったのか大方の予想は付いているのだろう、彼女の表情は硬い。

「死んだよ。多分な」

「……多分、ですか？」

「ある日、いつものようにライブをしていたとき、暴漢に襲われた。その日、その近くで小さなデモみたいなことをやっていたらしい。俺は、このギターだけを抱えて逃げた。必死だった。アイツも逃げたはずだけれど、それ以来離れ離れだ。どれだけ捜しても見つからなかったから、きっと死んだんだろう。そしてそれ以来、俺は音楽をやめた」

「…………」

彼女が瞳を閉じて、うっすらと涙を流しているのが見えた。こんな馬鹿みたいな話を聞いて泣いてくれるのだとしたら、アイツも少しは報われるだろうか。

「なあ教えてくれよ。音楽に、一体何の意味があるんだ？　音楽で希望を届けようとしていたアイツは、音楽のせいで死んだ。どんな綺麗ごとを言ってたって、アイツが死んだことは事実だ。音楽に世界を変える力なんてない。こんなもので夢や希望を与えるなんて、叶わない夢だった。そうだろう？」

彼女は少しも目を逸《そ》らさずに、俺を真っすぐに見つめ返す。それから、ひとつひとつの言葉を確かめるように、考えをまとめるように、ゆっくりと口を開く。

「私、思うんです。あなたの言う通り、きっと、音楽に世界を変える力なんてないんですよ。平和を歌っていたレノンだって暴力の前には無力でした」

「そうだ」

「——でも、すぐ隣にいる人の、聴いてくれた人の背中をちょっとだけ押してくれるような、音楽にはそんなちっぽけな力がきっとあります」

「そんなもの、聞こえなければ、無いのと同じじゃないか」

「だから私たちは曲を奏でるんですよ。届かないかもしれない。響かないかもしれない。それでも、誰かに届くことを祈って」

純粋に音楽を信じるその瞳には一切の揺らぎが無い。窓からの陽光が彼女を照らして輝いているように見えた。その姿が余りにも眩《まぶ》しくて、俺は目を逸らす。

「もう明日には、誰も居なくなるのに」

「今ここには私が居て、あなたが居ますよ。きっとその方の音楽は、今もあなたの背中を押しているんでしょう？　だからあなたは今も音楽から離れずに、ここに居るのでしょう？」

その言葉は不思議と胸の奥にしみこんできて、心がスッと軽くなったような気がした。

それからようやく気づく。俺はずっと、アイツが戻ってくるのを待っていたのだ。

結局アイツは戻ってこなかったけれど、代わりに彼女をここに連れてきてくれた。

瞳の奥が疼《うず》いた。また泣いてしまいそうになって、俺は顔を伏せた。

「……あんたは、最期の時を過ごす相手がこんな得体の知れない男で良かったのか？」

彼女はいたずらっぽく笑う。

「それじゃあ今さらですけど、自己紹介をしましょう。私の名前は奏《かなで》です。〝あんた〟じゃありませんよ。あなたの名前も教えてください」

「修也《しゅうや》だ」

「ほら。これで得体の知れない相手ではなくなりましたよね。さあ、音楽を続けましょう。これが最期なんですから、もう一秒だって無駄にできませんよ？」

彼女──奏が冗談めかして言って、ピアノを高らかに鳴らす。俺も彼女と歩調を合わせるように、音を合わせる。

明日本当に世界が終わるのかは分からない。

けれど、どうか終わらないで欲しい。俺は本当に久しぶりに、そう思った。

もしも明日世界が終わらなかったら。その時は俺と一緒に旅をしないか？

そう言ったら、彼女はどんな反応をするだろうか。俺はギターを弾きながらずっと、そんなことを考えていた。

特別収録

ハルジオン

橋爪駿輝「それでも、ハッピーエンド」

さん。にぃ。いち――。

ゼロがくれば、あなたからの電話が鳴る。そう期待して、カウントダウン。

もう何百回くり返してるだろう。子どもっぽいおまじない。薄汚れた換気扇の下。センチメンタルな気分に酔って、あなたが吸っていたのと同じ銘柄の煙草《たばこ》に火をつけてみる。

やっぱりというか、なれずにむせた。

肺がひりつく。

そんな自分にいらつく。

フィルターが唾液で濡《ぬ》れ、ぬらっと電灯に反射した。

煙の白い筋は換気扇に飲みこまれ消えていく。

まるで、あなたとの関係性のように。

＊

太陽は真上にあった。

透度の高い、空の青さに目の奥が沁みた。それでも負けず、わたしは顎をあげる。さん。にぃ。いち――。しばらくすると、ひこうき雲の線がじんわり溶けはじめる。

桜並木には、祝福の声がこだましていた。満開だった。ひらひら舞いちる花びらのなかでみんな写真を撮り、ハイタッチし、はしゃいでいた。だれかが『人生の夏休み終了！』と書いた横断幕をもって叫んでいる。

朝五時に起きて美容室で結ってもらった黒髪。に、あしらった花の飾り。本当は買いたかったけど、お金がないから仕方なくレンタルした振袖。

わたしは美しかった。

たしかに。未来はこの手にあったんだ。

だって。一緒に手をつないで歩いた夕暮れの帰り道。あなたは照れくさそうに微笑《ほほえ》んで、いってくれたから。

「卒業しても、俺らはなんも変わんないよ」

その言葉をわたしはしんじた。

あなたの頭皮の匂い。すこしのびた手の爪。舌の感触。朝焼けに染まったシーツには、ふたりの形がシワとなって残っていた。たしかに。わたしは、あなたの言葉にうなずいた。はずだった。

でも、日々はどうやったって過ぎていく。むごいほど、わたしやあなたに目もくれず、うごいていく。

過去は変わらないのに。

かよっていた美大を卒業し、あなたは有名な広告代理店に。わたしはその下請けの下請けをこなす、イラストがメインの制作会社に入った。

四月を越えた先にあった現実は、ただの早起き。ただの満員電車。ただの上司からの注意。ただの残業。その「ただの」が、あなたとの時間を壊していった。描きたくもない絵を描いて、急な発注の変更に対応して、それでも結局ボツになったりして。あー、たぶんわたしはいま鬱《うつ》なんだろうなとか思ったりしていたら、家からでれなくなっていた。

おもにコンビニの袋や飲みかけのペットボトル、汁の固まったカップラーメンなんかで構成された暗い部屋に寝転がり、スマートフォンを眺める。カメラロールに保存されたわたしはどれも笑ってこっちを見ている。

バカみたい。

ピースして、変顔して、あなたに抱きついて。バカみたい。

もうあんな顔できない。

あんな顔して笑えない。

＊

小雨が降っていたあの日。あなたはいった。

「なんで、こうなっちゃったんだろうな」

「わかったらこんなことなってないよ」

そういってわたしは、おかしくもないくせして笑った。でないと、泣いちゃいそうだった。わたしは笑いつづけた。

鼻水たらしながらバグったみたいに笑うわたしを、あなたは困った顔で見ていた。なにかいいたいのに、いえない。いわない。そんな顔を使ってあなたはわたしを黙らせる。あなたは器用だからずるい。家にくる頻度で、会話のちょっとした間で、わたしへの気持ち、その度合いを示す。

最後の言葉さえ、わたしにいわせた。

そう。わたしたちは「ただの」元・恋人。

知ってる。

わかってる。

のに、もう一度だけ会いたかった。あんなに一緒にいたのに、部屋のどこを探してもあなたの気配はない。

唇にできた吹き出物がシーツにこすれる。いつも寄り添っていたはずのベッドにさえ、あなたの匂いは見つからない。涙がでなくて、どうしていいかわからなくて、ひたすら、枕に鼻を押しつけた。お別れの日。自分の荷物だけきれいさっぱり持っていった、几帳面《きちようめん》なあなたを恨む。

あなたは逃げた。

わたしから。

こんなダメなわたしから。

いいな。わたしはわたしから逃げられないのに。

＊

バックれた会社からの電話も鳴らなくなった。

日が暮れるとともに目を覚まし、日が昇るころに眠る生活。もうそれは日常になっていた。支えは一応振り込まれていた先月分の安月給。寝すぎと運動不足で痛む腰をさすりながら、やっと身体を起こす。

その日も部屋はすでに暗くなっていた。ベッドに座ったまま枕元に放置していた炭酸のぬけたコーラで、渇いた喉を誤魔化《ごまか》した。ため息ひとつ。伸びすぎた前髪をかきあげる。堕落。学生時代のほうがよっぽどマシだった。

ザ・廃人のできあがり。地球上で無意味な生き物ランキングが開催されたら、きっとわたしはかなり上位に食い込む。なんて無意味な妄想にふけりながら、期待半分のカウントダウンをしてみる。

さん。にぃ。いち――。

ゼロの寸前、電話が鳴った。あなた――そう思ったが、画面に表示されたのは大学の同期・ユリちゃんの名前だった。おめぇじゃねぇよ。スマートフォンを壁に投げつけたかったが、とりあえず電話にでた。ユリちゃんは日本画で、わたしは油絵。専攻はちがったけれど、サークルが一緒で学生のころはたまに飲んでいた。

ユリちゃんは大学卒業後も就職せず、カラオケ店でホールのバイトをしながら絵を描きつづけている。そんなユリちゃんを、わたしは内心バカにしていた。こんな先のわからない時代に才能をしんじて、夢なんか追って。どうせ咲く可能性なんかほとんどない花なのに。

『あんた、仕事辞めたんだって？』

あらためて言葉にされるとけっこうダメージを食らった。だいたい、どこからその情報仕入れた？　まだ親にもいえてないのに。が、かろうじて踏ん張って「なに、冷やかしの電話？　性格わる」といい返す。

『ごめんごめん。そうじゃなくて、今度個展やるから来ないってお誘い』

「コテンって、あの個展？」

他になにがあんのよ、とユリちゃんに笑われながら、場所と時間を聞いた。

『どうせずっと引きこもってんでしょ。たまには外出なよ？』

うっさいな、といい捨て、わたしは電話を切った。

またひとりになった。

＊

化粧なんかしたの、いつぶりだろう。

学生時代はわりとおしゃれだって好きなほうだった。けれど、会社に入ってからは睡眠不足とストレス、それに機械のごとく働きつづけるキモい同僚たちとの毎日にかまけて、顔はマスクで隠せばいいやという女になっていた。当然引きこもってからは、だれに見せるでもないのでスッピン。出がけ、鏡に映った顔にちょっと気合い入り過ぎてる気がして、化粧をやりなおした。

外にでると、久々に直で受けた日差しが痛かった。鳥のさえずりもピーチクうざい。

街の活気にたじろぎながら、重い足をひきずり駅へと進んだ。ピッという自動改札の音さえわたしを威嚇《いかく》してくるようだった。

何度か電車を乗りついでやっと着いたのは、代沢《だいざわ》の線路沿いにあるギャラリー。外で、数人がコーヒーを飲みながら談笑している。

脇をすり抜け、ちょっと重たい扉を引いた。広くはないけど、白を基調としたシンプルな打ちっ放しの内装で清潔感のある空間。

その壁三面が、四季折々の花の日本画で彩られている。

まだ花ひらくまえの、桜。細いながらしっかり支える枝に、咲いていないからこその、未来への生命力にあふれた蕾《つぼみ》たちの姿が描かれている。その隣では深い群青《ぐんじょう》の紫陽花《あじさい》が、雨の雫《しずく》に濡れ、つつましやかな美しさを放っている。夏の日の、向日葵《ひまわり》。香りさえただよってきそうな晩秋の金木犀《きんもくせい》。冬の厳しさを耐えぬいて咲いた、梅の花。

どれもが瑞々《みずみず》しかった。かなり繊細な岩絵具と膠《にかわ》と水のバランスじゃないと生まれない、素晴らしい色彩。

「来てくれたんだ」

声をかけられるまで、自分が見入っていたことにさえ気づかなかった。驚いてふり返ると、紺のワンピースを着たユリちゃんがにやついて立っていた。

「すごいじゃん」

わたしはいった。

なんのためらいもなく、心からの感想が言葉となってこぼれた。

「へへ、そうかね」

「そうかねじゃないよ。これ、ずっと描いてたの？」

「うん」

ユリちゃんは八重歯をだして、笑った。晴れ晴れとしたその笑顔が、逆にこれらの作品にどれほど魂を注いだか、その証明のように思えた。

ほかの来場者から名前を呼ばれ、ユリちゃんは「はーい」と元気な声で答える。忙しそうだ。画集でも買いたいところだけど、いまのわたしにそんな財政的余裕はない。じゃ、といって、わたしはユリちゃんの邪魔をしないようそっと出口へむかおうとした。そのとき、腕を摑《つか》まれた。

「あんたもまた描いてみたら」

ユリちゃんは笑わず、まっすぐわたしを見ていった。

「あたし、あんたの描く画、わりと好きだったよ」

聞いたことのある台詞《せりふ》だった。

そう思ったら、あなただった。

あなたはいつだって、わたしの描いた画の最初の鑑賞者だった。

「俺、お前が描いた画、好きだよ」

＊

いま思うとちょっと上から目線の感想だけど、他人の作品をあまり褒めない人だったから、素直に嬉《うれ》しかった。

帰り、遠回りして新宿《しんじゅく》の世界堂《せかいどう》で二十号カンバスを買った。
しずみゆく夕日がわたしの頰を真っ赤に染めた。

＊

買ってきたカンバスを、イーゼルに立てかけた。
むきあう。まっしろの、まだなにもないカンバスに。
これは世界だ、と思う。このまっしろな世界に、わたしはなにを描くのか。
しばらく、じっとしてただ見つめていた。
いまのわたしが、描くもの。描くべきもの。
「いいかい、怖かったら怖いほど、逆にそこに飛び込むんだ」
むかし、岡本《おかもと》太郎《たろう》はそんなことをいったらしい。
あなたが自慢げに教えてくれたのを思い出した。なんだか懐かしい。
しばらく押入れで眠っていた筆の感触。
軽く、柄を握る。
パレットに広げた十二色の絵具。
油壺《つぼ》からただよう溶き油の匂い。

ゆっくりと息を吐く。

目をつむると筆先が身体の一部となっていくのがわかる。

わたしは、あなたの街にいた。

無人のコインランドリーが夜道に光っていた。

直してって頼んでも、かたくなに修理しなかった洗濯機。脱ぎ捨てたふたりの衣類をポリ袋につめ込んで、わざわざここまで洗濯にかよった。

「こっちの方が、洗った感じすんだよね」という、あなたの妙ないい訳が蘇る。

商店街に人の気配はない。

猫の啼《な》き声が聴こえたような気がしたけど、姿は見えない。

ヤー、ヤー、ヤー、と奇声をあげながら、あなたの自転車の後ろに乗った夏もあった。精肉店のコロッケをふたつに割って、分け合った冬もあった。いつもスニーカーの底を剝《は》げかけたアスファルトでこするように歩いていたあなた。

どの店もシャッターは降ろされ、冷たい月だけがわたしを見下ろしている。繋いで歩いたあなたの手。その感触、その温度。

ずっと、こびりついて離れない。

路地を曲がる。せまい道の両脇に、アパートがひしめく通り。いつだって、雨のあがった明け方に似た甘い匂いが、この路地には立ち込めている。あなたにはじめてキスされた場所だから?目を閉じて、おそるおそる唇を寄せてきたあなた。を、本当はわたし、ずっと見ていた。胸がはずむようだった。つま先に力が入った。あのころのわたしはまだ、髪が長かった。

出会ったのはサークルの飲み会。お金なんかないから、宅飲み。場所はあなたの家だった。

さんざん飲んでみんな寝静まった夜更け、床で目を覚ました。あなたは隣で眠っていて、寝がえりをうった拍子、足が触れ合った。わたしのかかとは乾燥してカサついていたからちょっと恥ずかしかった。

もう完全に目が覚めてしまった。

あなたの優しい寝息にも触れてみたいと思った。

だれかが酔って倒した窓際の花瓶から、水がこぼれている。床にできた水たまりに反射した、澄んだ月明かりが綺麗《きれい》だった。

懐かしい街で、わたしは叫ぶ。

あなたの名前を大声で叫ぶ。すると、返事が聴こえた。

ああ、こんな声だったな。

わたしは声を追うように、足を進めた。いや、走った。膝を高くあげ、全力で走った。関節が擦り切れてもいま走らなきゃ、ずっと後悔する。わかりきったこと。でも、あの日できなかったこと。

坂をのぼりきると、小高い丘にある公園が見えた。いつか遊んだジャングルジムは、くすんだ外灯によって砂場に切り絵のような影をつくっていた。

あなたはブランコに腰かけ煙草を吸っている。

長いまつ毛を瞬かせ、「よお」という。

わたしも「よお」という。

次の瞬間、丘のむこうに広がる街々が一斉に輝いた。

人の営みは光となって、わたしとあなたを照らしだす——。

部屋に立てかけたカンバスには、あなたといた街があった。

もうすぐ夜が終わる。

気づけば全身、汗で濡れていた。いやな汗じゃなかった。その場にへたり込んで、筆をパレットに置いた。

本当はずっと一緒にいて、わたしのこと全部わかってほしかった。弱いとこ、ダメなとこ、あなたにもっといっぱい受け止めてほしかった。けれど、二十数年ずっとわたしを生きている自分がわたしのこと受け止めきれてないんだから、まぁ、無理か。

希望はなくとも、あなたがいなくても、わたしはこれからもわたしを生きていくんだと思う。あなたといた、恋しい日々を抱きしめて。

だから。――きっともうわたしは、カウントダウンなんかしないだろう。子どもじみたおまじないなんかに頼ることはないだろう。

すくなくとも、カンバスのなかにいる二人の風景は、ハッピーエンド。それだけでよかった。あなたからのあるはずもない電話の代わりに、お腹《なか》が鳴った。

たまには朝食でもつくろう。
そんで、お腹いっぱい食べよう。
うん。
そうしよう。

＊＊＊

あとがき

いつか、ひどく酔っ払った夜だった。
すきっ腹でビールを飲んでたら、途中ユリちゃんも乱入してきてポーカーがはじまった。俺もきみもギャンブルに弱くて散々だった。何杯ショットを飲んだだろう。あの夜の『ゲットー』はひどかった。ポーカーにも飽きて、しらない客と一緒に道端でサッカーボールを蹴って遊んだね。ゴールもなにもない、ただの球蹴りだったけど、あれはあれで楽しかった。運動音痴のくせに「スペシャルシュート！」とか叫んでボールを蹴ろうとしたきみが、アスファルトにすっ転んでみんな大笑いしたなぁ。あのボールはだれのだったんだろう。

歳上の彼氏から電話がかかってきたユリちゃんと別れ、恥ずかしそうに笑うきみと手を繋いで帰ったね。この写真はあの晩、家に着いたきみを写ルンですで撮ったやつ。きみが結婚したって風の噂《うわさ》で聞いて、撮ったまま放っていたフィルムを現像したら出てきた。たしか、本当に眠いはずなのに、「寝たふりー」と目をつむってふざけてたんじゃないかな。もう、いろんなことが遠くなった。いまも画は続けているだろうか。

最後にひとつだけ。

きみの横に写ってる宅配便の中身がどうしても思い出せないんだ。思い出せないってことはまぁ、どうせ大したもんじゃないんだろうけど。

YOASOBI

Ayase × ikura
インタビュー

小説が音楽になるまで

「小説を音楽にする」という、これまでになかったコンセプトで活動しているYOASOBIは、二〇二〇年、最も注目を集めたアーティストといって間違いありません。コンポーザーとして作詞・作曲・アレンジを手がけるAyaseさんとボーカルのikuraさんは、この本に収録されている原作小説を、どう魅力的な楽曲に作り変えていったのでしょうか。お二人の創作の秘密に迫ります。

デビュー曲『夜に駆ける』は勇気が必要だった

——そもそも、YOASOBIにとって、原作小説はどういった位置づけなのでしょうか。

Ayase 楽曲の骨組みや柱にあたると考えています。原作小説には「骨」のまわりに「肉」がついていて、両方でひとつの作品として成立しています。でも、それを楽曲にするためには、いったん元の肉をはがして、別の肉をつけて生まれ変わらせる必要があります。

ikura 私は、Ayaseさんが加えた新しい「肉」の上に、歌という「皮膚」をつけているイメージでしょうか。そうして楽曲という生き物が誕生します。

――では、楽曲の「骨」になる原作小説を読んだとき、どんな感想を抱いたのでしょうか？ たとえば、『夜に駆ける』の原作である「タナトスの誘惑」は？

Ayase 話の流れがはっきりしていると思いました。結末にどんでん返しがあって、そこに至るまでの流れがスピーディーです。曲作りにあたっては、そういう疾走感と、ハッとする驚きを意識しました。

――原作小説をどうやって楽曲にするかは、読んでいるときに浮かぶのでしょうか？

Ayase 小説を楽曲にするためには、原作にないものを加えるというより、すでにあるものを大きくしたり、広げたりしていく方が、ふさわしいと思います。小説を読んで、何か感じるものがあったら、本当にそうなんだろうか、と自分に問いかけてみる。それを繰り返すなかで、核になるものを見つけて音楽を作っていきます。

――原作小説は「骨」にあたるそうですが、この『夜に駆ける』を始め、どの曲も「肉」のつけ方が絶妙です。小説の行間に隠れていることを、見事に引き出しているような

……?

Ayase そう思っていただけたら嬉《うれ》しいです。歌詞には主人公の気持ちを書き込むことも必要ですけど、それだけでなく、どんな出来事が起きているかを語る必要があります。そのためには、主人公から一歩離れて、物語を眺める必要があります。また、僕自身が原作小説を読んでどう思ったのかも大切です。その三つのバランスを取りながら、歌詞を書いていきます。

――曲作りにあたって、ご自身がどこに立つかということを、意識されているんですね。

Ayase 主人公の気持ちだけをひたすら綴《つづ》っても、曲を聴いている人には何が起きているのかわからないでしょう。でも、単なるストーリーテラーだと、説明する人になってしまいます。僕の感想だけを盛り込んでも、偏ってしまう。その三つをしっかりと組み立てれば、原作小説の世界観を活《い》かしながら、音楽にしかない世界が作れるのではないでしょうか。

――ikuraさんは「タナトスの誘惑」を読まれたとき、どんな印象を抱かれましたか？

ikura 結末を読むまでは、シンプルなラブストーリーだと思っていました。精神的に追い込まれた女の子の物語なのかな、と読み進めていったら、思いがけない展開が待っていて。ずっとグロテスクでダークなテーマだと思っていたので、アップテンポでキャッチーな曲が上がってきたときは衝撃を受けました。でも、Ayaseさんには何か意図があるんだと思いましたし、原作小説の持つスピード感は楽曲にも活かされていたので、歌うときもそのスピード感を大切にしました。最後に感じたゾッとした気持ちも、伝えないといけないなって。

Ayase　グロテスクでダークな話だからこそ、キャッチーな曲にしたかったんです。「死」というテーマは、簡単に扱っていいものではありません。また、歌詞は小説がベースになるので、どうしても暗いものになります。そんな歌詞に重苦しい曲をのせてしまったら、あまりにも救いがないし、聴くに堪えないはずだと。

そもそも、グロテスクな感じを表現するには、グロテスクさをそのまま出しても意味がないですよね。僕はホラー映画が好きでよく観《み》るんですけど、本当にゾッとするのは、日常風景のなかで、思ってもみなかった不気味なものを見たときです。だから「タナトスの誘惑」の暗い雰囲気を印象的に伝えるには、むしろポップな曲の方がふさわしいと直感しました。
『夜に駆ける』はYOASOBIの一作目でしたので、小説をどう楽曲にしていくか、チームみんなで探りながら進めていきました。完成まで何十曲もボツにして、ディスカッションを重ねながら、三か月ほどかけて完成にこぎつけました。

――ikuraさんはこの本の特典である「タナトスの誘惑」の朗読動画にも挑戦されました。いかがでしたか？

ikura 部分的に声に出したことはあったのですが、全体を通して読んだのは初めてでした。『夜に駆ける』の歌詞一つひとつの意味が深くなって、もっと丁寧に歌いたくなりました。

――この朗読を聴いた方は、歌とはまた違うikuraさんの声に、ちょっと驚くのでは？

ikura YOASOBIというグループ名には、皆さんの夜の時間に音楽で寄り添いたいという思いが込められています。ですから、寝る前のゆったりした時間を過ごしている方とか、悩み事があってなかなか眠れない方に、寄り添うような声で語りたかった。楽曲のタイトルも『夜に駆ける』ですし……。

――初めて『夜に駆ける』というタイトルを聞いたときはどう感じましたか？

ikura　『夜に駆ける』という言葉は、最後の〈夜に駆け出していく〉というところまで出てこないんですよね。それをタイトルにするのは、勇気が必要だったはずです。でも、「夜」だけではなく、「駆ける」という動きのある言葉が入ることで、聴く方の想像力を刺激したんじゃないかな？

Ayase　このタイトルにして本当によかった。しっくりくるものが思い当たらなくて悩んでいたのですが、「シンプルに『夜に駆ける』がいいんじゃないですか」って言ったら、みんな賛成してくれたんです。これ以上ないタイトルになりました。

――『夜に駆ける』はお二人にとって特別な一曲になったのでは？

Ayase　そうですね。YOASOBIがここまで多くの方に支持していただいているのは、最初に『夜に駆ける』があったからだと思います。一曲目ということで、どこまでできるか難しいチャレンジでしたが、結果として大きなムーブメントに繋がったので、本当にいい曲を作れました（笑）。

ikura　私も、ボーカルとしてどう歌えばいいかわからないところからのスタートだったので、思い入れは特に強いです。YOASOBIの「名刺代わり」の一曲になりました。

「予知夢」をテーマに胸キュンさせたかった

――二曲目となる『あの夢をなぞって』の原作「夢の雫と星の花」を読まれたときは、どんな感想を抱きましたか?

Ayase　甘酸っぱい印象が胸に残りました。原作小説にある「予知夢」というSF的なものや未来をどう変えていくかというテーマは、膨らませなくていい。むしろ、青春の爽やかさや切ない気持ちを強調して、聴いている方の胸をキュンとさせたいと思いました。

原作小説は「タナトスの誘惑」と比べるとずっと長いです。楽曲を聴いた方が原作小説を読んだとき、予知夢のことや未来のことなど、楽曲に描かれていない部分を楽しめる仕掛けになっています。

――曲を作るとき、SF的なものを外したのはなぜですか?

Ayase 実は最初、予知夢や未来というテーマを曲に盛り込んで作っていました。でも、恋愛や青春の部分と、予知夢や未来の部分のバランスがうまく取れなかったんです。どちらも中途半端になってしまったので、完成寸前の曲を一から作り直しました。
　音楽には音楽のよさがあるし、小説には小説のよさがあります。小説にあるものを、全て音楽に入れなくたっていい。歌詞ではキーワードを入れるくらいに留《とど》めておいて、小説を読んだ方に「このことを指していたんだ」と気づいてもらう。そんな楽しみ方があってもいいんじゃないかな。

——ikuraさんは『あの夢をなぞって』の原作小説を読んで、どんな感想を？

ikura 私は小説が好きでよく手に取るのですが、予知夢をテーマにした作品でも、今までに読んだことがないものでした。歌詞には男の子の心情と女の子の心情が混ざっているんですが、同じ「好きだよ」という言葉でも、男の子と女の子で歌い分けています。「タナトスの誘惑」×『夜に駆ける』が男の子目線だったので、違いを出せたらいいなって。

——次に、四曲目となる『たぶん』の原作小説は、男女二人の別れという身近なテー

マを扱った短い作品です。

Ayase 僕も大切な人との別れを経験したばかりだったので、原作小説にはとても共感しましたし、曲作りもスムーズに進みました。

――ご自身の思いを曲に込められたんですね。

Ayase そうですね。もちろん違いもあって、この小説の主人公は、割とサッパリしてるというか、諦めがついている様子ですが、僕はどちらかといえば未練を残すタイプです（笑）。

ただ、小説の二人と気持ちの重なる部分が多かったので、曲はあっという間に浮かんできました。同じような別れを経験している方も多いと思いますので、『夜に駆ける』や『あの夢をなぞって』より、さらに身近に感じてもらえるんじゃないかな。

ikura 面白かったのが、原作小説の主人公がずっと目を瞑《つぶ》っていることです。その自問自答だけで物語が進んでいくことに、言葉の力を感じました。だから、自分が歌うときにも、自問自答している感じをしっかり出したかった。悪いのは誰だっけと自分を責めたり、自分の中で答えを出そうとしたりして、ぐるぐると葛藤している。目を開けば相手がいるはずなのに、そうできない主人公の気持ちを、歌にのせたかったんです。

――小説「世界の終わりと、さよならのうた」は、音楽という題材が直接的に描かれている作品ですね。このインタビューの時点で同原作を基にして、五曲目となる曲作りを進められているそうですが……？

Ayase 物語に大きなスケールを感じました。明日で世界が終わるというテーマこそお馴染《なじ》みのものですが、物語のなかに「終わる」ことへの悲しみとは別の感情が込められているところがいいですね。明確な結末があるわけではなく、いろんな感情が主人公から溢《あふ》れだすという最後も、僕はとても大好きです。

この小説を原作にして作っている曲は、極上のバラードです。テンポはゆったりとしたものですし、楽器もピアノとストリングス（弦楽器）に、打ち込みのサウンドを添えています。僕自身が通ってきたクラシックの世界と、奥行きのあるikuraのボーカル、その魅力をあわせもった楽曲になるでしょう。まだ制作中なんですけど……（笑）。（文庫版注：のちに『アンコール』として発表）

——他の作品と比べても、強いメッセージが込められていますね。

Ayase 僕たちは音楽を仕事にして生きていますし、音楽に生かされているとも言えます。世界が終わるという日に、本当に自分たちが音楽を奏でているか？ これぱっかりは経験してみないとわからないですけど、最後のときに振り返るのは間違いなく音楽のことだと思います。

「Ayaseさんが小説をどう解釈したのかを考えます」

——レコーディングに臨まれるとき、ikuraさんは、楽曲と小説のどういったところを活かして歌おうと心がけているのでしょうか？

ikura 原作小説が決まったら自分なりに読み込んで、どんな曲になるのかをイメージします。そのあと、楽曲を受け取ったら、Ayaseさんが小説をどう解釈したのかを考えます。歌詞に原作小説で用いられている言葉があれば、それは大事な言葉なんだろうなとか。反対に、原作に書かれていない部分があったら、Ayaseさんはどうしてこの歌詞を書いたんだろうとか。

もちろん、小説を書かれた作者の意図も想像します。それらを重ね合わせて、どういう風に歌おうかと考えていきます。レコーディングに入ってからも、Ayaseさんたちと話し合いながら仕上げていきます。

Ayase 自分が当初思い描いていたものとは違っても、僕はikuraの感性を尊重しているので、彼女が語る曲のイメージを聞いて採用したことが何度もあります。「望む雰囲気を出すためには、こんな感じでリズムに乗った方がいいんじゃないか」といった、テクニカルな部分についての話し合いが多いです。

——YOASOBIを立ち上げるにあたって、「小説を音楽にする」というコンセプトを聞いたとき、Ayaseさんはどう受け止めたんでしょうか?

Ayase 「ありそうでなかった」と思いました。それまで曲と歌詞の両方を自分で作ってきたからこそ、すでにある原作を活かして曲を作っていくという試みは新鮮でした。面白そうとは思ったけど、その難しさも想像できたので、最初は挑戦と捉えていたかな。

——小説を原作にした楽曲の世界観を表現するにあたって、ikuraさんの歌声が、大きな意味を持ったのでは?

Ayase　YOASOBIのボーカリストを探すにあたって、こういう感じの声の人がいいんじゃないかなというイメージは持っていました。でも、ikuraの歌声には、ずば抜けた透明感と、親しみやすさが両方あった。どこかにいそうで、どこにもいない。まさに彼女にしか出せない歌声です。物語や主人公によって歌い方を変えていますが、どれもikuraの歌になっている。最近になって、その「芯」にあたる部分がより太くなってきました。YOASOBIとしてももっと面白いこともできそうで、いろいろな可能性を感じさせてくれます。十九歳の成長のスピードは恐ろしい（笑）。

ikura　うれしいです。

――ikuraさんは以前からシンガー・ソングライター「幾田りら」として活動され、アコースティックセッションユニット「ぷらそにか」のメンバーでもある（文庫版注：二〇二一年八月に卒業）わけですが、最初にYOASOBIの話を聞いたときは、どう思われましたか？

ikura　小説を読むことはとても好きでしたが、「小説を音楽にする」というコンセプトは、正直言って想像すらできませんでした。シンガー・ソングライターとして活動していた私が、世界観も楽曲づくりも他人に任せていいのかという戸惑いもありました。でもAyaseさんの「ラストリゾート」という楽曲を聴いたときに、直感的に一緒にやりたいなって。面白いプロジェクトになると確信したんです。

——YOASOBIといえば、「小説を音楽にする」ことだけでなく、楽曲ごとに作られる独特のミュージックビデオも魅力的ですよね。

Ayase 入口がたくさんあることが重要なんです。楽曲からでも、小説からでも、映像からでもいい。楽曲を聴いてから小説を読むと面白さが深まるでしょうし、また楽曲に戻れば違ったものが見えてくるかもしれない。さらに映像に込められた仕掛けもわかってくる……そうやって三つの世界を行き来することによって、作品のテーマに迫ったり、思いがけない広がりを楽しんだりしてほしいです。

楽曲、小説、映像が組み合わさってひとつの作品になっていますから、どこから入っても構いません。せっかくなら、ひとつだけでなく他のものにも触れてほしいですし、作品の立体的な世界を楽しんでほしい。その「参加」

できる感覚こそが、YOASOBIが広がっている理由だと思うんです。先に公開された小説を読んでどんな楽曲ができてくるのかを待ってもいいですし、楽曲を聴いてから小説を読んでもいい。自由にYOASOBIを楽しんでくれたら嬉しい。

ikura　いま、YOASOBIにできることが、どんどん広がっているように感じています。スタートのときには考えてもみなかったようなことにチャレンジするための土台が、楽曲、小説、映像のそれぞれにできている状態は、本当に楽しいです。

——ますますYOASOBIの世界が広がっていきそうですね。本日はありがとうございました。

（二〇二〇年七月七日　SME六番町ビルにて収録）

構成：田中久勝

Ayase

1994年4月4日生まれ、山口県出身。

YOASOBIのコンポーザー、ボカロPとしての活動に加え、さまざまなアーティストへの楽曲提供も手がける。

ikura

2000年9月25日生まれ、東京都出身。

シンガーソングライター"幾田りら"としても活動。アコースティックセッションユニット・ぷらそにかを2021年8月に卒業。

[本文 初出]
「タナトスの誘惑」「夜に溶ける」「夢の雫と星の花」
「たぶん」「世界の終わりと、さよならのうた」
monogatary.com
「それでも、ハッピーエンド」
『ZONe』IMMERSIVE SONG PROJECT
書籍化にあたって各作品に加筆修正を加えています。

[口絵（楽曲イメージイラスト）初出]
『夜に駆ける』
イラスト：藍にいな　初出：単行本『夜に駆ける』特装版
『あの夢をなぞって』
イラスト：はるもつ（頃之介）　初出：単行本『夜に駆ける』特装版
『たぶん』
イラスト：南條沙歩　初出：単行本『夜に駆ける』特装版
『アンコール』
イラスト：文　初出：電子書籍『夜に駆ける』Reader Store限定カバー版
『ハルジオン』
イラスト：ラビットマシーン　描き下ろし

[編集協力]
株式会社ソニー・ミュージックエンタテインメント

[ブックデザイン]
bookwall

[写真・朗読動画撮影]
鈴木ゴータ

本書は、2020年9月に小社より単行本として刊行されたものです。

プレミアム特典動画　購入者全員サービス

本書（単行本・文庫）を、ご購入いただいた方のみが見られる特典動画を用意しました。スマートフォンで下記のＱＲコードを読み取ることで、特典動画を見ることができます。

視聴方法

動画の視聴はスマートフォンでQRコードを読み込み、
画面の指示に従って映像をお楽しみください。

※ Wi-Fi等での鑑賞をお勧めします。

注意

- コンテンツ内容は予告なく変更することがあります。
- 2022年9月までの配信を予定していますが、予告なく中断することがあります。
- 朗読内容には本書に掲載された作品と異なる箇所があります。
- このコンテンツの利用に際し、端末不良・故障・不具合、及び、体調不良などが発生したとしても、そのすべての責任を弊社は負いません。すべて自己責任で視聴してください。
- 動画やQRコードを無断で公開した場合、相応の対応を行います。

双葉文庫

よ-23-01

夜《よる》に駆《か》ける
YOASOBI小説集《よあそびしょうせつしゅう》

2021年 9月19日　第1刷発行
2024年11月27日　第9刷発行

【著者】
星野舞夜《ほしのまよ》　いしき蒼太《そうた》　しなの
水上下波《みなかみかなみ》　橋爪駿輝《はしづめしゅんき》

【発行者】
島野浩二
【発行所】
株式会社双葉社
〒162-8540 東京都新宿区東五軒町3番28号
［電話］03-5261-4818(営業部)　03-5261-4828(編集部)
www.futabasha.co.jp（双葉社の書籍・コミックが買えます）
【印刷所】
大日本印刷株式会社
【製本所】
大日本印刷株式会社
【カバー印刷】
株式会社久栄社
【DTP】
株式会社ビーワークス

【フォーマット・デザイン】
日下潤一

ISBN978-4-575-52504-5 C0193
Printed in Japan

JASRAC 出 2106600-409